HEYNE
BUCHER

Das Buch

Als Sara ihre Tante Ruth Bennett in Georgetown besucht, ahnt sie nicht, daß die Schatten der Vergangenheit in dem schönen, alten Haus weiterleben. Sie ist deshalb auch gern bereit, an einer der spiritistischen Sitzungen ihrer Tante teilzunehmen. Die Séance beginnt als müßiges Spiel. Doch dann fängt Sara mit einer Stimme zu sprechen an, die nicht ihre eigene ist. Und plötzlich manifestiert sich ein Geist – der prickelnde Zeitvertreib nimmt auf einmal erschreckend reale Züge an. Die vier Teilnehmer der Séance versuchen daraufhin, eine natürliche Erklärung für den Spuk zu finden, und entdecken bei ihren Nachforschungen im Keller des Hauses zwei vergrabene Leichen. Der grausige Fund ist der Schlüssel zu einer ungeklärten, längst vergessenen Tragödie aus der Zeit des Bürgerkriegs. Damals war das Haus Schauplatz eines Verbrechens, das zwei Liebenden den Tod brachte. Und wieder fordert die Liebe ihr Recht. Als sich die Schatten der Vergangenheit verflüchtigen, findet Sara das Glück ihres Lebens.

Auf einzigartige Weise gelingt es der Autorin, unheimliche Geschehnisse und romantische Liebe ungemein fesselnd zu verbinden – eine Kombination, die Barbara Michaels perfekt beherrscht.

Die Autorin

Barbara Michaels ist eine vielseitige Autorin. Die promovierte Ägyptologin hat eine Reihe von Sachbüchern zu ihrem Spezialgebiet geschrieben und sich als erfolgreiche Romanautorin auch in Deutschland einen Namen gemacht.

Barbara Michaels lebt in einer kleinen Stadt in Maryland.

Im Wilhelm Heyne Verlag liegen bereits vor: *Ambitionen* (01/8777) und *Die Juwelenerbin* (01/9123).

BARBARA MICHAELS

HAUS DER WIEDERKEHR

Roman

Aus dem Amerikanischen
von Gabriele Lichtner

Deutsche Erstausgabe

WILHELM HEYNE VERLAG
MÜNCHEN

HEYNE ALLGEMEINE REIHE
Nr. 01/9859

Titel der Originalausgabe
AMMIE, COME HOME

Umwelthinweis:
Dieses Buch wurde auf
chlor- und säurefreiem Papier gedruckt.

Redaktion: Werner Bauer

Printed in Germany 1996
Umschlagillustration: ZEFA/Rossenbach, Düsseldorf
Umschlaggestaltung: Atelier Ingrid Schütz, München
Satz: (2463) IBV Satz- und Datentechnik GmbH, Berlin
Druck und Bindung: Ebner Ulm

ISBN 3-453-09948-6

1

Um fünf Uhr nachmittags war es schon fast dunkel. Obwohl das im November nicht verwunderlich war, schaute Ruth immer wieder besorgt zum Fenster am anderen Ende des Zimmers. In dem Raum herrschte eine warme und angenehme Atmosphäre, die Einrichtung stammte aus einem vergangenen Jahrhundert; der heutige Wert der Möbel hätte deren ursprüngliche Eigentümer bestimmt in Erstaunen versetzt. Nur die zwei großen, weich gepolsterten Sofas, die vor dem Kamin einander gegenüberstanden, waren relativ modern. Ihre elfenbeinfarbenen Bezüge harmonierten mit der in Blauweiß gehaltenen Einrichtung, deren Farbgebung sich nach den in den Kaminsims eingelegten kostbaren Wedgwood-Kacheln richtete. Im Kamin flackerte ein behagliches Feuer; es ließ in den Kristallgläsern auf dem Kaffeetisch Funken tanzen und verlieh dem Sherry in der geschliffenen Glaskaraffe die Farbe von geschmolzenem Kupfer. Seitdem ihre Nichte bei ihr wohnte, hatte Ruth jeden Abend Wein und Gläser bereitgestellt. Es war schon zu einem Ritual geworden, das sie beide genossen, auch dann, wenn es anschließend nur Hamburger zu essen gab. Aber heute abend verspätete sich Sara.

Die dunklen Fenster erstrahlten in gelblichem Licht, als draußen die Straßenlaternen aufflammten. Ruth erhob sich, um die Vorhänge zuzuziehen. Sie verharrte am Fenster, eine Hand strich abwesend über den blaßblauen Satin. Saras Unterricht ging doch heute nur bis halb vier.

Und was war dabei, ermahnte Ruth sich selbst, das Mädchen war zwanzig Jahre alt. Sie hatte sich gerne bereiterklärt, ihre Nichte bei sich aufzunehmen, während diese das Institut für den Botschafts- und Konsulatsdienst besuchte, das einer Washingtoner Universität angegliedert war; aber das bedeutete schließlich nicht, rund um die Uhr den Babysitter zu spielen. Sara selbst hielt sich ohnehin für erwachsen. Andererseits fand Ruth, daß ihr noch immer die zwar rührende, aber etwas beängstigende Illusion persönlicher Unverletzlichkeit anhaftete, die ein untrügliches Zeichen der Jugend ist. Doch waren Washingtons Straßen selbst in diesem exklusiven Wohnviertel nach Einbruch der Dunkelheit nicht mehr völlig sicher.

Obwohl sich das Jahr dem Ende zuneigte und sich die Dämmerung jetzt kalt und düster auf die Straße niedersenkte, bewahrte der Blick aus Ruths Fenster noch immer etwas von dem berühmten Charme Georgetowns, ein Charme, der auf der Ausgewogenheit der Architektur und der Würde des Alters beruhte. Heutzutage wurde diese antike Anmut wieder selbstbewußt zur Schau gestellt; nach Jahrzehnten der Vernachlässigung waren die Häuser der Altstadt, die zumeist noch aus dem achtzehnten Jahrhundert stammten, in Mode gekommen und hatten jetzt das gepflegte, selbstgefällige Aussehen, das viel Geld und sorgfältige Restaurierung bewirken können.

Die Häuser auf der gegenüberliegenden Straßenseite waren zu Beginn des neunzehnten Jahrhunderts erbaut worden, ihre ehrwürdigen georgianischen Fassaden zierten wohlproportionierte Giebel und halbrunde Oberlichter mit fächerförmigen Sprossen. Zwischen den Häusern und der Straße waren überhaupt keine oder nur kleine Vorgärten. Die Gärten, für die Georgetown berühmt war, befanden sich hinter den Häusern, waren dem Blick der Passanten entzogen und durch Mauern vor der Neugier der Nachbarn geschützt. Hier und da sah man kahle Baumspitzen über die Häuser ragen.

Der harmonische Eindruck wurde nur dadurch beeinträchtigt, daß am Straßenrand dichtgedrängt Autos parkten, die meisten von ihnen unerlaubt. Das Parkproblem war ein erbittert debattiertes Thema in Georgetown, was nicht ungewöhnlich war für eine Stadt, deren Bevölkerung seit der Erfindung des Automobils um ein vielfaches angewachsen war.

Die durch die Straßen fahrenden Autos hatten jetzt ihre Scheinwerfer eingeschaltet, und Ruth schaute nervös zur nächsten Ecke, an der sich die Bushaltestelle befand. Immer noch kein Zeichen von Sara. Ruth murmelte etwas vor sich hin und schüttelte mit selbstironischem Lächeln den Kopf. Zwar trat der Gluckeninstinkt bei ihr erst spät auf, aber dafür war er um so stärker.

2

Ruth war Mitte Vierzig. Sie war immer sehr schlank gewesen und hatte sich ihre Figur über die Jahre bewahrt. Allerdings lehnte sie es ab, etwas gegen ihr grau werdendes Haar zu tun, und wandte auch all die anderen Tricks für Frauen ihres Alters nicht an, für die jugendliches Aussehen häufig zum Götzenbild erhoben wird. Ihre mit der Mode gehenden Freundinnen sagten daher in einem etwas mitleidigen Ton über sie, sie habe sich ›gut gehalten‹. Ihre Kleidung kaufte Ruth schon seit fünfzehn Jahren in derselben eleganten kleinen Boutique in Georgetown, und seitdem hatte sich auch ihre Kleidergröße nicht geändert. Das Kostüm, das sie heute trug, hatte sie erst seit kurzem; es war aus weichem Tweedmaterial in Rosa und Blau, dazu gehörte ein hochgeschlossener blaßrosa Pullover. Als berufstätige Frau in gehobener Position hielt sich Ruth an die Konvention, Kostüme zu tragen. Sie bevorzugte jedoch die mehr femininen Pastellfarben, die das Blau ihrer Augen betonten und mit ihrem goldenen Haar harmonierten, dessen Farbe jetzt langsam von Gold in Silber überging.

Ruth fröstelte trotz der warmen Kostümjacke. Dieser Teil des Zimmers war immer zu kalt; sogar die schweren, in Falten herabfallenden Vorhänge schienen nicht zu verhindern, daß kühle Luft durch die großen Fenster hereindrangen. Das Zimmer war einfach zu langgezogen für den einzigen Kamin, der sich in der Mitte seiner Längsseite befand. Ruth ging der Gedanke durch den Kopf, wie ihre Vorfahren wohl die Kälte ertragen hatten, als es noch keine Zentralheizung gab. Aber in der guten alten Zeit war man wahrscheinlich noch nicht so verweichlicht, dachte sie, die Menschen waren sicher auch weniger sentimental und realistischer. Bestimmt wäre keiner von ihnen auf die Idee gekommen, sich wegen eines jungen Mädchens, das sich ein paar Minuten verspätete, gleich Sorgen zu machen. Allerdings hätte sich in jenen Tagen eine wohlerzogene junge Frau auch nicht nach Anbruch der Dunkelheit ohne Begleitung außerhalb des Hauses aufgehalten.

Gerade wollte Ruth ihren Wachposten verlassen, da sah sie, wie vor dem Haus ein Auto seine Fahrt verlangsamte. Kurze Zeit verharrte es unschlüssig in der zweiten Spur, um sich dann wie ein großes Insekt, dem es tatsächlich ähnelte, mit einem plötzlichen Satz in eine enge Parklücke neben einem Hydranten zu stürzen. Ruth ging ganz nah ans Fenster heran, wobei sie völlig vergaß, daß man sie durch das so dicht an der Straße liegende erleuchtete Fenster von draußen deutlich sehen konnte. Da kaum etwas sie so wenig interessierte wie Autos, konnte sie nicht genau erkennen, um welche Marke es sich handelte, war aber der festen Überzeugung, daß es ein ausländisches Fabrikat sein mußte.

Eine Wagentür öffnete sich, und das daraus auftauchende Gewirr von Armen und Beinen entpuppte sich nach einem kurzen Moment als die hochgewachsene, schlanke Gestalt ihrer Nichte. Ruth lächelte, einerseits vor Erleichterung und andererseits, weil es sie jedesmal amüsierte, wenn Sara versuchte, ihre langen, von einem Minirock nur spärliche bekleideten Beine mit Anstand aus einem kleinen Auto herauszumanövrieren. Ihr Lächeln vertiefte sich beim Anblick von Saras Kleidung. Normalerweise war ihre Nichte morgens noch im Bett, wenn Ruth das Haus verließ, um zur Arbeit zu gehen. Sara war im dritten Studienjahr und hatte längst die Kunst erlernt, ihre Kurse so zu legen, daß ihre sozialen Aktivitäten oder ihr Schlaf davon nicht übermäßig beeinträchtigt wurden. So erwartete Ruth jeden Abend aufs neue das Erscheinen ihrer Nichte mit einem Gemisch aus Spannung und leiser Besorgnis. Jede neue Aufmachung erschien ihr als das Äußerste, das Extrem, über das man unmöglich noch hinausgehen konnte. Und jedesmal mußte sie feststellen, daß sie sich geirrt hatte.

Im linken Arm hielt Sara einen Stapel Bücher. Mit der rechten Hand strich sie sich das lange schwarze Haar aus dem Gesicht, eine Geste, die sich als das größte, wenn nicht einzige Ärgernis für ihre darunter leidende, aber stillschweigende Tante herausgestellt hatte. Saras Haar war vollkommen glatt. Wie sie das anstellte, wußte Ruth nicht, aber es machte ihr oft Kopfzerbrechen. Wenigstens bedeckten die Haare Ohren, Hals und Schulter des Mädchens und erfüllten so einige der Funktionen von Hut und Schal, die Sara sich weigerte zu tragen. Zeitweise wurden sogar Nase und Kinn davon eingehüllt.

Vielleicht sollte die wallende Haarfülle ja den Ausgleich dafür bilden, daß Saras untere Extremitäten im allgemeinen nur spärlich bedeckt waren. Heute abend trug sie die langen schwarzen Stiefel, die sie erst vor kurzem gekauft hatte, aber zwischen deren oberen Ende und dem Rocksaum klaffte eine Lücke von etwa zwanzig Zentimetern. Schwarze Netzstrümpfe bedeckten sie nur spärlich, denn sie waren so großmaschig, daß man ein gutes Stück von Saras nacktem Oberschenkel zu sehen bekam.

Besonders amüsant war Saras momentane Aufmachung, wenn Ruth sich in Erinnerung rief, wie sie das Mädchen an einem Vormittag Anfang September zum ersten Mal gesehen hatte. Als Sara aus dem Taxi stieg, trug sie ein ordentliches Leinenkostüm, Nylonstrümpfe, dezente Pumps und – Ruth konnte es heute kaum noch glauben – einen Hut und Handschuhe. Seitdem hatte Ruth weder das Kostüm noch den Hut oder die Handschuhe wiedergesehen. Rückblickend fühlte sie sich sogar fast geschmeichelt, nicht, weil Sara sich Mühe gegeben hatte, für sie konventionell auszusehen – ohnehin hegte Ruth den Verdacht, daß dafür eher Saras Mutter die Verantwortung trug –, sondern weil sie offenbar der Meinung war, daß sie diese Form der Angepaßtheit bei ihrer Tante nicht aufrechtzuerhalten brauchte.

Sara beugte sich zum Wagenfenster hinunter, um mit dem Fahrer zu sprechen. Wieder fiel ihr das Haar ins Gesicht. Vor Neugier bemerkte Ruth nicht einmal den Reflex in Saras Fingern, der – wie immer – dadurch ausgelöst wurde. Der Mann im Auto war keiner von Saras üblichen Begleitern. Offensichtlich hatte sie ihn aufgefordert, mit ins Haus zu kommen, denn die Wagentür öffnete sich, und er trat auf die Straße. Dabei entging er nur knapp dem Schicksal, überfahren zu werden, so dicht raste eine Volkswagen an ihm vorbei. Er schien jedoch daran gewöhnt zu sein, so wie es in der Tat die meisten Washingtoner sind.

Ruths erste Eindruck war neutral. Er war groß und breitschultrig, aber das Auffälligste an ihm war sein sogar in dem schwachen Straßenlicht weithin sichtbares Haar, dessen leuchtendes Orangerot noch kein Grau zu enthalten schien. Trotzdem wußte Ruth, daß er nicht mehr jung war; etwas in der Art, wie er stand und sich bewegte, wies darauf hin.

Mit einer abrupten Bewegung drehte er sich um und sah zu dem Haus herüber. Erschrocken ließ Ruth die Gardine los und trat zurück. Sie hatte die plötzliche Wendung seines Kopfes wie eine direkte Berührung empfunden. Wie dumm von ihr, hier zu stehen und wie eine klatschsüchtige Hausfrau oder eine viktorianische Gouvernante, die ihren Schützling kontrolliert, auf die Straße zu starren. Während Ruth zur Tür ging, um zu öffnen, errötete sie vor Scham, eine liebenswerte Eigenheit, die selbst fünfzehn Jahre im Staatsdienst nicht hatten auslöschen können. Die Farbe verlieh ihrem feingeschnittenen Gesicht mit dem zarten Teint eine lebhafte Ausstrahlung, und Ruth war oft gesagt worden, daß sie bezaubernd aussah, wenn sie rot wurde. Daher war sie etwas verärgert, als der Blick des Mannes, der vor der Tür stand, sofort über sie hinwegging und im Raum hinter ihr haften blieb.

»Allmächtiger Gott«, waren seine ersten Worte.

Ruth warf einen Blick über ihre Schulter.

»Es freut mich sehr, daß es Ihnen gefällt«, kommentierte sie frostig. »Wollen Sie nicht hereinkommen, um sich alles in Ruhe anzusehen? Der Wind ist etwas kühl heute.«

»Dies ist Professor MacDougal, Ruth«, sagte Sara, während sie mit der vertrauten Geste schwungvoll die Haare aus dem Gesicht beförderte. »Er war so nett, mich nach Hause zu fahren. Meine Tante, Mrs. Bennett, Professor.«

»Und wie immer tritt er sofort ins Fettnäpfchen«, grinste Professor MacDougal und entblößte ein raubtierhaft aussehendes Gebiß. Als er ihr jetzt seine ganze Aufmerksamkeit zuwandte, war Ruth sich nicht sicher, ob ihr das gefiel. Er schien viel größer, als sie gedacht hatte, weit über ein Meter achtzig und von mächtiger Statur. Seine Abstammung stand ihm ins Gesicht geschrieben, aber es war nicht die irische Stereotype, die im allgemeinen eher Karikatur als Wirklichkeit ist. Er hatte ein Gesicht, wie man es auf alten irischen Porträts findet, das eines Träumers und Soldaten zugleich. Von nahem sah man, daß sein Haar doch nicht mehr nur rot, sondern mit viel Grau durchmischt war, dessen Schimmer eher an Eisen als an Silber erinnerte. An Wangen und Kinn war seine Haut nicht mehr ganz straff. Er muß um die fünfzig sein, dachte Ruth, und er hat ein sehr nettes Lächeln.

»Es tut mir leid, Mrs. Bennett«, fuhr er fort, »das war verdammt noch mal keine feine Art, eine fremde Dame zu begrüßen, nicht wahr? Vor allem, wenn man gerade deren Nichte nach Hause gebracht hat. Aber ich liebe gute Architektur, und das ist eine bemerkenswerte Treppe. Kleiner als die im Octagon-Haus, aber genauso schön.«

»Kommen Sie herein«, forderte Ruth ihn auf.

»Ich bin schon drin. Wollen Sie, daß ich wieder hinausgehe und noch einmal von vorn anfange?«

Für einen Moment verschlug es Ruth die Sprache. Sie fühlte sich, als ob sie bei schlechtem Wetter auf einem Schiff stünde und das Deck unter ihren Füßen wegrutschte. Doch dann rettete sie ihr stark ausgeprägter Sinn für Humor. »Nein, bleiben Sie drin, nun ist es ja schon passiert. Was in aller Welt lehren Sie, Professor?«

»Anthropologie.«

»Natürlich.«

»Natürlich«, wiederholte er mit ernster, bedenklicher Miene. »Das brüske, unzivilisierte Benehmen, die mit Flüchen durchsetzte Sprache, das wettergegerbte Aussehen...«

»Keineswegs«, fiel Ruth in dem Versuch ein, die Konversation mitzubestimmen. »Aber Sara hat oft von Ihnen gesprochen. Sie ist ganz begeistert von Ihren Kursen. Es war sehr freundlich von Ihnen, sie nach Hause zu bringen.«

»Sie blieb länger, weil sie mir half, meine Papiere zu ordnen. Aber es ist kein Umweg für mich gewesen, und ich hatte sowieso heute nichts Besonderes vor.«

»Dann müssen Sie bleiben und einen Sherry mit uns trinken – oder etwas anderes, wenn Ihnen das lieber ist –, bevor Sie sich wieder hinaus in diesen gräßlichen Wind begeben.«

Er trank einen Sherry, was Ruth ein wenig erstaunte. Sherry fand sie eigentlich kein angemessenes Getränk für jemanden, der so außerordentlich maskulin war, und ein Bierkrug schien besser in seine großen Hände zu passen als das zerbrechliche Sherryglas mit dem dünnen Stil. Professor MacDougal setzte sich auf das Sofa und ließ einen entspannten Seufzer vernehmen, der ein unbewußter Tribut an den beruhigenden Charakter des Zimmers war.

»Hübsch, wirklich sehr hübsch. Aber die Freitreppe ist die Krönung. Hat Thornton selbst sie entworfen?«

»Der Architekt des Capitols? Das sagt man zwar, aber es läßt sich nicht nachweisen.«

»In meiner Jugend – das war vor ungefähr vier Kriegen – wollte ich Architekt werden. Ich habe die Führung durch die Georgetown-Häuser mitgemacht, zusammen mit den sozialen Aufsteigern und den schwärmerischen alten Damen, aber dieses Haus habe ich nie gesehen. Ich hätte mich an die Treppe erinnert.«

»Oh, dann sind Sie also hier aufgewachsen? Das ist selten in Washington und in Georgetown noch seltener.«

»Ich wohne nicht mehr hier«, antwortete er kurz.

»Aber vielleicht erinnern Sie sich, warum dieses Haus nicht zu besichtigen war. Die vorherige Eigentümerin war eine exzentrische alte Dame, eine echte Georgetown-Persönlichkeit, wie sie im Buche steht. Sie sagte immer, sie will nicht, daß der Pöbel auf ihren Teppichen seinen Schmutz hinterläßt und ihre Sachen anstarrt.«

»Genau, jetzt erinnere ich mich. Allerdings habe ich ihre Gründe nie auf so eindrückliche und unschmeichelhafte Art dargestellt gehört. Gehe ich richtig in der Annahme, daß Sie das Haus möbliert gekauft haben? Sie können doch unmöglich all diese Möbel und den ganzen Nippes in Ihrem kurzen Leben selbst zusammengesammelt haben.«

»Ihre Vermutung, was die Einrichtung angeht, ist richtig«, sagte Ruth und ignorierte den etwas plumpen Versuch, ihr zu schmeicheln. »Aber ich habe das Haus nicht gekauft. Die alte Miß Campbell war meine Kusine zweiten Grades. Sie hat es mir vererbt.«

»Ich wußte gar nicht, daß sie noch lebende Verwandte hatte. Langsam erinnere ich mich wieder – stammte sie nicht sogar noch direkt von dem ursprünglichen Erbauer es Hauses ab?«

»Ja, genau. Das ist eins der wenigen Häuser, die nie restauriert worden sind, weil sie nie vernachlässigt wurden. Viele Möbelstücke stehen noch immer an der gleichen Stelle wie vor hundertfünfzig Jahren. Ich gehöre zu einer Seitenlinie der Familie. Miß Campbells Vater hat meine Großmutter verstoßen, aber das ist ungefähr tausend Jahre her.«

»Wie haben Sie es fertiggebracht, die alte Dame zu betören?« MacDougal fuhr mit einem Finger über den Rand des neben dem Sofa stehenden Tisches, der mit einem lieblichen Schmuckmotiv aus Bändern, Blumen und Früchten verziert war. Seine Hände waren groß und gebräunt und hatten breite Finger, aber seine Berührung war so zart wie die eines Musikers.

»Ich habe nicht die leiseste Ahnung. Als ich vor Jahren nach Washington kam, habe ich sie angerufen, aus purer Höflichkeit. Ich war noch nicht einmal interessiert an dem Haus, denn um diese Zeit hatte ich gerade meine moderne schwedische Phase. Aber ich wußte, daß all ihre näheren Verwandten nicht mehr lebten, daher dachte ich, die arme alte Seele wäre vielleicht einsam. Weit gefehlt! Sie hatte eine ungeheuer spitze und giftige Zunge, und die benutzte sie ausgiebig. Wenn ich nicht so wohlerzogen gewesen wäre, wäre ich nach den ersten fünf Minuten wieder gegangen. Aber das Haus fand ich wunderschön. Es war das erste Mal, daß ich so etwas überhaupt sah. Sogar jetzt weiß ich kaum etwas darüber. Ich habe keine Zeit, mich mit Architektur oder Antiquitäten zu beschäftigen, ich erfreue mich einfach nur daran. Als mich letztes Jahr Kusine Hatties Rechtsanwalt anrief, um mir mitzuteilen, daß sie mir das Haus vererbt hatte, fiel ich aus allen Wolken.«

»Vielleicht waren Sie die einzige Verwandte, die sie überhaupt persönlich kannte. Und wahrscheinlich hatte sie einen sehr stark ausgeprägten Familiensinn, wie so viele dieser sauertöpfischen alten Jungfern.«

»Das nehme ich auch an. Ich hatte immer ein schlechtes Gewissen, weil ich nicht einmal wußte, daß sie gestorben war. Ihr Rechtsanwalt sagte mir zwar, daß sie selbst auf einem ganz privaten Begräbnis bestanden hatte, aber wenn ich die Zeitungen gelesen hätte…«

»In unserem Alter liest man eben noch keine Todesanzeigen«, warf MacDougal trocken ein. »Warum haben Sie ein schlechtes Gewissen? Sie wollte es doch selbst so. Sie wird Sie bestimmt nicht als Gespenst heimsuchen, oder tut sie das?«

»Tut wer was?« fragte Sara, die im selben Moment mit einem Tablett hereinkam. Ruth bekam große Augen, sagte jedoch nichts. Sara hatte für Professor MacDougal das vorbereitet, was sie unter sich als den Service für Ehrengäste bezeichneten: geräucherte Austern, Nüsse (die Luxusmischung ohne Erdnüsse) und heißen Blätterteig, gefüllt mit Käse.

»Ob die alte Miß Campbell Ihre Tante als Gespenst heimsucht. Danke, Sara, das sieht sehr gut aus.« MacDougal bediente sich ohne Umschweife und ausgiebig. Dann warf er einen abschätzigen Blick auf Saras Kleidung. »Aber ich muß sagen, obwohl mir im allgemeinen die Sachen gefallen, die ihr Mädchen heute tragt, in diesem Zimmer sehen Sie so unpassend aus wie ein Kopfjäger in Versailles, Sara.«

»Ich teile Ihre ästhetische Einschätzung«, stimmte Ruth lächelnd zu, »aber ich kann mir Sara auch nicht in Rüschen und Krinolinen vorstellen.«

»Heute lassen sich die Leute von solchen Dingen sowieso nicht mehr beeindrucken«, meinte Sara verächtlich. »Es ist ja auch schrecklich – Sherry, Antiquitäten und all dieses Zeug, während nur ein paar Straßen weiter…«

»Diese Art Kontrast ist das banalste Klischee von allen«,

unterbrach sie MacDougal. Zu Ruths Überraschung nahm Sara den Verweis gelassen hin.

»Ja, Sir. Aber ein Klischee ist nicht notwendigerweise falsch, nicht wahr?«

»Nein, meine Liebe, und auch ich würde gerne jeden glücklich und gleichberechtigt sehen. Aber bis es soweit ist, schwelge ich weiter in meinen sündhaften bourgeoisen Vergnügungen, wie zum Beispiel Sherry und Antiquitäten. Sind Sie denn gar nicht empfänglich für den Charme dieses Ortes hier? Die alte Miß Campbell gehörte doch auch zu Ihrer Familie, nicht wahr?«

»Ich denke schon«, erwiderte Sara gleichgültig. »Meine Mutter ist Ruths Schwester, also bin ich Kusine Hatties... tja, was? Vierzehnte Kusine zweiten Grades? Merken Sie, wie albern das ist? Warum sollte ich für Kusine Hattie mehr empfinden als für Hairy Joe, der am Dupont Circle so wunderschön Gitarre spielt?«

»Alle Menschen sind Brüder«, kommentierte MacDougal mit süßlicher Stimme.

»Ja, verdammt noch mal!«

»Sara...« fing Ruth an.

»Lassen Sie nur«, unterbrach MacDougal sie. »Ich sollte das Mädchen nicht herausfordern. Aber ich kann es einfach nicht lassen. Es befriedigt meine sadistische Art, die richtigen Knöpfe zu drücken und zuzusehen, wie sie vor Empörung aufspringen. Sie setzen Verwahrlosung mit Mitmenschlichkeit gleich. Übrigens spielt Joe furchtbar schlecht Gitarre.«

»Oh, ich will gar nicht die Blumenkinder verteidigen«, entgegnete Sara in altklugem Ton. »Manche von ihnen sind ziemlich einfältig. Aber wenigstens denken sie über die wichtigen Probleme nach, auch wenn das, was sie denken, falsch ist. Während die Georgetown-Mentalität... Ich sage Ihnen, was ich typisch dafür finde. Die Geschichte von einer Gouvernante, die streng darüber wachte, daß ihre Schützlinge jeden Abend um Punkt zehn Uhr das Licht löschten. Und dann, nachdem sie gestorben war, gingen alle Lampen in ihrem früheren Zimmer genau um diese Zeit aus, ganz von allein. Leere Traditionen, unnütze Sentimentalität...«

»Ganz offensichtlich hast du ein Buch über Georgetown gelesen«, bemerkte Ruth, während sie die Gläser nachfüllte.

»Ein einziges, das erste und letzte! Ganz ehrlich, mir hat sich der Magen dabei umgedreht! So viel Güte und so viel Licht, und solche dicken fetten Lügen.«

»Na, na«, warf MacDougal grinsend ein.

»Sie wissen ganz genau, was ich meine. Wenn man diesem Buch glaubt, waren alle Bewohner von Old Georgetown freundliche, edle Philantropen. Aber schauen Sie sich nur die Bilder von Ihnen an! Zusammengekniffene Lippen, Hakennasen, grimmige alte Schreckgespenster! Und nicht ein Wort von Skandalen, Verbrechen... Wie ist das möglich, Sie wissen selbst, daß es in einem Zeitraum von zweihundert Jahren hier eine Menge Gewalt gegeben haben muß. Aber das Buch erwähnt sie nie – um Himmels willen, bloß nicht!«

»Etwas, was ich an der jungen Generation gar nicht mag«, sagte MacDougal traurig, »ist ihr bitterer Zynismus.«

»Ich nehme an, davon bekommen Sie eine ganze Menge zu hören?« fragte Ruth.

»O ja. Diese jungen Leute deprimieren mich zutiefst. Was halten Sie davon, mich nach einem harten Tag unter Halbwüchsigen ein wenig aufzuheitern, indem Sie mir beim Abendessen Gesellschaft leisten?«

»Sehr gerne«, antwortete Sara enthusiastisch.

»Nicht Sie«, entgegnete MacDougal, »nur Ihre Tante. Sie sind alt genug, um sich selbst ein Ei zu braten.« Beiläufig fügte er zu Ruth gewandt hinzu: »Man muß deutlich mit ihnen reden, sie verstehen keine Feinheiten.«

Ruths Blick war auf den goldenen Schimmer des Sherrys in ihrem Glas gerichtet. Sie hatte nur drei kleine Gläser davon getrunken, bei weitem nicht genug, um damit die angenehme Wärme zu erklären, die sie durchströmte. Und schließlich war er Professor – ein derart angesehener Beruf, machte sie sich innerlich über sich selbst lustig.

»Vielen Dank«, erwiderte sie schließlich absichtlich förmlich. »Ich nehme Ihre Einladung gerne an. Aber ich muß früh zu Hause sein.«

Im selben Moment wußte sie, daß diese letzte Bemerkung

ihn amüsieren würde. Sie tat es; sein Mund kräuselte sich, und die Augenbrauen schossen in die Höhe. Saras Reaktion war schlimmer. Nachdem sie ihr Erstaunen überwunden hatten, strahlte sie Ruth an wie eine stolze Mutter, die ihre Tochter zum ersten Rendezvous schickt.

3

Sie saßen in einem französischen Restaurant in Georgetown, nicht weit entfernt von Ruths Haus. Die Einrichtung war absichtsvoll und mit viel Geld in rustikalem Stil gehalten; zwischen zwei großen Kaminen hingen allerlei ländliche Gerätschaften und Kupferpfannen an den Wänden, die Kellnerinnen trugen weite Röcke und Schürzen. Das schummrige Licht war MacDougals Behauptung zufolge ein nicht erfolgreicher Versuch, die Armseligkeit der Kochkünste zu verbergen.

»Ich bin kein Gourmet«, erklärte er, während er mit ruhiger Zufriedenheit aß. »Ich merke zwar, wenn richtig schlecht gekocht wurde, aber es ist mir nicht wirklich wichtig. Natürlich tut es mir um Ihretwillen leid, daß ich eine schlechte Wahl getroffen habe. Ich kenne mich nicht allzu gut in der Stadt aus.«

»Ich nehme an, Sie sind viel unterwegs«, sagte Ruth. Sie hatte eben beschlossen, den größten Teil der ziemlich ungenießbaren Zwiebelsuppe stehenzulassen. »Und in Washington ändert sich dauernd alles in kürzester Zeit.«

»Das ist richtig, beides. Ich habe das letzte Jahr in Afrika verbracht und bin erst diesen Herbst wiedergekommen. Vielleicht bin ich deswegen gegenüber den hiesigen Kochkünsten so unkritisch. Verglichen mit dem, was ich zehn Monate lang gegessen habe, hat praktisch alles die Qualität eines ausgezeichneten *Cordon bleu.*«

»Was machten Sie denn in Afrika?« Ruth sah leicht bestürzt auf das Omelette, das ihr gerade serviert worden war. Omelette bestellte sie für gewöhnlich, wenn sie sich der Fähigkeiten des Kochs nicht sicher war. Doch selbst bei diesem schlechten Licht war deutlich zu erkennen, daß die bräunliche Rolle auf ihrem Teller einer nicht fachgemäßen Behandlung unterzogen worden war.

»Schwarze Magie studieren.«

»Oh, tatsächlich. Was ist das eigentlich, was Sie essen?«

»Eintopf. Auf der Karte steht zwar *Bœuf bourguignon*, aber es ist Eintopf. Lassen Sie das Omelette zurückgehen, wenn es Ihren Sinn für Ästhetik beleidigt. Essen Sie sich an Brot satt, während ich Sie ersatzweise mit Geschichten verwöhne, wie man den Teufel heraufbeschwören kann.«

»Ich dachte, Sie haben nur Spaß gemacht.«

»Aber nein. Tatsächlich bin ich eine der führenden Autoritäten auf dem Gebiet von Magie und Aberglauben. Erzählen Sie mir nicht, daß Sie noch nie von mir gehört haben.«

Er grinste sie an und nahm einen großen Bissen Eintopf.

»Es tut mir leid...«

»Merken Sie eigentlich nicht, wenn jemand Sie aufzieht? Trinken Sie noch etwas Wein. Das ist das einzige, was dieser infernalische Koch nicht verderben kann.«

»Danke. Und wie kommen Sie zu der Beschäftigung mit so... so...«

»Mit so absonderlichen Dingen? Nun ja, man könnte sagen, ich bin darüber gestolpert. Während meiner ersten Feldstudie in einem Dorf in Zentralafrika, wo die Eingeborenen an einem Fluch starben.«

Seine Stimme war sachlich, aber Ruth bemerkte, wie er über seine Weinglas hinweg gespannt ihre Reaktion beobachtete. Sie entschied, daß sie jedenfalls nicht springen würde, wenn er den richtigen Knopf drückte.

»Tatsächlich?« fragte sie höflich.

»Schreckliche Frau! Wollen Sie den Spieß umkehren und mich an der Nase herumführen?« MacDougal strahlte sie an. »Also gut, ich meine es in der Tat ernst. Sie starben wirklich und wahrhaftig, weil ihr Zauberdoktor sich geärgert und einen Fluch über sie verhängt hatte.« Jetzt war sein Gesichtsausdruck ernst, und seine Augen hatten sich verdunkelt. »Es waren sehr liebenswürdige Wilde«, fuhr er fort, »scheu und ein bißchen ängstlich. Ich habe meinen ganzen Vorrat an Erste-Hilfe-Mitteln aufgebraucht, als ich versuchte, ihnen zu helfen. Erst dann dämmerte mir langsam die Wahrheit.«

»Und was haben Sie getan, als Sie die Wahrheit erfuhren?« fragte Ruth.

»Was? Oh, ich... ich überzeugte den Schamanen, sich nicht in meine Aktivitäten einzumischen. Dann habe ich den Fluch wieder unwirksam gemacht.«

»Jetzt ziehen Sie mich auf.«

»Nein, das tue ich nicht. Wissen Sie, als ich jung war, wollte ich nicht nur Architekt werden und Feuerwehrmann und Cowboy und Spion und Müllmann, sondern kurze Zeit hegte ich auch den sehnlichsten Wunsch, als Zauberer auf einer Bühne zu stehen. Ich habe ausgiebig geübt und war gar nicht so schlecht. Also zog ich in Afrika einigen dieser Eingeborenen Schlangen aus den Ohren, sang Lieder, vollführte einen Zaubertanz...«

Er zuckte mit den Achseln. Ruth sah ihn nachdenklich an, dann entschied sie, daß er trotz seines breiten Lächelns die Wahrheit sagte.

»Ich wußte nicht, daß so etwas tatsächlich passiert«, erwiderte sie.

»›Stöcke und Steine können mir die Knochen brechen, aber Worte mich nie verletzen‹? Das ist falsch, sogar in unserer sogenannten rationalen Gesellschaft. Ein falsches Wort, verankert im Kopf eines verwirrten Kindes, kann Jahre später zu einem Mord führen. Und in einer Kultur, wo die Macht des Wortes anerkannt ist, kann ein Fluch töten. In diesem Dorf in Rhodesien tötete er acht Menschen.«

»Ich glaube, man wartet darauf, daß wir gehen, damit das Restaurant geschlossen werden kann«, meinte Ruth mit einem unbehaglichen Blick auf die Kellnerin, die in einer Haltung auffälliger Geduld an einer Wand lehnte. »Sollen wir...«

»Ja, gehen wir.« Sein Lächeln wurde noch breiter, als er sie über die Kerzenflamme hinweg ansah. »Sie reden über so etwas nicht gerne, habe ich recht? Warum nicht?«

»Warum nicht? Weil es gegen jede Vernunft ist.«

»Deswegen? Ich glaube, es gibt noch einen anderen Grund.«

»Ach? Sind Sie auch so etwas wie ein Psychologe?«

»Das muß ich in meinem Beruf sein. Die Erscheinungen, die wir als übernatürlich bezeichnen, sind Produkte des verrückten, durcheinandergebrachten menschlichen Geistes und weiter nichts.«

Er half ihr in den Mantel, und Ruth streifte ihre Handschuhe über. Auf dem Weg zur Tür sagte sie: »Sie haben recht, das Thema ist mir unangenehm. Merkwürdig. Aber ich habe nicht die Absicht, Sie in meinem Unterbewußtsein herumwühlen zu lassen, um eine Erklärung dafür zu finden.« Er lachte, und sie fügte scherzhaft hinzu: »Jedenfalls weiß ich jetzt, an wen ich mich wenden kann, wenn meine arme alte Kusine Hattie als Geist bei mir auftaucht.«

»Nein, zum Teufel, Sie haben es nicht verstanden! Ich glaube genausowenig an Geister wie Sie; wenn Kusine Hattie auftaucht, müssen Sie einen Priester oder ein Medium rufen. Die Dinge, die ich untersuche, sind völlig natürlich.«

»Okay, tut mir leid. Dann also nicht.«

Für den Weg zu ihrem Haus brauchten sie nur fünf Minuten. Sie schwiegen beide, während der Wagen ruhig durch die leeren Straßen rollte. MacDougal hielt vor dem Haus. Anstatt auszusteigen und ihr die Türe zu öffnen, drehte er sich zur Seite und sah sie an. Ruth war sich nicht bewußt, irgend etwas signalisiert zu haben, aber nach einem kurzen Moment änderte sich sein Gesichtsausdruck und er lehnte sich in seinen Sitz zurück.

»Ich frage Sie lieber gar nicht erst, ob ich mit hineinkommen darf«, sagte er leichthin. »Ich könnte in Versuchung geraten. Und ich möchte Sara nicht schockieren.«

»Sie wäre nicht schockiert«, entgegnete Ruth. Ihr Lächeln war nur leicht gezwungen. »Höchstens amüsiert.«

»Das wäre noch schlimmer. Gute Nacht, Ruth.«

4

Die Küche war warm und hell, und es duftete anregend nach frischem Kaffee. Ruth bestrich gerade ihre Toastbrotscheiben mit Butter, als sie Schritte hörte und vor Schreck das Messer fallen ließ.

»Meine Güte, hast du mich erschreckt«, rief sie, während ihre Nichte die Küche betrat. »Was machst du denn schon so früh hier? Es ist noch nicht einmal hell draußen.«

»Ich konnte nicht wieder einschlafen.« Sara gähnte so ausgiebig, daß Ruth vor Mitgefühl die Backenknochen weh taten. »Gib her, ich mach' das für dich.«

»Du schläfst ja noch halb. Setz dich und trink erst mal Kaffee. Es sei denn, du willst lieber wieder ins Bett gehen.«

Sara schüttelte den Kopf und ließ sich in einen Stuhl fallen. Ihr grüner Samtmorgenmantel mit den langen, spitzenbesetzten Ärmeln ging bis zum Boden. Ganz offensichtlich stammte dieser Beitrag zu Saras Garderobe von ihrer sie abgöttisch liebenden Mutter, die sich wahrscheinlich vorgestellt hatte, daß Sara darin jung und unschuldig aussehen würde. Statt dessen gaben der dunkle Schimmer des Materials und der ans Mittelalter erinnernde Stil ihrer Erscheinung eher eine reife und erhabene Schönheit. Sie sah aus wie eine Edeldame auf dem Bildnis eines spanischen Hofmalers aus dem sechzehnten Jahrhundert. Saras Haut war glatt und olivfarben, und ihr schwarzes Haar, das sie für die Nacht zu einem dicken Zopf geflochten hatte, glänzte wie poliertes Metall.

Ruth warf einen Blick auf die Uhr und goß sich noch eine Tasse Kaffee ein. Es war noch früh. Sie stand immer zeitig genug auf, um in aller Ruhe frühstücken zu können.

»Möchtest du Toast?«

»Nein, danke.« Wieder gähnte Sara.

»Warum nicht? Du brauchst nicht Diät zu halten, und wenn du schon nicht genügend schläfst, solltest du wenigstens ordentlich essen.« Ohne eine Antwort abzuwarten, steckte Ruth noch zwei Scheiben Brot in den Toaster und schob Sara den Teller hin, den sie für sich selbst vorbereitet hatte. Als sie einen zweiten Teller auf den Tisch stellte, biß Sara dankbar in ein mit Butter bestrichenes goldenes Dreieck.

»Hmm, gut«, sagte sie und lächelte ihre Tante an. »Entschuldigung, Ruth, eigentlich sollte ich dir dein Frühstück machen.«

»Ich wüßte nicht, warum.« Ruth erwiderte Saras Lächeln. Wie hübsch das Mädchen war! Die langen dunklen Wimpern waren so dicht, daß sie die Augen sogar jetzt groß und ausdrucksvoll erscheinen ließen, obwohl die Lider noch schwer vom Schlaf waren. Ruth mußte daran denken, daß das genau die Wirkung war, die von teuren Augen-Make-ups versprochen, meist jedoch nicht eingelöst wurde.

Kaffee und Toast weckten Saras Lebensgeister, und sie stand auf und fing an, Rührei zu machen.

»Ich liebe diese Küche«, sagte sie, während sie mit einem Quirl die Eimasse schaumig rührte.

Beifällig ließ Ruth ihren Blick durch den Raum schweifen. Im Gegensatz zu der tristen grauen Dämmerung, die draußen jetzt anbrach, fiel die behagliche Atmosphäre besonders auf. Der Edelstahl des Herdes, des Backofens und der doppelten Spüle sowie die makellos weiße Tür des Kühlschranks blitzten, während die Schränke aus Ahornholz mit den gehämmerten eisernen Beschlägen und Griffen einen wohnlichen Akzent setzten. Eine Wand war tapeziert, das altmodische Muster zeigte Bauern bei der Heuernte, eine Kopie eines alten französischen Originals. Das helle Rot der Hemden, die die Arbeiter trugen, und die goldenen Korngarben gaben der Küche einen lebendigen und fröhlichen Charakter, der durch das warme Rotbraun der Bodenfliesen noch verstärkt wurde. In einem Eckschrank mit Glastüren wurden mehrere Fächer von Ruths Teekannensammlung eingenommen, die aus Kannen in allen Materialien und Farben bestand.

»Allerdings müßte der Kühlschrank braun sein«, fügte Sara hinzu.

»Ich mag farbige Kühlschränke nicht«, erwiderte Ruth abwesend. Diesen Dialog hatten sie schon mehrere Male geführt, und inzwischen besaß er die angenehme Monotonie einer Routinehandlung. »Ich finde sie dekadent.«

»Wie farbiges Toilettenpapier«, fuhr Sara fort, und beide lachten.

»Bei dieser Küche ist einem sofort klar, daß du die Einrichtung ausgesucht hast«, sagte Sara. »War sie so unerträglich, als du das Haus geerbt hast?«

»Du hättest sie sehen müssen! Ich nehme an, daß Kusine Hattie vierzig Jahre lang nur von gekochten Eiern gelebt hat. Sie hielt nichts von neumodischen Erfindungen.«

»Es muß furchtbar ausgesehen haben!«

»Einige der alten Sachen waren richtige Museumsstücke. Zum Beispiel einer der riesigen, schwarzen Herde, die man mit Holz beheizt – ich glaube nicht, daß du so etwas jemals gesehen hast. Natürlich war er jahrelang nicht benutzt worden, es ist auch völlig unsinnig, so ein Monster für eine einzige Person in Gang zu bringen. Kusine Hattie kochte auf einem Kerosinkocher mit einer einzigen Flamme. Schrecklich gefährlich, diese Dinger. Es ist ein Wunder, daß ihr dabei nicht irgendwann das Haus abgebrannt ist.«

»Wie wär's mit ein wenig Ei?« Sara brachte die dampfende, mit einem Kupferboden versehene Pfanne zum Tisch und schwenkte sie einladend unter Ruths Nase.

»Liebes Kind, ich habe gefrühstückt!«

»Draußen ist es kalt, und du brauchst keine Angst zu haben, daß du dick wirst.« Sara gab einen Löffel voll lockeren goldgelben Rühreis auf Ruths Teller. »Du kommst doch nicht zu spät, oder?«

»Nein, ich habe Zeit. Was ist mit dir? Wann ist dein erster Kurs?«

»Erst um elf. Dieser langweilige Kurs über Geschichte der Diplomatie. Aber ich glaube, ich werde früher in die Uni gehen und in der Bücherei arbeiten.«

»Oder Kaffee trinken mit... wie war doch sein Name?«

»Bruce. Du weißt ganz genau, wie er heißt. Du versuchst nur, die Tatsache zu leugnen, daß er existiert.«

»Du hörst dich an wie dein Freund Professor MacDougal«, konterte Ruth.

»Wann bist du übrigens letzte Nacht nach Hause gekommen?«

»Das ist meine Sache. Und was Bruce angeht, ich habe keinerlei mentale Blockierungen in bezug auf seine Person. Er interessiert mich einfach nicht, das ist alles. Aber du weißt, was deine Mutter über ihn sagen würde.«

»Er ist nicht so schlimm wie Alan«, kicherte Sara.

»Da ich Alan nie gesehen habe, kann ich nichts dazu sagen. Die Beschreibung deiner Mutter war ziemlich schrecklich, aber ich bin gewillt, Übertreibungen zuzugestehen. Man übertreibt nämlich leicht«, fügte sie hinzu, als ihr klar wurde, daß sie gerade die vereinte Front der ältere Generation verletzt hatte, »wenn man sich um jemanden Sorgen macht, den man liebt.«

»Dazu hatte Mutter aber nicht den geringsten Grund. Ich war nie auch nur im mindesten in Versuchung, Alan zu heiraten.«

»Vielleicht hat sie sich gerade deswegen Sorgen gemacht.«

Sara lachte. Ihr Lachen klang weich und ansteckend und brachte auf ihren Wangen zwei Grübchen zum Vorschein.

»Ruth, du bist einfach wunderbar. Ich schätze deine Loyalität gegenüber Mutter, schließlich ist sie deine Schwester. Aber findest du nicht auch, daß ihre Haltung in bezug auf Sex etwas mittelalterlich ist?«

»Das ist ein Gebiet, auf dem ich keine Autorität bin.«

»Welches, Sex?«

»Die Haltung deiner Mutter zu Sex. Werd nicht frech.«

Ruths Ton war scherzhaft, aber Sara hatte ein Gespür für Nuancen, eine Seltenheit für ein Mädchen ihres Alters, wie Ruth meinte. Sie wechselte sofort wieder in harmlose Gefilde.

»Alan war nur eine kurzfristige Verirrung«, erklärte sie leichthin. »Eine Demonstration jugendlicher Rebellion meinerseits. Wenn Mutter nicht dauernd über ihn hergezogen wäre, hätte ich viel früher mit ihm Schluß gemacht.«

Und das stimmte wahrscheinlich, dachte Ruth. Wie oft hatte sie sich zurückgehalten und geschwiegen, wenn ihre Schwester Helen Sara oder den Jungen gegenüber Bemerkungen machte, die offensichtlich nur deren Widerspruch anstachelten. Nun ja, ermahnte sie sich selbst ironisch, unverheiratete Tanten wissen immer alles besser als die Eltern selbst. Und wie viele kleine Fehler Helen auch gemacht haben mochte, Sara machte der Familie alle Ehre. Sie war hübsch, charmant, klug und hatte darüber hinaus noch gute Manieren. Während Ruths Blick wohlgefällig auf Saras Gesicht ruhte, hatte sie den Eindruck, daß heute morgen irgend etwas an Sara anders war als sonst. Was war es nur?

»...die Tatsache, daß er sich niemals gewaschen hat«, hörte sie Sara sagen. »Es war nicht so, daß er es nicht gekonnt hätte, weißt du; er wohnte zu Hause, und seine Eltern hatten eine wunderschöne riesige Villa in Shaker Heights, mit fünf Badezimmern, keins weniger. Es war eine Frage des Prinzips.«

»Ich habe noch nie verstanden, welches Prinzip durch kultivierten Schmutz ausgedrückt wird«, murmelte Ruth, die in Gedanken nur halb bei dem Gespräch war. Sie versuchte noch immer dahinterzukommen, was ihr das Gefühl gab, daß etwas mit Sara nicht in Ordnung sei.

»Nun ja, es ist ein Protest dagegen, wie schrecklich die Welt ist.«

»Aber der Welt noch einen Gestank mehr hinzuzufügen, verbesserte sie doch auch nicht, oder?«

»Ruth, du bist ein hoffnungsloser Fall«, lachte Sara. »Wenigstens mußt du zugeben, daß Bruce tadellos gepflegt ist. Du kannst dich nur nicht damit abfinden, daß er einen Bart hat.«

»Es ist nicht so sehr der Bart selbst, als vielmehr mein Verdacht, daß er angeklebt ist. Bruce ist nicht alt genug, um einen Bart wie Philipp von Spanien zu haben. Sara, geht es dir gut? Fühlst du dich gesund?«

»Sicher, mir geht's prima. Ich bin ein bißchen müde, das ist alles.«

»Du hast gesagt, du konntest vorhin nicht wieder einschlafen. Was hat dich denn geweckt?«

Sara senkte den Blick. Sie nahm ihre Gabel in die Hand und fing an, goldene Stücken Rührei auf ihrem Teller hin- und herzuschieben.

»Wahrscheinlich mein schlechtes Gewissen. Ich müßte

mich öfter in der Bibliothek aufhalten. Es sind bald Zwischenprüfungen.«

»Ach so. Im Moment haben viele Leute Grippe, und du hast Schatten unter den Augen.«

»Wie kannst du mich nach all den Eiern, die ich bei dir esse, verdächtigen, Grippe zu haben? Nicht, Tantchen, laß diese Teller stehen, das ist meine Aufgabe. Ich gehe frühestens in einer Stunde los. Soll ich heute abend Spaghetti machen?«

»Das wäre wunderbar. Deine Spaghetti sind sehr gut.«

»Das sollten sie auch. Es ist alles, was ich außer Eiern kochen kann.« Und dann, als Ruth schon ihre Handtasche und Handschuhe aufnahm und zur Tür ging, fragte sie: »Ruth?«

»Ja?«

»Haben die Leute, die im Haus neben uns wohnen, einen Hund oder eine Katze oder so?«

»Die Owens haben einen Weimaraner und irgend jemand hinter uns eine siamesische Katze. Ich habe den Hund drüben ein- oder zweimal gesehen, wie er in den Büschen herumschnüffelte.«

»Ein Weimaraner? Sind das nicht diese geisterhaft aussehenden grauen Hunde mit den roten Augen? Wie heißt er?«

»Ich habe keine Ahnung. Warum fragst du?«

»Ach, nur so.« Das Zögern und der ausweichende Blick waren so untypisch für Sara, daß Ruth sich sofort wieder Sorgen machte. Sara lächelte sie beruhigend an und sagte dann: »Es hört sich so albern an. Aber ich bin davon aufgewacht, daß jemand hinterm Haus etwas gerufen hat, mitten in der Nacht. Ich habe angenommen, daß irgendein geliebtes Haustier nicht zum Abendessen nach Hause gekommen ist.«

»Was hat dieser jemand gerufen?«

»Oh, siehst du, deswegen wollte ich dir nichts davon sagen. Ich wußte, daß du sofort an einen verrückten Mörder oder einen Peeping Tom denken würdest.« In ihrem Ton schwang mit: »Das tun ja alle Erwachsenen.« Dann fuhr sie laut fort: »So etwas war das überhaupt nicht, es war einfach nur jemand, der ein Tier rief, oder auch ein Kind. Aber ich konnte mir nicht vorstellen, daß Kinder nachts um vier Uhr draußen herumspazieren. Also dachte ich, daß es wohl ein

Haustier sein mußte. Ich habe früher so nach unserem Kater gerufen, wenn ihn sein männlicher Instinkt zu lange draußen hielt.«

»Ich hoffe, du hast nicht so viel Lärm dabei gemacht, daß du die Nachbarn aufgeweckt hast. Ich werde mit Mr. Owens sprechen.«

»Nein, tu das nicht. Es war nur ein sanftes, leises Rufen, wirklich. Ich hoffe, sie finden den armen Sam«, fügte sie hinzu. »Er sieht wirklich etwas unheimlich aus, aber er war sehr freundlich, als ich das letzte Mal durch den Zaun mit ihm gesprochen habe.«

Ruth, die schon die Tür geöffnet hatte, drehte sich um.

»Sam? Nein, der Hund heißt Wolfgang von Eschenbach oder so ähnlich. Ich weiß nur, daß es ein völlig absurder Name ist.«

»Oh, dann muß es die Katze gewesen sein, die nicht nach Hause gekommen ist«, sagte Sara leichthin. »Ich bin nicht ganz sicher, wie der Name war, aber Wolfgang von Sowieso ganz bestimmt nicht. Es war Sammie oder so etwas Ähnliches. ›Komm nach Hause, komm nach Hause‹ – das hat die Stimme immer wieder gerufen – ›Sammie, komm nach Hause.‹«

5

»Mein Name«, klang es laut und vernehmlich durch den Telefonhörer, »ist Pat MacDougal.«

»Wie bitte?«, fragte Ruth ungläubig.

»Ich gebe zu, daß es ein komischer Name ist. Hört sich an wie eine Comicfigur. Aber zufällig ist es mein wirklicher Name.«

»Sie verrückter Kerl«, sagte Ruth und wurde dunkelrot, als ihre Sekretärin ihr einen überraschten Blick zuwarf. »Ich wollte sagen, wie haben Sie mich gefunden?«

»Ich hab' Sara angerufen und gefragt, wo Sie arbeiten. Das Landwirtschaftsministerium hat einen sehr effektiven Informationsdienst. Was, zum Teufel, tun Sie im Landwirtschaftsministerium – Äpfel zählen?«

»So etwas Ähnliches.«

»Hört sich ziemlich langweilig an für eine Frau mit Ihren Talenten.«

»Woher wissen Sie…«, begann Ruth, bevor ihr auffiel, daß sie dabei war, auf seinen Knopfdruck hin zu springen. »Es tut mir leid«, fuhr sie fort, »aber ich habe im Moment gerade viel zu tun. Kann ich Sie später zurückrufen?«

»Nein. Später werde ich bei Ihnen vorbeikommen, vorausgesetzt natürlich, daß Ihnen das recht ist.«

»Nun, das ist es nicht.«

»Halt, warten Sie einen Moment. Lassen Sie uns noch mal von vorn anfangen. Ich weiß auch nicht, warum Sie diese Wirkung auf mich haben.« Seine Stimme klang verwirrt. »Normalerweise bin ich eigentlich sehr höflich und umgänglich. Mrs. Bennett, meine Mutter gibt heute eine dieser spontanen Dinnerpartys, für die sie in Washington berühmt ist. Eigentlich ist mir das völlig egal, wissen Sie, und meist bin ich zum Glück ja auch nicht da, aber diesmal hat sie mich am Haken. Sie hat mich gebeten, jemanden mitzubringen, und gestern abend habe ich in Ihrer faszinierenden Gesellschaft leider vergessen, Sie zu fragen. Ich weiß, daß es verdammt kurzfristig ist, aber daran ist meine Mutter schuld, ich kann nichts dafür. Sie macht dauernd solche Sachen.«

»Es tut mir leid«, begann Ruth, und erst dann wurde ihr klar, was er eben gesagt hatte. »Ihre Mutter… Sie meinen nicht Mrs. Jackson MacDougal?«

»Doch, das ist sie.« Sein Tonfall war trotzig.

»Ja, dann… ich weiß auch nicht…«

»Zum Teufel, Ruth, Sie müssen mir da raushelfen. Ich möchte die Gefühle der alten Dame nicht verletzen, aber diese merkwürdigen Figuren, die sie da immer einlädt, machen mich wahnsinnig. Bitte!«

»Figuren? Sie meinen den berühmtesten Dirigenten Europas, diesen russischen Ballettänzer, der sich in den Westen abgesetzt hat, die Frau, deren Vorhersagen über…«

»Ja, ja, genau diese Leute. Ich weiß nicht, wer heute abend

da sein wird. Sehen Sie, Ruth, Sie scheinen ja von ihr gehört zu haben, also wissen Sie, daß es nicht meine Schuld ist, diese Einladung in letzter Minute, meine ich. Sie macht das dauernd, und sie kommt damit durch, was noch erstaunlicher ist. Also kommen Sie mit? Bitte!«

»Gut, ich komme. Und vielen Dank.«

»Ich danke Ihnen.« Es folgte ein tiefer Seufzer der Erleichterung. »Um halb acht?«

»Kommen Sie lieber um halb sieben, und wir trinken noch etwas. Ich glaube, das werde ich brauchen.«

»Das werden wir beide brauchen, aber nicht aus dem Grund, den Sie im Kopf haben. Zum Teufel damit, es ist nur eine langweilige Party, mehr nicht. Nochmals danke. Also bis halb sieben.«

»Halt, Pat! Was soll ich...«

Aber es war schon zu spät, MacDougal hatte aufgelegt. Als Ruth sich umdrehte, sah ihre junge, miniberockte und stark geschminkte Sekretärin sie mit offenem Mund bewundernd an.

»O mein Gott!« hauchte sie, »Mrs. Jackson MacDougal!«

»Und wer ist sie?« fragte Sara.

»Oh, nur die bekannteste Gastgeberin Washingtons. Einladungen zu ihren Partys werden höher angesehen als Einladungen ins Weiße Haus.«

»Und deswegen bist du früher nach Hause gekommen?« fragte Sara ungläubig.

»Ja, und deswegen sind wir jetzt hier, um mir etwas Anständiges zum Anziehen zu kaufen. Meine Güte, es ist noch immer so kalt. Ungewöhnlich für diese Jahreszeit.«

»Das sagt ihr Washingtoner dauernd.« Sara zog ihre schwarze Lederjacke fester um sich, als eine Windbö sie ihr vom Leib zu reißen drohte. Ihr schwarzes Haar wurde vom Wind steil in die Höhe gepeitscht und erinnerte Ruth an ein Bild vom Hexensabbat. »Also wirklich, Ruth, das wundert mich. So ein Aufwand für irgendeine snobistische alte Gesellschaftstante.«

»Das ist sie nicht. Ihr Ehemann – liebe Güte, er ist ja Pats

Vater! – war Botschafter in England. Die Familie ist nicht nur furchtbar reich, sondern auch sehr gebildet und kultiviert. Mrs. MacDougal lädt keine Schickeria ein, sondern nur Leute, von denen sie meint, daß sie wirklich interessant sind. Deswegen ist es auch so schwierig, an eine Einladung heranzukommen.«

»Hmmm«, meinte Sara, offensichtlich wenig überzeugt von Ruths Erklärung. »Na ja, ist auch egal, was du für Gründe hast, jedenfalls mußt du uns natürlich Ehre machen und gut aussehen. Also, wo gehen wir zuerst hin?«

»Wir gehen nur in ein Geschäft«, antwortete Ruth, während sie, vom Wind geschoben, viel schneller um die Ecke und in die Wisconsin Avenue einbog, als sie eigentlich vorgehabt hatte. »Meine Güte, dieser Wind bläst einen glatt von der Straße! Wir gehen zu Lili's.«

»Aber da kaufst du doch deine Sachen immer.« Sara griff nach ihrem flatternden schwarzen Haar und versuchte vergeblich, es aus ihrem Gesicht zu halten. »Laß uns ein bißchen bummeln, wir haben doch genug Zeit. Ich liebe die Läden in Georgetown.«

Ruth ging es genauso, und so kamen sie nur langsam voran, trotz des Windes, der die Wisconsin Avenue hinunterpfiff wie durch einen Tunnel und sie vorwärtsschob. Zehn Minuten lang blieben sie vor einem Laden mit Importen aus Schottland stehen und bewunderten die karierten Stoffe. Es war kaum zu glauben, daß diese wilden Farbmischungen – rot, gelb und schwarz, oliv und blaßgrün mit einem scharlachroten Faden, türkis, orangerot und indigoblau – tatsächlich die jahrhundertealten Muster schottischer Clans und nicht die Erfindungen eines verrückten italienischen Designers waren. Diese Modelle waren in anderen Läden vertreten, die ›Whimsique‹ oder einfach ›der ort‹ hießen, ganz ohne Großbuchstaben. Ruth fand die Namen irritierend, aber Sara lachte nur, während sie vor einem Schaufenster stehenblieb, das von einer Girlande aus riesigen orangefarbenen und roten Papierblumen umrahmt war. Es enthielt so nützliche Dinge wie eine indianische Wasserpfeife und einen zwei Meter hohen Vogelkäfig aus vergoldetem Bambus, besetzt mit falschen Rubinen und Saphiren.

In einem Delikatessenladen kauften sie Ruths Lieblingsweißwein aus Deutschland und Snacks für den Cocktail. Dann kamen sie an einem mexikanischen Geschäft vorbei. In seiner Auslage hing ein Kleid aus leuchtend rotem Stoff mit weitem Faltenrock, dessen Schulterpartien und Ärmel mit einem schwarzgoldenen Vogelmuster bestickt waren. Sara war so fasziniert, daß sie sich kaum wieder von dem Anblick trennen konnte. In einem indischen Laden bewunderten sie die Saris, und Ruth meinte, daß Sara wunderbar darin aussehen würde. Besonders angetan war sie von einem weißen Gewand mit goldenen Bordüren. Schließlich fanden sie, daß es nun wirklich Zeit war, nach einem Kleid für Ruth zu suchen. Nur im Vorübergehen warfen sie einen Blick in den Kerzenladen, die kleine Galerie und das Juweliergeschäft, das auf antiken Schmuck spezialisiert war. Als sie sich nur noch wenige Häuserblocks von Lili's entfernt befanden, blieb Sara vor einem Schaufenster stehen.

»Schau nur, Ruth. Was für ein süßes Kleid!«

Ein schmaler Schlauch mit langen Ärmeln und hochgeschlossenem Kragen, dafür aber praktisch keinem Rock glänzte in allen Regenbogenfarben.

»Sieht nicht gerade aus wie der ideale Laden für mich«, bemerkte Ruth.

»Laß uns trotzdem mal reingehen.«

Das Geschäft war klein und mit dicken Teppichen ausgelegt. Die Ware hing dezent in Kleiderständern an den Wänden, und nur zwei einzelne Modelle standen in der Mitte des Ladens. Die Verkäuferinnen, elegante junge Frauen, die wie Studentinnen aussahen, lächelten die neuen Kundinnen freundlich an und wandten sich dann wieder ihrer Unterhaltung zu.

»Das ist es«, sagte Sara und ging entschlossen auf eines der beiden Kleider zu, das in einsamem Glanz in der Mitte des Raumes erstrahlte. »Ich habe es neulich schon gesehen, und es fiel mir sofort ein, als du sagtest, du bräuchtest etwas, das ein bißchen was hermacht, aber nicht zu förmlich aussieht.«

Mißtrauisch betrachtete Ruth die Kreation. Sie war in dem neuen romantischen Stil gehalten, ein weiter Samtrock wurde in der Taille von einem breiten, weichen Gürtel zusammengehalten, dazu gehörte ein weißes Organdy-Oberteil mit langen Ärmeln und einer Kaskade steifer Rüschen an der Vorderseite.

»Bei dir würde es wunderbar aussehen«, sagte Ruth vorsichtig.

»Nein, nein, das ist überhaupt nicht mein Stil«, entgegnete Sara. »Ich habe zu lange Beine für diese neue Länge, Midi heißt sie.«

»Ein häßlicher Name für eine unkleidsame Länge«, kommentierte Ruth. Sie fuhr mit den Fingern durch die Rüschen, die sofort wieder zurück in ihre Form sprangen, als seien sie frisch gestärkt.

»Probier es doch trotzdem mal an. Erst dann kann man wirklich beurteilen, wie man darin aussieht.«

Als sie den Laden mit einer großen Tüte verließen, bestand Sara darauf, Ruth noch zu einem Kaffee in einer nahegelegenen Espressobar einzuladen. Während Ruth an einer Flüssigkeit nippte, die man ihr unter dem Namen Cappuccino serviert hatte, mußte sie an ihren Aufenthalt in Italien vor vier Jahren denken. Dieses Getränk hier hatte keinerlei Ähnlichkeit mit dem, das sie damals unter demselben Namen in Florenz getrunken hatte. Natürlich behielt sie ihre Gedanken für sich, ebenso ihre Meinung zur Einrichtung des Cafés, bei der Modernität offensichtlich das oberste, wenn nicht einzige Gebot gewesen war. An den Wänden hingen Originalbilder und daneben kleine Preisschilder. Die eine Hälfte der Einwohner Georgetowns malte; die andere Hälfte kaufte die Bilder. Der Blick auf die Speisekarte hatte Ruth einen leichten Schock versetzt.

»Ich dachte, solche Cafés wären billiger«, bemerkte sie zögernd. »Weil... nun, eben weil sie für Studenten sind.«

»Nur zu, heraus mit den Klischees.« Sara lachte. »Heutzutage sind einige Studenten ganz hübsch reich. Warst du noch nie in einem Café wie diesem hier?«

Ruth schüttelte den Kopf.

»Siehst du, was ich für einen guten Einfluß auf dich habe. Zwei neue Erfahrungen an einem Tag. Ich muß dich einmal mit in eine Diskothek nehmen. Und du behauptest, du bist eine alteingesessene Georgetownerin. Oder heißt es Georgetownianerin?«

»Georgetown verändert sich eben«, entgegnete Ruth trokken. »Und die Menschen bleiben nun mal gern auf ihren gewohnten Pfaden. Ich gebe aber zu, daß es vielleicht nicht immer gut ist, sich nur noch in derselben ausgetretenen Spur zu bewegen. Man merkt es vielleicht gar nicht, bis es eines Tages zu spät ist, um wieder herauszukommen. Du bist tatsächlich ein guter Einfluß für mich, Sara. Und ich genieße deine Gesellschaft sehr.«

»Danke. Ich finde es auch schön mit dir zusammen.«

Sie lächelten sich an. Dann sah Ruth auf ihre Uhr.

»Oh, wir müssen uns beeilen. Sonst habe ich nicht mehr genug Zeit, alles in Ruhe vorzubereiten.«

»Du brauchst noch Schuhe«, sagte Sara und zog ihre Jacke über. »Oder doch nicht, du hast diese Pumps mit den flachen Absätzen und den großen Schnallen, das wär' genau das Richtige. Und schwarze Strümpfe.«

»Auf keinen Fall«, erwiderte Ruth fest.

»Ich hab' welche, die ich dir borgen kann.«

Ruth war zufrieden mit dem Gesamteindruck, den die schwarzen Schuhe und Strümpfe mit dem Kleid bildeten, bis sie Pat MacDougals Gesicht sah. Er sagte jedoch nichts, machte ihr nur ein höfliches Kompliment. Ruth glaubte zu wissen, warum; und Saras Lächeln war einfach zu mütterlich, um ihr eine Ermutigung zu sein.

»Und mach dir die Lammkoteletts«, ermahnte sie ihre Nichte. »Laß dir keine Pizza kommen oder so was. Du brauchst etwas Solides.«

»Oh, dabei fällt mir ein«, sagte Sara und versuchte so auszusehen, als sei ihr der Gedanke gerade gekommen, »ich könnte doch Bruce fragen, ob er vorbeikommt und mit mir ißt. Wär' dir das recht?«

Ruth hatte gleich am Anfang mit Sara die Regeln für Besuche festgelegt, und eigentlich bedurfte Bruces Anwesenheit nicht einmal ihrer Zustimmung. Daher empfand sie selbst ihre enthusiastische Reaktion auf Saras Vorschlag etwas unverständlich. Sie war jedoch zu sehr in Eile, um zu analysieren, warum sie so froh war, daß Sara gerade heute Abend Gesellschaft hatte. Sicher hing es irgendwie noch mit dem Morgen zusammen. Sie schob die Gedanken beiseite, während Pat sie zur Tür zog.

6

Ruth kannte natürlich Mrs. MacDougals Haus schon von außen; es war eine der berühmtesten Villen Georgetowns. Sie einmal von innen zu sehen wäre Grund genug gewesen, um Pats Einladung anzunehmen. Heute lag das Haus fast inmitten Georgetowns, einst jedoch, als der Ort am Potomac gegründet worden war, hatte es am Ortsrand gestanden. Viele Bewohner der Stadt betonten stolz, daß das ursprüngliche George Town bereits ein weltstädtisches Flair hatte, als die neue Hauptstadt noch ein Sumpfgebiet war. Akademien und Juwelenhändler hatten dort ihren Sitz, und die reichen Leute besaßen schon früh Sklaven. Repräsentanten der jungen Nation mußten vom Präsidenten angewiesen werden, ihren Wohnsitz in die neue Stadt zu verlegen, die nach ihm benannt worden war; nur widerwillig trennten sie sich von den Annehmlichkeiten des Ortes, der nach einem anderen, weniger populären George benannt war.

Nicht gerade bescheiden hatten die Einwohner der MacDouglas-Villa das Haus ›Bartons Stolz‹ genannt. Längst befand es sich nicht mehr im Besitz der Barton-Familie, aber seine Lage hatte nichts von ihrer Schönheit eingebüßt. Es stand auf einem Hügel und war umgeben von hohen Eichen. Noch immer nahm das Anwesen dasselbe weitläufige Areal ein wie einst, was nur noch bei wenigen Besitztümern in der Umgebung der Fall war. Pats kleiner Jaguar brauste mit einem herausfordernden Röhren die elegante, fast kreisförmige Auffahrt zum Haus hinauf.

Nachdem Pat ihr aus dem Auto geholfen hatte, blieb Ruth einen Moment stehen, um die beeindruckende Fassade zu bewundern. Das Haus war hell erleuchtet, was den unverputzten Ziegelsteinen einen rosigen Schimmer verlieh. Der wilde Wein, der die Mauer hinaufrankte und im Sommer die strengen georgianischen Linien auflockerte, hatte kaum noch Blätter; das letzte blutrot gefärbte Laub flatterte im Wind. Eine Freitreppe führte zur Haustür, über der sich ein halbrundes Oberlicht mit fächerförmigen Sprossen befand. Rechts und links der Tür schlossen sich hohe Fenster an.

Die Eingangshalle war so groß wie Ruths Wohnzimmer. Riesige Kronleuchter, deren Kristallgehänge durch den Windzug bei ihrem Eintreten leise klirrten, sahen aus, als stammten sie von einem Loire-Schloß. Der Teppich war ein weites Feld aus gedämpften Beige-, Blau- und Rottönen. Ruth hatte etwas Ähnliches schon in Museen an den Wänden gesehen, aber nie zuvor auf einem Fußboden. Am Ende des Flures führte eine Treppe in den nächsten Stock. Etwa in halber Höhe des Raumes teilte sie sich in elegantem Schwung vor einem runden Fenster. An zwei Seiten der Eingangshalle befanden sich Kamine, in denen Holz knisterte und orangegoldene Flammen in die Höhe züngelten. Ruth wartete, bis sich der Butler mit ihren Mänteln entfernt hatte, dann sagte sie leise aus dem Mundwinkel heraus: »Und Sie wagten es, meine Hütte zu bewundern.«

»Oh, ich bewundere diesen Ort auch«, entgegnete Pat. »Aber so, wie ich den Louvre bewundere.«

»Sie wohnen nicht hier?«

»An solchen Orten wohnt man nicht; man spielt eine Rolle, wie auf der Bühne. Warten Sie, bis Sie Mutter in Aktion erleben, dann werden Sie verstehen, was ich meine.«

Er faßte sie am Arm und führte sie zu der hohen Flügeltür zu ihrer Linken. Noch bevor sie sie erreicht hatten, flog sie auf und Mrs. Jackson MacDougal kam mit ausgestreckten Armen und strahlendem Gesicht auf sie zu. Ruth verschlug es die Sprache.

Washingtons berühmteste Gastgeberin war ein einziges silbriges Glänzen. Diamanten strahlten in ihrem hochaufgetürmten weißen Haar, an ihren dicken kleinen Händen und ihrem feisten Hals. Auch das unglaubliche Kleidungsstück, das sie von Kopf bis Fuß einhüllte und sich wie ein Zelt um sie bauschte, als sie auf sie zugerauscht kam, glänzte silbern. Ein Kaftan aus Silberlamé, dachte Ruth und unterdrückte ein Lachen. Über den weiten Falten erhob sich Mrs. MacDougals vielfotografiertes Gesicht unglaublich hausbacken und unscheinbar wie ein Wasserspeier vom Dach einer gotischen Kathedrale.

Mrs. MacDougal warf sich auf ihren Sohn, und für eine Sekunde bot sich Ruth der unvergeßliche Anblick seines markanten männlichen Gesichts und flammenden Haars, eingehüllt in wehende silberne Falten.

»Du schrecklicher Mann, warum kommst du nicht öfter?« begrüßte ihn Mrs. MacDougal. »Wer ist das? Mrs. Bennett? Wie geht es Ihnen, freut mich sehr, freut mich sehr. Sehr viel passender als die letzte, muß ich sagen. Aber die hast du ja auch nur mitgebracht, um mich zu ärgern, das war mir klar. Hat nicht funktioniert, wie du siehst.«

Pat gab ihr Grinsen zurück. Einen Moment lang waren sich die beiden Gesichter geradezu unheimlich ähnlich.

»Keiner meiner Tricks funktioniert bei dir. Du warst dermaßen nett zu dieser Frau, daß sie sich die größten Hoffnungen machte. Hat mich wochenlang verfolgt. Ich mußte das Land verlassen, um sie loszuwerden. Allerdings«, fügte er hastig zu Ruth gewandt hinzu, »war sie keineswegs hinter meinem Verstand und meinem guten Aussehen her.«

»Wo das doch völlig ausreichend wäre, um hinter Ihnen her zu sein, nicht wahr?« gab Ruth zurück, da die Konversation nun einmal im entspechenden Ton geführt wurde. Die alte Dame lachte beifällig und hakte sich bei Ruth unter, wobei ihr silberner Ärmel hochrutschte und einen weiteren halben Meter Diamantenreihen sehen ließ.

»So ist es richtig, weisen Sie ihn nur in seine Schranken. Ich habe ihn nie ordentlich erzogen. Kommen Sie, ich stelle Ihnen die anderen Gäste vor. Es ist nur ein kleines Grüppchen, Pat kommt nicht, wenn ich mehr als ein Dutzend eingeladen habe.«

Das Dutzend war eine erlesene Auswahl Prominenter, und da es so viele von ihnen auf einmal gab, gingen ihre individuellen Besonderheiten in der allgemeinen Aura von Berühmtheit fast unter. Ruth erkannte einen jungen, attraktiven Politiker, Junggeselle und von Frauen umschwärmt, und einen großen, melancholischen Mann, der die musikalische Hälfte des berühmtesten Musicalteams am Broadway bildete. Sie wurde vollkommen von Mrs. MacDougal mit Beschlag belegt, die ihre anderen Gäste weitgehend sich selbst überließ. Ihre Taktik war offenkundig; trotzdem fiel es Ruth schwer zu glauben, daß diese Nachfahrin millionenschwerer Aristokraten stellvertretend für ihren Sohn um sie warb.

»Aber, Mrs. MacDougal«, protestierte sie nach einer besonders eindeutigen Bemerkung, »ich glaube nicht, daß...«

»Sie glauben, daß ich eine schreckliche Nervensäge bin«, unterbrach ihre Gastgeberin sie gelassen. »Das bin ich auch, aber was Pat angeht, ist es mir wirklich ernst. Ich möchte, daß er endlich zur Ruhe kommt. Das klingt absurd, nicht wahr, für einen Mann seines Alters? Er war schon einmal verheiratet, wissen Sie. Sie sicherlich auch, nehme ich an.«

»Mein Mann lebt nicht mehr«, entgegnete Ruth, so verblüfft durch die unverblümte Art der alten Dame, daß ihr nichts als die reine Wahrheit mehr einfiel. »Er ist im Krieg gefallen.«

»Im Zweiten Weltkrieg? Natürlich. Wir Alten sagen immer noch ›der Krieg‹. Pats Frau ist nicht gestorben. Sie hat sich scheiden lassen. Sie war schrecklich, aber ich habe verstanden, warum sie nicht bei Pat bleiben wollte. Ständig hat er sich in die Dschungel Afrikas oder die Wüsten Australiens davongemacht. Das ist nicht amüsant für eine Frau! Aber es ist höchste Zeit, daß er es wieder einmal versucht. Er kann sich nicht immer weiter in der Wildnis herumtreiben, er wird langsam alt. Diese Orte sind nicht ungefährlich.«

Ruths Bedürfnis zu lachen verging ihr beim Anblick von Mrs. MacDougals Gesichtsausdruck. Sie kannte diesen Ausdruck, denn sie hatte ihn nur allzuoft bei ihrer Schwester gesehen. Offensichtlich endete der Mutterinstinkt nie, auch nicht bei einer achtzig Jahre alten Frau, deren Sohn sich in mittleren Jahren befand. Ruth war von dieser Erkenntnis durchaus nicht amüsiert, eher fand sie Mrs. MacDougals zielstrebiges Vorgehen beängstigend.

Als sie später bei Tisch saßen, fiel Ruth auf, daß Pat mit jedem Gang grimmiger dreinblickte. Das Essen selbst konnte nicht der Grund seiner Unzufriedenheit sein, denn es war vorzüglich. Ruth fragte sich, ob vielleicht seine Tischnachbarin damit zu tun hatte, die in einem fort auf ihn einredete. Sie war sehr groß und dünn und so blaß, daß sie schon fast anämisch aussah. Ihr aschblondes Haar umgab ihren Kopf in einer merkwürdig altmodischen Frisur aus Zöpfen, Schnecken und Kringeln. Wenn nicht durch Mrs. MacDougals Aufmachung der Maßstab für Originalität besonders hoch angesetzt gewesen wäre, hätte man das Kleid von Pats Tischnachbarin exzentrisch finden können. Rauchgraue, bauschige Chiffonrüschen flatterten in gefährlicher Nähe der Kerzen und Weingläser, sobald sie ihre Hände hob. Und das tat sie oft, in einstudierten, fließenden Gesten.

Als das Essen beendet war und die Gäste in den kleinen Salon geführt wurden, kam Pat eilig auf Ruth zu.

»Lassen Sie uns schnell verschwinden«, murmelte er. »Diese schamlose alte...«

Er verschluckte den Rest des Satzes, als er sah, wie seine Mutter, die höchstwahrscheinlich das Objekt seiner Beschimpfung hatte werden sollen, zielstrebig auf sie zugerauscht kam.

»O nein, das tust du nicht, Patrick James«, sagte sie streng.

»Mutter, du weißt, wie sehr ich diesen Unsinn hasse!«

»Ich weiß, aber ich habe keine Ahnung, wieso eigentlich, wo du dich doch die ganze Zeit mit viel merkwürdigeren und lange nicht so interessanten Dingen abgibst. Du kennst Nada überhaupt noch nicht, ganz Washington reißt sich im Moment um sie, und ich bestehe darauf, daß du bleibst. So unhöflich kannst du auch Mrs. Bennett gegenüber nicht sein, wenn ich dir schon egal bin.«

»Oh, na gut, wir bleiben.«

»Was ist denn los, um Himmels willen? Worum geht es

überhaupt?« flüsterte Ruth, während sie der triumphierend vorauseilenden Mrs. MacDougal in den Salon folgten.

»Haben Sie diese blutleere Bohnenstange nicht erkannt, an die ich während des Essens gefesselt war? Wieder so ein Trick dieses alten Drachens, sie weiß ganz genau, daß ich solche Leute hasse. Ihre Gesellschaft ist im Moment sehr begehrt in den reichen Kreisen, die es chic finden, sich spiritistisch zu geben. Ein Medium.«

»Oh, ich habe noch nie eine Sécance miterlebt«, erwiderte Ruth neugierig. »Das fände ich interessant.«

»Es wird nicht interessant sein. Diese Banausen kennen überhaupt keine wirklich guten Tricks. Ich werde Ihnen einmal einen Schamanen der Hottentotten bei der Arbeit zeigen, das ist eindrucksvoll. Sie sind Meister in Massenpsychologie.«

Trotz seiner Spötteleien ließ sich Pat während der Sitzung von seiner Abneigung nichts anmerken. Ruth hatte den Verdacht, daß er nun doch aus beruflichen Gründen interessiert war. Kurz bevor die Lichter ausgingen, fiel ihr an ihm ein Gesichtsausdruck auf, den sie oft bei ihrem Chef gesehen hatte, wenn ein besonders kniffliges Problem auftrat.

Mrs. MacDougal erklärte, daß Geister sehr empfindlich auf Licht reagierten, weshalb die meisten Séancen im Halbdunkel abgehalten würden. Mit einem eindringlichen Blick zu ihrem Sohn, der sie höflich anlächelte, fügte sie hinzu, daß diese Maßnahme nicht etwa dazu diente, Betrug zu erwecken. Bei Madame Nada könne ein derartiger Verdacht ohnehin gar nicht erst aufkommen, da sie ein geistiges Medium sei. Sie ließ sich gar nicht erst auf so vulgäre Vorführungen ein wie die sogenannten physischen Medien, die zum Beispiel mit Tamburinen, Trompeten und Ektoplasmahänden arbeiteten.

Während Mrs. MacDougal diese Einführung gab, saß Madame Nada mit gefalteten Händen ruhig da und lächelte leise. Nur ihre kleinen dunkelbraunen Augen bewegten sich und belegten einen offensichtlichen Widerspruch zu ihrer einstudierten Ruhehaltung. Unaufhörlich wanderten sie in der Runde von einem zum anderen und registrierten jedes Detail.

Als die Lichter erloschen, erklangen Seufzer, nervöses Kichern und ein lautes Gähnen, dessen Quelle Ruth sofort erkannte. Um für die Gäste aus dem Jenseits die Atmosphäre noch angenehmer zu gestalten, faßten sich alle an den Händen. Zu Ruths Rechten saß Mrs. MacDougal. Ihre dicke Hand war erstaunlich kühl und trocken. Sie fühlte sich so angenehm an wie die eines kleinen pummligen Mädchens, das sich mit billigem, unechtem Schmuck behängt hat, der auf der Haut kratzte. ›Im Dunkeln sind alle Diamanten Straß‹, dachte Ruth und registrierte belustigt, daß sie etwas angetrunken war. Aus Angst, störende Schwingungen zu erzeugen, unterdrückte sie ihr Lächeln jedoch schnell wieder. Der Wein beim Essen war reichlich geflossen, und er war viel zu gut gewesen, um ihn an sich vorbeigehen zu lassen.

Der Junge zu Ruths Linken hatte feuchte Hände, und sie fragte sich, ob dies ein allgemeines Kennzeichen von ihm war oder die Situation ihn nervös machte. Mrs. MacDougal hatte ihr erzählt, daß er gerade in der Wisconsin Avenue einen psychedelischen Laden eröffnet hatte, in dem man Poster der Beatles in verschiedenen unglaublichen Kostümen, strahlende Bilder indianischer Weiser und grobgearbeitete, aber handgemachte Ledersandalen kaufen konnte.

Da im Kamin ein Feuer brannte, war es im Zimmer nicht völlig dunkel, und nachdem ihre Augen sich an das Licht gewöhnt hatten, konnte Ruth schattenhafte Umrisse erkennen. Mrs. MacDougals Diamanten und das Silberband im Haar des Mediums schimmerten rötlich. In dem folgenden langen Schweigen hörte man nur einmal jemanden kichern; sofort ertönte ein mißbilligendes ›ssst‹, und das Kichern erstarb. Die Wärme, der behagliche Schein des Feuers und der Wein machten Ruth schläfrig. Wie peinlich wäre es, dachte sie halb amüsiert, wenn ich vom Stuhl fallen würde.

Die Stimme des Mediums ließ sie alle hochfahren. Sie war schleppend und weich, als verweilte sie bei jedem einzelnen Wort. Akzent und Tonfall hatten sich verändert, aber noch konnte man deutlich die Stimme Madame Nadas erkennen. Ihre Worte waren verblüffend alltäglich.

»Guten Abend, meine Damen und Herren.«

»Guten Abend, Maybelle«, antwortete Mrs. MacDougal freundlich und sanft. »Wie geht es dir heute abend?«

»Sehr gut, vielen Dank. Wie Sie ja wissen, geht es uns hier immer gut.«

»Ja, meine Liebe, das weiß ich. Maybelle ist Madame Nadas Mittelsperson«, erklärte Mrs. MacDougal den Umsitzenden in durchdringendem Flüsterton. »Ein junges Mädchen aus dem Süden, wohlerzogen und aus gutem Haus. Das arme Kind wurde von einem Soldaten der Nordstaaten während des Bürgerkrieges vergewaltigt. Aber sie empfindet keinen Haß mehr.«

»Liebe«, säuselte Maybelles Stimme. Der langhaarige junge Mann an Ruths linker Seite rutschte unbehaglich auf seinem Stuhl hin und her. »Wir sind hier nur von Liebe und Sonnenschein und Frieden umgeben.«

»Hast du heute abend irgendwelche Botschaften für uns, meine Liebe?« fragte Mrs. MacDougal.

»Ja. Aber merkwürdig...« Die Stimme des Mädchens hörte sich verwirrt an. »Etwas stört... Ein feindlicher Gedanke...«

Jemand auf der anderen Seite des Kreises – Ruth war sicher, daß es Pat war – hustete vielsagend. Madame Nadas Stimme klang für einen Moment hart.

»Aber ich will es versuchen. Einige wollen so sehnlichst etwas mitteilen. Eine Person möchte unbedingt mit jemandem hier im Zimmer sprechen... eine Dame? Ja, mit einer Dame. Der Name... ich kann ihn nicht... der erste Buchstabe ist ein G, glaube ich.«

Jemand holte hörbar Luft. Die Stimme fuhr ungerührt im selben monotonen Tonfall fort.

»G-R-A... Das ist der Name der Dame. Gibt es hier eine Dame namens Grace?«

»Ja, ja!« kreischte eine aufgeregte Stimme.

»Grace, Liebling, ich bin's, Daddy.« Die Stimme des Mediums veränderte sich; sie war jetzt tief und zittrig wie die eines alten Mannes. »Erinnerst du dich noch an die Party? Deine Geburtstagsparty, an der du das rosa Kleid anhattest?«

»Oh, meine Güte«, stieß die unsichtbare Grace hervor.

Das Gespräch über die Party ging weiter. Es war Graces sechster Geburtstag gewesen, sagte Daddy, und Grace stimmte enthusiastisch zu. Für den Rest der Gruppe, der weder Graces Erinnerungen noch ihre Empfänglichkeit für die Hinweise ihres Daddys teilte, war die Konversation der beiden jedoch ziemlich langweilig, und schon bald wurde Daddys Stimme durch eine neue ersetzt. Sie gehörte einem Indianerhäuptling namens Wamasook, dessen Wigwam einst auf dem Platz gestanden hatte, der jetzt von Mrs. MacDougals Haus eingenommen wurde, ›in den Tagen, bevor die weißen Männer kamen, um uns unser Land wegzunehmen‹. Wamasook sprach ausgezeichnetes Englisch. Er beschrieb seine wunderschöne Squaw, die vom Rock of Dumbarton gesprungen war, nachdem er selbst in einer Schlacht mit den Weißen den Tod gefunden hatte. Dann erzählte er, daß einer der Siedler eine Kiste mit Goldmünzen in einem Brunnen versteckt hatte, bevor sein Stamm angegriffen worden war. Da es jedoch nirgends auf dem Anwesen die Spur eines Brunnens gab und Wamasook Kenntnisse der modernen Geographie etwas vage waren, rief dieser Hinweis unter den Zuhörern kein großes Interesse hervor.

Der nächste Besucher aus dem Jenseits kündete sich selbst in breitem schottischem Akzent als ›George‹ an und wurde von Mrs. MacDougal prompt als George Barton, Erbauer ihres Hauses, identifiziert. Er ließ sich darüber aus, daß die Regionen, in denen er zu Zeit weilte, mit Sonnenlicht und Blumen und Liebe gefüllt seien. Kurz danach verkündete Maybellc plötzlich, daß Madame Nada jetzt müde sei.

Das Licht ging wieder an. Als Ruth zu Pat hinübersah, mußte sie ein Lachen unterdrücken. Er strahlte vor Selbstzufriedenheit, und sicher nicht nur, weil seine Vorhersage eingetroffen war, sondern bestimmt auch, weil er sich die ganze Zeit so tadellos benommen hatte. Mrs. MacDougal sah seinen Ausdruck auch und interpretierte ihn genauso. Als sie sich an das Medium wandte, hatte ihre Stimme etwas vom

Ton einer Dame, die sich bei ihrem Schneider über den Sitz eines Kleides beschwert.

»Nun, Nada, ich fürchte, das war keine besonders gute Demonstration.«

Madame Nada rieb sich die Augen und gähnte, wie jemand, der gerade erst aufgewacht war. Überrascht sah sie Mrs. MacDougal an.

»Nein? Es tut mir sehr leid, das zu hören. Hat Maybelle nicht mit Ihnen gesprochen?«

»Doch, aber die Botschaften waren nicht... nun, nicht sehr bedeutungsvoll.«

»Aber ich habe eine wunderbare Botschaft von Daddy erhalten«, sagte Grace, eine gut gepolsterte ältliche Dame mit einem schwarzen Samtband um ihren dicken Hals. »Was er über Blumen gesagt hat und über Liebe...«

»Und Sonnenschein«, fiel Pat ein, der sich nicht länger zurückhalten konnte. »Nicht gerade eine sehr typische Konversation für Ihren Daddy, Grace, wenn die Geschichten stimmen, die man so über den alten Knaben hört.«

»Pat, du böser Junge, du weißt genau, daß die Menschen sich im Jenseits ändern. Was für einen Sinn hätte es sonst?«

»Genau, was für einen Sinn hat es eigentlich?« sagte das Medium mit weicher Stimme. Wie Sahne, dachte Ruth, oder vielleicht eher noch wie Olivenöl.

»Ich nehme an, antagonistische Kräfte waren daran schuld«, erwiderte Mrs. MacDougal kalt. Das Medium sah sie wachsam an.

»Das ist möglich. Aber vielleicht liegt es auch einfach nur an dem Haus. Es gibt Häuser, deren Atmosphäre nicht dafür geeignet ist.«

Als Ruth später daran zurückdachte, konnte sie überhaupt nicht mehr verstehen, wieso es eigentlich passiert war. Ganz sicher hatte sie nicht soviel getrunken! Auch der Eindruck, den die Séance auf sie gemacht hatte, konnte nichts damit zu tun haben, denn sie hatte sie eher langweilig und sogar etwas peinlich gefunden. Nein, es gab keinen anderen Grund als ihre manchmal etwas locker sitzende Zunge, die sie schon öfter in Schwierigkeiten gebracht hatte. Höchstens war dazu noch der Wunsch gekommen, sich ihrer Gastgeberin gegenüber erkenntlich zu zeigen und ihr einen Gefallen zu tun, da sie so sichtlich verärgert über die Vorstellung des Mediums war.

Als sie das Haus verließen, klangen Ruth noch Mrs. MacDougals enthusiastische Dankesworte in den Ohren. Im Auto erwartete sie, daß Pat jeden Moment explodieren würde, doch er sagte keinen Ton. Sein grimmiges Schweigen, das während der ganzen Fahrt andauerte, war fast noch unangenehmer.

»Wollen Sie noch mit hereinkommen?« fragte Ruth schüchtern, als der Wagen vor ihrem Haus hielt. Er nickte.

»Ich werde Ihnen moralische Unterstützung geben, wenn Sie die Neuigkeit Sara mitteilen.«

»Sie wird wahrscheinlich begeistert sein.«

»Ich nehme an, Sie haben recht. Warum haben Sie das bloß gemacht?«

»Ich dachte, es könnte lustig werden.«

»Sie sind eine Lügnerin.« Er faßte sie an den Schultern und zog sie in eine lockere Umarmung an sich. Sie war erleichtert, als sie ihn lachen hörte. »Sind Sie sicher, daß da in Ihrem Kopf nicht so ein Gedanke war wie ›Dem Kerl werd' ich's zeigen‹?«

»Die Antwort ist ein klares Nein. Für solche Scherze bin ich zu alt. Und«, fügte sie hinzu, »ich bin auch viel zu alt für Schmusereien auf dem Vordersitz eines Autos.«

»Das liegt nur an diesen verdammt engen Sitzen.« Er ließ sie los und begann mit der komplizierten Tätigkeit, seinen massigen Körper aus dem kleinen Auto herauszuhieven. »Diese jungen Leute müssen Schlangenmenschen sein. Ich habe mich immer gefragt, wie sie es schaffen...«

Der Rest des Satzes war unverständlich, weil er um das Auto herumging, um ihr die Tür zu öffnen.

Als sie ins Haus kamen, hörte Ruth im Wohnzimmer Stimmen. Sie runzelte die Stirn, sagte sich jedoch im selben Moment, daß es überhaupt keinen Grund gab, gereizt zu sein; sie hatte nur vergessen, daß Sara nicht allein war. Beim Betreten des Zimmers lächelte sie schon wieder freundlich.

Bruce stand sofort auf. Er hatte sehr gute Manieren, fast schon zu höflich, so als wollte er sich über die Gepflogenheiten einer Gesellschaft lustig machen, die er verachtete, oder als hielte er sie für so unbedeutend, daß es sich noch nicht einmal lohnte, sie zu bekämpfen. Seine Art, sich zu kleiden, war auf dezente Art dandyhaft, gelegentlich trug er ein Rüschenhemd, eine geblümte Weste oder Hosen, die auf seinen schmalen Hüften und langen Beine ein klein wenig zu eng saßen. Immerhin war seine Kleidung immer tadellos gepflegt. Sein dunkles gewelltes Haar hatte genau die Länge, um sich im Nacken zu kräuseln; der Kinnbart war kurz und wohlgeformt, und nur ein schmaler Streifen dunklen Barthaares schmückte die Oberlippe und die Kinnpartien. Ruth erinnerte diese ungewöhnliche Barttracht an Mephisto oder spanische Adlige aus dem sechzehnten Jahrhundert. Wie Bruce und Sara jetzt nebeneinanderstanden, sahen sie aus wie zwei Angehörige des alten spanischen Königshauses – nur daß keiner der Habsburger jemals so gut ausgesehen hatte.

Saras gerötete Wangen konnten das Resultat der Wärme des Kaminfeuers sein, aber Ruth bemerkte eine gewisse Linie um ihren Mund und ahnte, womit die beiden gerade beschäftigt gewesen waren. Dann dachte sie an den Moment in Pats Wagen, als er sie in die Arme genommen hatte, und sie beschloß, ihre Vermutung zu vergessen.

Pat begrüßte den jüngeren Mann mit der Lockerheit alter Bekannter.

»Ich hab' Sie lange nicht mehr in der Uni gesehen. Immer noch mit Protestieren beschäftigt?«

»Immer. Da es immer Grund dazu gibt.«

Sogar seine Stimme klingt affektiert, dachte Ruth, schon wieder gereizt. Sein weicher Bariton hatte einen angenehmen Klang, er sprach jedoch jedes Wort überdeutlich aus und unterstrich durch übertriebene Betonung die Bedeutung dessen, was er sagte.

»Und worum geht es gerade?« fragte Pat ironisch. »Rassentrennung, Wehrdienst, Vietnam...«

»Haben Sie denn meine letzte Petition nicht erhalten?«

Bruce entblößte seine Zähne zu einer Grimasse, mit der er

wohl gar nicht beabsichtigte, ein Lächeln vorzutäuschen. Und wie ihm wahrscheinlich bewußt war, wurde der Effekt der strahlend weißen Zähne noch erhöht durch den Rahmen, den der dunkle Bart um seinen Mund bildete.

»Oh, ich bekomme dermaßen viele...«, gab Pat entschuldigend zurück.

Es war eine ziemlich verletzende Bemerkung, und Ruth erwartete zwar nicht, daß Bruce explodieren würde – dazu war er viel zu beherrscht –, aber doch eine heftige Reaktion. Statt dessen wurde aus dem Grinsen des Jungen ein ehrliches Lachen.

»Wissen Sie, wovor ich mich wirklich fürchte?« entgegnete er. »Daß ich eines Tages so enden könnte wie Sie.«

»Das werden Sie mit ziemlicher Sicherheit.«

»Ich weiß. Deswegen macht es mir angst.«

»Okay, Frieden. Kommen Sie nächste Woche in mein Büro, dann können wir uns weiter streiten.«

»Ja, das ist eine gute Idee«, sagte Ruth. »Was trinkt ihr beiden da? Wodka. Ich glaube nicht, daß ich um diese Zeit Wodka in irgendeiner Form ertragen kann. Pat, möchten Sie einen Cognac?«

»Was ich am liebsten trinken würde«, antwortete Pat, »ist eine Tasse Tee.«

»Sie überraschen mich immer wieder. Danach ist mir auch.«

»Ich mache welchen«, sagte Sara. Sie ging hinaus, und Bruce folgte ihr.

»Und nun«, bestimmte Pat, als die beiden schließlich mit dem Tee auftauchten, dessen Zubereitung ungewöhnlich lange gedauert hatte, »beichten Sie Sara, was Sie getan haben.«

»Meine Güte, wenn man Sie hört, könnte man denken, ich habe einen Mord begangen. Ich habe ein paar Leute zum Abendessen eingeladen, nächste Woche, das ist alles. Mrs. MacDougal und eine Freundin von ihr.«

»Aber diese Freundin«, ergänzte Pat vielsagend, »ist Madame Nada.«

Bruce sah Ruth erstaunt an. »Ich wußte gar nicht, daß Sie sich für Spiritualismus interessieren, Mrs. Bennett.«

»Das tue ich auch nicht. Es hat sich rein zufällig so ergeben.«

»Eine Séance!« rief Sara mit vor Vergnügen blitzenden Augen. »Werden wir eine Séance abhalten, Ruth?«

»Ja«, antwortete Ruth und seufzte. »Das Medium glaubt, daß dieses Haus genau die richtige Atmosphäre hat.«

»Aber das ist doch toll!« meinte Sara begeistert. »Viel lustiger als Flaschendrehen.«

»Sie halten es also für nicht mehr als ein Gesellschaftsspiel?« fragte Pat amüsiert.

»Natürlich. Obwohl... Ich habe einmal das Ouija-Brett ausprobiert, und ich muß zugeben...«

»Aha. Das Pendel hat sich bewegt«, sagte Pat.

»Aber ich habe das Brett nicht berührt, und ich bin sicher, auch niemand anders hat es getan.«

»Das sagen sie alle.«

Bruces Augen wanderten von Sara, die aufrecht und mit geröteten Wangen auf dem Rand der Couch saß, zu dem angriffslustig nach vorn geneigten Pat. Ruth spürte, daß er eigentlich geneigt war, Pat zuzustimmen, sich aber andererseits nicht die Chance zu einem Streitgespräch entgehen lassen wollte.

»Ich stimme Ihnen zu, daß man das Funktionieren des Ouija-Brettes womöglich mit physikalischen Gesetzmäßigkeiten erklären kann«, sagte er in schulmeisterhaftem Ton. »Aber für viele Probleme des Paranormalen gibt es bis heute keine befriedigende Erklärung. Nehmen Sie zum Beispiel Rhine...«

»Den können Sie selbst nehmen. Völlig unwissenschaftlich und nicht ausreichend kontrolliert.«

»Wovon sprecht ihr überhaupt?« fragte Ruth.

»Von Dr. Rhines telepathischem Experiment, E. S. P. nennt er es. Dabei sitzt eine Person in einem Raum und versucht, mentale Bilder spezieller Kartenspiele zu einer Person in einem anderen Raum zu senden. Diese soll die erhaltenen Eindrücke niederschreiben. Es funktioniert nicht.

Trotz aller Pfuscherei mit den Resultaten ist das ja wohl klar.«

»Die statistischen Methoden«, begann Bruce mit Feuereifer; er war jetzt ganz in die Diskussion um der Diskussion willen vertieft.

»Weder Sie noch ich wären imstande, diesen Aspekt zu beurteilen. Aber ich weiß, daß die Kontrollen nicht ausreichend sind. Es gibt zu viele Möglichkeiten zu betrügen, absichtlich oder unbewußt. Fragen sie irgendeinen beliebigen Zauberkünstler, er kann Ihnen sagen, wie.«

Mit blitzenden Augen fing Bruce eine Grundsatzdiskussion an.

»Alle neuen wissenschaftlichen Entdeckungen werden zunächst verlacht. Nehmen Sie zum Beispiel die Hypnose...«

»Das Lieblingsbeispiel für die Verteidiger des Spiritualismus. Nehmen Sie Alchimie, Astrologie und das Geheimnis der großen Pyramiden. Immer noch purer Aberglaube, in allen Fällen.«

»Halt, halt, ihr beiden«, unterbrach Ruth. »Ich glaube, jeder von euch würde darüber streiten, ob die Sonne morgen aufgehen wird oder nicht, egal auf welcher Seite. Helft mir lieber dabei, diese alberne Dinner-Party zu planen. Wie viele Leute braucht man für eine gute Séance?«

»Wir vier und noch zwei Gäste«, schlug Sara vor. »Das wären insgesamt sechs. Müssen es noch mehr sein?«

Bruce warf Ruth einen fragenden Blick zu. Sie hatte keine andere Wahl, als so liebenswürdig wie möglich zu sagen: »Selbstverständlich erwarten wir Sie, Bruce. Heute in einer Woche, Freitag, den zehnten.«

»Vielen Dank, Mrs. Bennett. Ich freue mich darauf«, antwortete er höflich, um gleich darauf den guten Eindruck zu verderben, als er mit maliziösem Lächeln hinzufügte: »Ich denke, Sie werden einen Skeptiker brauchen.«

»Davon habe ich schon einen«, erwiderte Ruth trocken.

»Pat ist kein Skeptiker. Er ist der Großinquisitor. Verbrennt sie auf dem Scheiterhaufen, das ist sein Motto. Und Sie...«

»Ja?« Dies war ein Zug, den Ruth an der jüngeren Generation im allgemeinen und an Bruce im besonderen nicht mochte, die Angewohnheit, jeden im Schnellverfahren auf billig pseudopsychologische Art zu analysieren.

»Sie sind zu feinfühlig. Das Ganze ist Ihnen unangenehm, aber nicht, weil es gegen die Vernunft ist, sondern weil sie es geschmacklos und peinlich finden.«

Überrascht zog Ruth die Augenbrauen hoch und nickte langsam. »Hm. Ich glaube, Sie haben recht.«

»Sara hat noch nicht aufgehört, an den Weihnachtsmann zu glauben«, fuhr Bruce fort. Der Blick, den er Sara zuwarf, sollte Nachsichtigkeit ausdrücken, aber Ruth sah in den Augen des Jungen einen Ausdruck aufleuchten, der sie die Luft anhalten ließ. »Sie ist noch immer empfänglich für Wunder.«

»Jetzt reicht es aber!« Sara fühlte sich eindeutig nicht geschmeichelt. Entweder hatte sie den verräterischen Blick in seinen Augen nicht gesehen, oder sie war zu unerfahren, um ihn richtig zu deuten.

»Also«, faßte Bruce zusammen und machte mit dem Arm eine ausholende Geste, mit der er sich über sie alle einschließlich seiner eigenen Person lustig machte, »ich bin der einzige wirklich offene Geist in dieser Runde, völlig ohne Vorurteile und daher imstande, das Beweismaterial objektiv zu sichten.«

»Es wird nicht viel Beweismaterial geben, fürchte ich«, entgegnete Ruth. »Die Aufführung heute abend war ziemlich erbärmlich.«

»Na, immerhin haben Sie das bemerkt«, grummelte Pat.

»Oh, natürlich. Alles war so leicht durchschaubar. Ich war enttäuscht. Ich hatte erwartet, daß Madame Nada besser ist.«

»Sie kann besser sein, wenn man ihr Zeit für die Vorbereitung gibt. Ich habe Ihnen ja erzählt, wie kurzfristig Mutter ihre Partys ansetzt. Aber ich wette, in einer Woche wird Madame Nada über Sie und dieses Haus eine diskrete, aber umfangreiche Recherche angestellt haben. Sie wird bis oben hin mit Geschichten angefüllt sein und alles wissen, was sie in den Führern über Georgetown herausfinden kann.«

»Damit wird sie Probleme haben«, erwiderte Ruth. »Über dieses Haus steht nicht viel in diesen Büchern.«

»Nicht mal der Name des Erbauers, die Entstehungsgeschichte und solche Sachen?«

»O doch, sein Name war Campbell, wie der von Kusine Hattie. Daniel, oder war es Abediah? Aber er spielte keine große Rolle im öffentlichen Leben wie zum Beispiel die Bealls und die Stodderts und all die berühmten Georgetown-Familien.«

»Wirklich nicht? Nun, das ist doch gut.«

»Wieso?«

»Verstehen Sie denn nicht, Mrs. Bennett?« Bruce war so interessiert an der Geschichte, daß er völlig seinen affektierten Ton vergaß. »Je weniger sie in öffentlich zugänglichen Unterlagen herausfinden kann, desto einfach kann man ihre Quellen kontrollieren. Wenn sie irgend etwas erzählt, was nicht schwarz auf weiß existiert...«

»Oh, ich wette, das wird sie«, sagte Pat.

»Also ich werde jedenfalls in den nächsten Tagen auch einige Zeit damit verbringen, mich über das Haus zu informieren«, entgegnete Bruce voller Eifer. »Sollte sie irgend etwas behaupten, was nachweislich nicht stimmt, werde ich es herausfinden.«

»Und wo soll die Veranstaltung stattfinden?« fragte Pat und unterdrückte ein Gähnen.

»Ich nehme mal an, wir brauchen einen Tisch«, entgegnete Ruth. »Einen ziemlich großen. Für zehn oder zwölf Leute.«

»Wie wär's mit dem Eßzimmertisch?« schlug Sara vor.

»Mit Krümeln und Kaffeetassen drauf? Nein, das geht nicht. Du und ich, wir beide werden selbst das Essen servieren, und ich habe nicht die Absicht, vor den Gästen mit Tablett und Wischlappen hin- und herzulaufen.«

»Dann müssen wir's hier drin machen.«

»Genau. Wir könnten die Couchs weiter auseinanderrükken und vor dem Feuer sitzen.«

»Oh, ich bin sicher«, sagte Pat trocken, »daß Madame es vorziehen wird, etwas weiter weg vom Feuer zu sitzen.«

»Das ist wirklich ein Problem.« Bruce stand auf und ging mit langen Schritten durch das Zimmer, wobei er es prüfend betrachtete, als sähe er es zum ersten Mal. »Es ist klar, wieso Sie die Couchs vor dem Kamin gestellt haben, das ist ein sehr gemütlicher Platz. Und die Bücherregale an dem weit entfernten Ende des Zimmers erwecken ein bißchen den Eindruck einer Bibliotheksecke, weil man von dort aus den beruhigenden Ausblick in den Garten hat. Aber das Zimmer ist sehr ungünstig geschnitten. Hier, an der Seite, die zur Straße geht, verlieren Sie etwa ein Drittel des gesamten Platzes.«

»Ich weiß, der Schnitt ist wirklich ungünstig. Ich habe versucht, die Möbel anders zu stellen, aber sie ließen sich nicht bewegen.« Die Feststellung, die nur ein beiläufiger Kommentar sein sollte, klang mit einem mal bedeutungsschwer. »Ich meine«, setzte Ruth hastig hinzu, »so wie es ist, steht es einfach am besten. So war es auch von Anfang an.«

Auch Pat interessierte sich jetzt für das Problem. Er ging durch den langen Raum zu den vorderen Fenstern.

»Aber dieser Platz hier«, sagte er, »ist doch der ideale Ort für unsere Geisterbeschwörung. Der Tisch vor dem Fenster ist rund. Sie brauchen ihn nur etwas weiter ins Zimmer zu rücken, so daß wir Stühle herumstellen können, und...«

Er stand mit dem Rücken zu den anderen und hatte eine Hand auf den Tisch gelegt. Plötzlich brach seine Stimme ab, und er krümmte sich ruckartig.

Ruth sprang auf.

»Pst!«

»Was?« Langsam drehte er sich um und lächelte, und Ruths alptraumhafte Vision eines Herzanfalls verschwand. »Ein Frosch in meiner Kehle. Ein Riesenfrosch. Wahrscheinlich rede ich zuviel.«

»War das alles? Ich dachte schon, Sie hätten einen Herzanfall.«

»Nein, nein, mir geht's gut. Also, dieser Platz hier wäre

wirklich optimal. Aber Sie sollten die Fenster abdichten lassen. Hier zieht es ja, daß einem Mark und Bein gefriert.«

»Ich habe die Fenster abdichten lassen. Es ist einfach eine kalte Ecke, das ist alles. Vielleicht ist es zu kalt für Ihre Mutter?«

»Nein«, antwortete er langsam. »Es ist ideal hier.«

»Er hat recht«, stimmt ihm Sara zu. »Ruth, vielleicht könnten wir eine elektrische Heizung...«

»Laßt uns das später besprechen.« Pat gähnte herzhaft. »Kommen Sie, Bruce, ich bring' Sie nach Hause.«

Nachdem Bruce schon zum Auto vorgegangen war, stand Pat noch einen Moment unschlüssig im Flur.

»Ich wünschte, Sie würden dieses Treffen absagen, Ruth«, sagte er so leise, daß Sara, die im Zimmer nebenan abräumte, nichts hören konnte.

»Aber warum denn?«

»Es ist zuviel für Sie, zu viel Aufwand, meine ich.«

»Seien Sie nicht albern, ich habe nicht vor, den Unterhaltungsstil Ihrer Mutter nachzuahmen. Es wird alles nur ganz einfach sein.«

»Trotzdem, ich bitte Sie darum.«

»Pat, Sie sehen so... Sind Sie sicher, daß Sie eben nicht doch Schmerzen hatten?«

»Nein, verdammt noch mal, ich habe Ihnen doch gesagt, es geht mir gut! Entschuldigen Sie... ich glaube, ich bin einfach müde, ich wollte Sie nicht anschreien. Also dann gute Nacht.«

Ruth räumte mit Sara zusammen das Wohnzimmer auf, sagte ihr dann gute Nacht und ließ sich mit einer letzten Zigarette vor dem erlöschenden Feuer nieder.

Sie machte sich Sorgen um Pat. Ihr Vater hatte nach seinem ersten Herzanfall genauso aschfahl ausgesehen. Pat war kein junger Mann mehr.

Und sie? Die Hälfte ihres Lebens war vorbei, sogar mehr als die Hälfte. Und was konnte sie vorzeigen? Ein altes Haus, das für eine einzige Person zu groß war; eine hübsche Nichte, die nur zufällig bei ihr wohnte und in ein oder zwei Jahren, nach Beendigung ihres Studiums, wieder ausziehen würde.

Dann würde sie ihr jedes Jahr eine Weihnachtskarte und eine Geburtstagskarte mit pflichtbewußten Grüßen schicken. Ja, Sara würde die Karten tatsächlich schicken, sie war ein aufmerksames Kind.

Sie liebte Sara. Als Ruth sich in dem schwächer werdenden Schein der Flammen schläfrig auf der Couch ausstreckte, wurde ihr klar, daß sie Sara sogar mehr liebte, als es ihrer Beziehung angemessen war. Ihr Gefühl für das Mädchen hatte etwas von der stolzen elterlichen Liebe, die sie bei anderen immer etwas erschreckte. Aber Sara liebte sie nicht. Wahrscheinlich wäre ihr der bloße Gedanke unangenehm. Früher in der guten alten Zeit war es für ein Kind noch völlig in Ordnung, seine Eltern zu lieben, seine Eltern und Gott. Heutzutage widmeten die offenen und unsentimentalen jungen Leute ihre Liebe der fehlgeleiteten Menschheit und ihren unglücklichen Brüdern und Schwestern; oder gelegentlich bewahrten sie sie auch für ihre Partner auf. Nun, das hatte sie auch versucht. Es war niemals glücklich ausgegangen, nicht einmal, als die Sehnsucht danach am allergrößten war. Nur allzu schnell hatte sich ihr Versuch in ein derart erbärmliches Elend verkehrt, daß sie noch immer die Nachwirkungen davon in sich spürte, wie eine unheilbare, immer wiederkehrende Krankheit. Liebe, Unglück, Krankheit... Worte und Bilder flossen ineinander.

Ich weiß, was mit mir los ist, dachte Ruth noch verschwommen. Ich schlafe gleich ein...

Sie träumte, daß sie auf dem Sofa vor dem Kamin lag, was tatsächlich der Fall war. Sara stand vor ihr, und auch das war etwas, das hätte sein können. Aber nur das Gesicht des Mädchens war klar erkennbar, der Rest ihres Körpers und ihre Kleidung waren diffus wie eine Landschaft, die man durch Nebel hindurch sieht. Der Nebel veränderte sich, zerfaserte und verdichtete sich wieder, so daß die erkennbaren Formen immer neue Andeutungen der verhüllten Wirklichkeit blieben, verführerisch und irreführend. Saras Gesicht war so deutlich zu sehen, als sei es von Scheinwerfern erleuchtet, und sein Ausdruck hatte nichts mehr mit der Realität zu tun.

Noch nie hatte Ruth auf irgendeinem Gesicht – und schon gar nicht auf dem ihrer Nichte –, einen Blick gesehen wie den, der die Züge des Mädchens im Traum entstellte. Die Augen traten aus den Höhlen, die Gesichtsfarbe sah neben Saras schwarzbraunem Haar grau wie Asche aus, und der bleiche Mund war wie bei einem entsetzlichen Anblick weit aufgerissen.

Ruth erschrak so sehr, daß sie sogar im Schlaf versuchte, zurückzuweichen. Sie konnte sich jedoch keinen Millimeter von der Stelle bewegen, und in dem Moment wurde ihr im Schlaf bewußt, daß sie träumte. Obwohl sie nicht wach wurde, war sie doch erleichtert über diese Erkenntnis.

Dann kam der Schatten. Zuerst hatte er keine Form, aber sie wußte, daß er in Wirklichkeit eine Form hatte, die vor ihr verborgen war. Sie konnte nur sehen, daß er sehr groß war, und sie fühlte sich durch ihn bedroht. Als sich der Schatten der Figur ihrer Nichte näherte, öffneten sich Saras Mund, um zu schreien. Kein Laut war zu hören. Die Wirkung dieses stummen Schreis war so aufwühlend, daß Ruth aufwachte. Doch erst jetzt begann der schlimmste Teil ihres Alptraums.

Sie lag auf der Couch vor dem Kamin, so wie sie sich selbst im Traum gesehen hatte. Sie konnte den rötlichen Schimmer der nur noch glimmende Kohlen erkennen, aber nur schemenhaft, als sei die Luft dazwischen mit Rauch geschwängert. Die Tischlampe hinter dem Sofa brannte und warf ein schwaches Licht auf die Szene. Ruth spürte den rauhen Brokatstoff des Sofabezugs unter ihren Wangen. All diese sinnlichen Eindrücke bewiesen ihr, daß sie wach war. Saras Traumbild war verschwunden.

Der Schatten war noch da.

Er hing zwischen ihr und dem Kamin, grauschwarz und massig wie dichte Rauchschwaden. Er waberte hin und her und auf und ab, als kämpfte er um eine Form.

Ruth wollte sich bewegen, aber es ging nicht, noch immer war sie wie gelähmt. Die Erlösung kam in Form eines Geräuschs, das sie als der realen Welt zugehörig erkannte, auch wenn es ihr nicht persönlich vertraut war. Eine

Stimme, durch Entfernung und dicke Fensterscheiben zu einem klagenden Echo gedämpft, rief:

»Komm nach Hause, komm nach Hause... Sammie... komm nach Hause...«

Mit einer ungeheuren Anstrengung stellte Ruth ihre Füße auf den Boden und setzte sich auf. Nun erwachte sie, und diesmal wirklich.

Denn natürlich konnte dies letzte Bild nur eine Fortführung ihres ursprünglichen Traums gewesen sein. Es passierte ja oft genug, daß man auch sein Erwachen nur träumt, sagte sich Ruth. Als sie sich an die Stirn faßte, merkte sie, daß ihre Haarwurzeln naß waren. Hatte sie so sehr geschwitzt vor Angst?

Sie strich sich das feuchte Haar aus dem Gesicht, holte tief Luft und griff nach einer Zigarette. Fast ängstlich sah sie aus den Augenwinkeln auf das Feuer. Es war beinahe erloschen, nur ein schwacher rötlicher Schimmer war noch zu sehen, und nirgends war auch nur die Spur schwarzen Rauches, der es hätte verschleiern können. Ruth atmete erleichtert aus, denn unwillkürlich hatte sie die Luft angehalten. Als sie ein Streichholz entzündete, zitterten ihre Finger nur wenig. Trotzdem – das war aber auch ein böser Traum gewesen, sie konnte sich an keinen schlimmeren erinnern.

Sie fragte sich, was Pat wohl zu den Gründen für diesen Alptraum sagen würde, oder erst Bruce mit seiner überheblichen Selbstsicherheit. Sie mußte lächeln. Wahrscheinlich würde er eine vernichtende Interpretation nach Freud liefern.

Sie drückte die Zigarette aus und stand auf. Einen inneren Widerstand, dem Feuer den Rücken zuzuwenden, besiegte sie sofort. Aber sie ging die Treppe bewußt forsch hinauf und ließ das Licht im Wohnzimmer brennen.

Während sie mit geschlossenen Augen auf den Schlaf wartete, lauschte sie, ob der Ruf, der sie geweckt hatte, sich wiederholen würde. Sie hörte jedoch nichts mehr. Ihr Schlafzimmer war im vorderen Teil des Hauses, und die Stimme schien von der Gartenseite gekommen zu sein. Jedenfalls hatte sich Sammy ungemütliches Wetter ausgesucht, um die Nacht draußen zu verbringen, dachte sie schläfrig. Und bevor der Schlaf sie umfing, war ihr letzter bewußter Gedanke: Ein merkwürdiger Name für eine Katze.

7

Washingtons Bürger sind auf eine merkwürdige Art stolz auf die Kapriolen ihres Wetters und weigern sich zuzugeben, daß in dieser Beziehung ihr Wetter nichts Besonderes ist. Ruth hatte lange genug hier gewohnt, um es ein wenig als persönliche Leistung zu empfinden, als nach einer Woche eisiger Kälte am Sonntagmorgen der Tag sonnig und warm zu werden versprach. Sara war die Nacht davor bis in die frühen Morgenstunden mit Bruce unterwegs gewesen. Trotzdem waren ihre Augen groß und klar wie die eines Babys, als sie überraschend früh bei Ruth in der Küche auftauchte. »Ah, die Jugend«, dachte Ruth, sagte es aber nicht. Es stellte sich heraus, daß Sara zu einem Picknick bei den Great Falls verabredet war. Ruth brachte sie zur Tür und behielt auch für sich, daß es ihr für Shorts nicht warm genug zu sein schien. Hätte sie Saras Beine, gestand sie sich innerlich ein, würde sie sie auch möglichst oft zur Schau stellen. Außerdem waren die Shorts kaum kürzer als die Röcke, die die Mädchen heute trugen.

Bevor sie sich noch einen Kaffee gönnte, räumte Ruth rasch die Küche auf. Der Anblick von glänzendem Stahl und schimmerndem Porzellan war für sie ein Genuß. Mit einem zufriedenen Seufzer ließ sie sich mit der *New York Times* am Küchentisch nieder.

Die Küche lag am Ende des Gebäudes, so wie es in alten Häusern in diesem halbtropischen Klima üblich war, damit die Hitze und die Gerüche des Kochens sich nicht im ganzen Haus ausbreiteten. Der Frühstückserker, in dem Ruth saß, war in einem späteren Jahrhundert angebaut worden. Von hier aus konnte man die Aussicht auf den Garten am besten genießen. Die Tannen und Magnolienbäume leuchteten grün in der Morgensonne, und die Vögel sangen aus vollem Hals.

Pflichtbewußt arbeitete sich Ruth eine halbe Stunde lang durch die Schreckensmeldungen – die persönlichen, die nationalen und die internationalen. Dann hörte sie ein besonders durchdringendes Vogelgeschrei und warf die Zeitung beiseite. Wahrscheinlich war es nur ein Eichelhäher, der sich über irgendeinen privaten Ärger oder eine eingebildete Beleidigung beschwerte. Aber vielleicht wurden die Vögel ja auch von einer herumstromernden Katze belästigt. Auf jeden Fall sollte sie hinausgehen und nachschauen.

Innerhalb weniger Minuten hatte sie ihren Morgenmantel gegen Hosen und einen Pullover eingetauscht und ihre kurzen hellen Locken durchgekämmt. Kaum war sie hinausgetreten, mußte sie sich eingestehen, daß Sara recht gehabt hatte; es war so warm, daß sie ihren Pullover wieder ausziehen konnte, ein T-Shirt reichte vollkommen. Wie unsichtbare zärtliche Finger streichelte die Sonne ihre Arme und ihre Gesicht. Sie streckte die Hände dem Himmel entgegen und hob den Kopf. Ein Glücksgefühl durchflutete sie. Was für ein herrlicher Tag, und welch ein Geschenk, ihn erleben zu dürfen!

Ruth stand auf der gefliesten Terrasse. Der Garten war groß für ein Stadthaus, aber das war eine der Besonderheiten von Georgetown, die seine Bewohner am meisten priesen. Das Haus stand so dicht am vorderen Rand des Grundstücks, daß es direkt an den Bürgersteig grenzte. Dafür war aber der Garten hinter dem Haus um so größer, an drei Seiten von hohen Zäunen umgeben, die noch nicht einmal von Durchgangstüren unterbrochen waren. Die Bewohner Georgetowns mochten die joviale Geselligkeit nicht, die man häufig unter Vorortbewohnern antrifft; ihr Privatleben war ihnen heilig, und sie respektierten das der anderen. Ruth kannte ihre Nachbarn kaum.

Die Zaunbretter brauchten dringend einen neuen Anstrich, aber wenigstens war ihr Anblick zum größten Teil von Büschen und Sträuchern verdeckt. Bis auf Buchsbaum und Stechpalme waren jetzt alle kahl; auch der Flieder und die

Forsythien hatten in den Stürmen der letzten Woche die meisten Blätter verloren, und die wenigen, die sich noch an den Ästen klammerten, waren vertrocknet und gelb. Trotzdem betrachtete Ruth die hochaufgeschossenen Silhouetten der Sträucher mit Wohlgefallen. Sie bewohnte das Haus erst seit dem letzten Frühling, und sie würde sich immer an den Anblick des Gartens erinnern, als sie ihn zum ersten Mal sah. Die Forsythien waren riesige gelbe Blütenmeere, deren Farbe so intensiv strahlte, als seien sie von innen erleuchtet. Kusine Hattie hatte in ihren letzten Jahren nicht mehr viel Geld für einen Gärtner ausgegeben, und der Junge, der ihr ein paar Stunden die Woche im Garten half, hatte all seine Mühe auf den Rasen und die Rosen verwandt. Die knorrigen alten Fliederbüsche und auch die anderen Sträucher hatte er wachsen lassen, wie es der Natur gefiel, und das Ergebnis war wunderschön.

Nachdem die Forsythien verblüht waren, öffneten sich die weißen und blaßrosa Sterne des Hornstrauchs vor dem olivgrünen Hintergrund der Tannen, und die flammenden Azaleenmeere leuchteten in hellem und dunklem Rosa und einem Weiß, so makellos wie frisch gefallener Schnee. Im feuchten Schatten der Kiefern wuchsen Maiglöckchen, während die Veilchen ihre grünen Finger in jede nur erdenkliche Ecke steckten, in die Ritzen im Ziegelwerk des Patio eindrangen und sich sogar auf die Rosenbeete vorwagten. Der süße Duft des Flieders erfüllte die Luft, Spirea und Quitten blühten.

Ruth war nie eine große Naturliebhaberin gewesen. Während sie eine Wohnung in der Massachusetts Avenue bewohnte, hatte sie sich noch nicht einmal einen Garten gewünscht. Sie hatte nicht gewußt, was sie verpaßte, bevor sie durch die Hintertür von Kusine Hatties Haus auf die Terrasse trat und die Forsythien ihr wie viele kleine Sonnen entgegenstrahlten.

Ruth bückte sich, um einige Papierfetzen aufzuheben, die von der Straße hereingeweht waren. Dann beschloß sie, ihre Gartenhandschuhe und die Geräte zu holen und im Garten zu arbeiten. Der Tag war viel zu schön, um im Haus zu bleiben.

Mit der Harke in der Hand ging sie zu den Rosen, um nachzusehen, wie sie den Sturm überstanden hatten. Normalerweise blühten sie wunderschön bis weit in den November, daher hatte sie sie noch nicht zurückgeschnitten. Der Kälteeinfall der letzten Woche war völlig überraschend gekommen. Am ersten stürmischen Abend hatte sie zusammen mit Sara den schmiedeeisernen Tisch und die Stühle hereingeholt, die bei warmem Wetter in der Mitte des Gartens unter der großen Eiche standen, deren weit ausladende Krone im Oktober rot wie der Sonnenuntergang prangte. Jetzt hatte der Sturm ihre Blätter im Garten verstreut. Das Zusammenharken würde ihre nächste Aufgabe sein, wenn sie nach den Rosen gesehen hatte.

Sie standen an einem geschützten Platz und waren nicht so sehr in Mitleidenschaft gezogen worden, wie sie befürchtet hatte. Farbige Blütenblätter in Weiß, Rosa und einem so dunklen Rot, daß es fast schon schwarz aussah, lagen wie Konfetti über den Boden verstreut. Einige Knospen streckten jedoch noch heldenhaft ihre Köpfe in die Höhe, und Ruth beschloß, sie stehenzulassen für den Fall, daß das warme Wetter anhalten sollte. Sie wußte, daß sie nie eine gute Gärtnerin abgeben würde; es tat ihr körperlich weh, die Rosen zurückzuschneiden, obwohl ihr klar war, daß es getan werden mußte.

Einige Rosenknospen waren schon so weit geöffnet, daß sie für die Vase geschnitten werden konnten. Das würde sie tun, bevor sie später wieder ins Haus ging. Während sie sich über die Büsche beugte, hörte sie plötzlich ein aufgeregtes Geschrei über ihrem Kopf und ein Rascheln und Kratzen in der Tanne. Ein großer Eichelhäher kam aus den grünen Zweigen hervorgeflattert und kreischte empört. Dann ließ er sich auf dem höchsten Ast der Eiche nieder, wo er wie eine lebendige blaue Blume hin- und herschwankte und weiterschimpfte.

Als Ruth wieder zu der Tanne emporsah, starrte sie aus den Zweigen ein dreieckiges pelziges Gesicht an. Es erinnerte sie an den berühmten Kopf ohne Körper der Katze aus Alice im Wunderland. Ruth erkannte die Katze in der Tanne von früheren Besuchen in ihrem Garten wieder.

»Sammie, schämst du dich gar nicht!« sagte sie mit gespielter Empörung. »Es ist gar nicht nett, Vögel zu fangen.«

Sammie blickte sie verächtlich an und verschwand, nicht Stück für Stück wie die Katze in der Geschichte, sondern auf einmal. Das kratzende und raschelnde Geräusch begann von neuem, Zweige knarrten, und mit einem Satz überwand das Tier die letzten paar Meter und landete nicht weit entfernt von Ruth auf seinen vier Pfoten. Sofort ließ es sich nieder und begann, mit wilder Energie sein Fell zu putzen, das in der Sonne in verschiedenen Rotbrauntönen glänzte.

»Du bist aber hübsch«, sagte Ruth bewundernd, und die Katze pausierte kurz, um sie aus Augen anzusehen, die so blau waren wie die Rückenfedern des Eichelhähers. Dann setzte sie ungerührt ihre Wäsche fort. Ihre stolze Haltung amüsierte Ruth und verunsicherte sie gleichzeitig. Sie kannte die Ratschläge des Katzenexperten Mr. Eliot, wie man Katzen anreden sollte, obwohl sie nie die Gelegenheit gehabt hatte, sie in die Praxis umzusetzen. Jetzt sah es jedenfalls aus, als sei sie zu dreist gewesen.

»O Katze«, begann sie noch einmal, womit sie diesmal den Regeln der Eliotschen Autorität folgte. Erschrocken zuckte sie zusammen, als daraufhin eine Stimme ertönte.

»Böses Mädchen! Hier bist du also!«

Einen kurzen Moment dachte Ruth, sie sei gemeint. Dann entdeckte sie über dem rückwärtigen Zaun ein Gesicht, das dort wie ein Mond zu schweben schien, und ihr wurde klar, daß die Katze angesprochen worden war. Sie lachte amüsiert, und das Gesicht auf dem Zaun strahlte sie freundlich an.

»Guten Morgen, guten Morgen, meine liebe Mrs. Bennett! Ich muß mich für unser schlechterzogenes Kind entschuldigen. Stört es Sie?«

»Nicht im geringsten. Ein wunderschönes Tier.«

»Oh, nun, wir... ja, das finden wir auch, Mrs. De Voto und ich. Aber bitte fühlen Sie sich trotzdem so frei, sie zur Räumung Ihres Grundstücks zu zwingen, wenn sie sich nicht anständig verhalten sollte. Obwohl das bei Mitgliedern dieser Rasse selten passiert. Sie sind manchmal sehr herablassend, sogar ausgesprochen beleidigend, aber sie verlieren nie ihre wahrhaft aristokratische Haltung.«

»Das glaube ich gern«, murmelte Ruth. Sie erinnerte sich, daß Mr. De Voto ein pensionierter Beamter des Innenministeriums war und dort etwas mit dem Protokoll zu tun gehabt hatte. Er war trotzdem sehr nett. Sobald er ihrer ansichtig geworden war, hatte er seine Golfmütze abgesetzt; sein kahler Kopf strahlte rosa im Sonnenlicht.

»Nun, Mrs. Bennett«, fuhr er fort, »wenn Sie sicher sind, daß unsere Katzenfreundin Sie nicht belästigt, werde ich vielleicht auf das Wagnis verzichten, über diesen Zaun zu klettern, um sie zurückzuholen.«

»Oh, es ist mir recht, wenn sie bleibt, ich würde mich freuen. Aber wenn Sie sie zurückhaben wollen, werde ich sie Ihnen gerne reichen.«

»Ich fürchte, das wird kaum durchführbar sein, aber ich danke Ihnen für Ihr freundliches Angebot. Kai Lung läßt sich nur von vertrauten Personen anfassen. Nicht, daß sie... eh... kratzen würde.« Mr. De Votos Stimme wurde leise, als spräche er eine Obszönität aus. »Meine Güte, nein. Sie würde einfach Ihrer Hand ausweichen, wenn Sie versuchen würden, Sie zu berühren.«

»Ja«, antwortete Ruth abwesend. Der Strauch dort hinten sollte vielleicht beschnitten werden, einige Äste schienen abgestorben zu sein. Dann wurde ihr verspätet bewußt, was Mr. De Voto eben gesagt hatte, und sie rief: »Kai Lung? Ist ihr Name nicht Sammie?«

»Sammie? Meine Güte, nicht doch, warum sollte er? Sie ist eine weibliche Katze, schon aus diesem Grund wäre das völlig ausgeschlossen.«

»Kein Wunder, daß sie nicht mit mir gesprochen hat«, sagte Ruth lächelnd. »Ich habe sie nicht nur wie eine gute Bekannte behandelt, sondern ich habe sie mit falschem Namen angeredet.«

»Wie kamen Sie nur darauf, daß ihr Name Sammie ist?« Mr. De Voto war deutlich entsetzt bei dem bloßen Gedanken.

»Oh, es war nur, weil ich nachts jemanden habe rufen hören, und ich dachte, daß er vielleicht sein Haustier vermißte.

Kai Lung ist die einzige Katze, die ich bisher hier gesehen habe. Und ich weiß, daß der Hund von dort drüben einen anderen Namen hat.«

»Ich kann Ihnen versichern, daß ich nicht derjenige war, der da gerufen hat. Liebe Güte, Mrs. Bennett, ich hoffe, Sie glauben nicht, daß ich so gedankenlos bin und mitten in der Nacht...«

»Natürlich nicht. Es muß der Besitzer einer anderen Katze gewesen sein oder eines anderen Hundes.«

»Aber wer sollte das sein?« Mr. De Votos Kinn sank außer Sicht, als er seinen Rückzug vorbereitete. »Es gibt keine anderen Haustiere in der Nachbarschaft, außer diesem wenig attraktiven Hund von nebenan. Nun, Mrs. Bennett, es war sehr nett, mit Ihnen zu plaudern. Vielleicht leisten Sie uns einmal abends bei einem Glas Sherry Gesellschaft.«

»Das wäre sehr nett.«

»Gut, meine Frau wird Sie dann anrufen. Ich wünsche Ihnen einen schönen Tag.«

Er hob die Mütze, die er in der Hand gehalten hatte, und setzte sie genau in dem Moment wieder auf, als sein Gesicht verschwand, so daß es einen Moment schien, als sei sie oben auf dem Zaun befestigt. Ruth lächelte. Mr. De Voto war wirklich ein netter Mann.

Sie machte sich wieder an die Gartenarbeit. Nachdem sie einen großen Berg Blätter zusammengeharkt hatte, gönnte sie sich noch einen Kaffee. Während sie auf der Bank saß, die um den Stamm der Eiche herumgebaut war, kam Kai Lung und setzte sich zu ihr. Sie ließ sich sogar dazu herab, die Sahne zu kosten. Dann rollte sie sich zu einem Ball zusammen und schlief in der Sonne, und Ruth ging die verwelkten Rosen abschneiden. Es war ein wunderschöner Tag. Als Ruth schließlich ins Haus ging, gab es eigentlich überhaupt keinen Grund dafür, daß sie sich über die Identität der vermißten Kreatur namens Sammie Gedanken machte und sich fragte, ob sie jemals nach Hause gekommen war.

8

Das schöne Wetter hielt die ganze Woche an und lieferte Gesprächsstoff für unzählige Dinnerpartys. Am Freitag nachmittag hörte Ruth früher als sonst auf zu arbeiten und nahm ein Taxi nach Hause. Ihr war zu warm, und sie hatte nicht die geringste Lust, sauberzumachen und das Essen zuzubereiten. Als sie das Haus betrat, hörte sie als erstes das Geräusch des Staubsaugers. Im Wohnzimmer stand Sara mit einer Schürze, die ein ganzes Stück länger war als ihr kurzer Rock. Offensichtlich war sie schon lange Zeit am Werk gewesen, denn das Zimmer glänzte wie nach einem Großputz.

»Also, ich muß sagen, das ist der erfreulichste Anblick des heutigen Tages«, rief Ruth freudig überrascht, nachdem ihre Nichte den Staubsauger ausgeschaltet hatte. »Meine liebe Sara, wie nett von dir!«

»Du hast doch wohl nicht gedacht, daß ich dich die ganze Arbeit allein machen lasse? Ich muß Freitag nachmittag nicht zur Uni.«

»Aber es ist ja schon alles fertig. Das hätte ich wirklich nicht besser machen können. Jetzt fehlen nur noch die Blumen. Ich habe welche mitgebracht, sie sind im Flur.«

»Was für welche?«

»Nelken und die unvermeidlichen Chrysanthemen. Aber ich habe besonders schöne gefunden. Schau dir diese goldfarbenen hier an, eine Züchtung, mit hellen und dunklen Streifen.«

»Ich mag Chrysanthemen.« Sara wickelte die Schnur um den Staubsauger und schob ihn zur Tür. »Welche Vasen nehmen wir? Das schöne Delfter?«

»Das sieht bestimmt gut aus. Die weißen Blumen könnten wir in die Kupfervasen stellen, und die Nelken in die silbernen. Es müssen auch noch ein paar Rosen im Garten sein. Die habe ich fürs Eßzimmer gedacht.«

»Ich habe sie schon geholt. Sieh sie dir an.«

Ruth öffnete die Schiebetüren auf der anderen Seite des Flurs und gab einen entzückten Ausruf von sich. Das Eßzimmer war ziemlich dunkel, denn es lag ja am Ende des Hauses, und der Abstand zum Nachbarhaus betrug nur ein paar Meter, so daß man die in diese Richtung weisende Zimmerwand ohne Fenster gelassen hatte. Außerdem nahm der Raum nicht die gesamte Haustiefe ein wie das Wohnzimmer, da sich an der Gartenseite die Küche anschloß. Das einzige Tageslicht kam also von den Fenstern, die zur Straße gingen, und diese waren mit Stores verhängt. Aber die Wand- und Kronleuchter gaben ein helles, warmes Licht. Die schweren alten Möbel aus dunklem Holz hatte Sara poliert, bis sich alles in ihnen spiegelte, und Ruth hatte schon in der vergangenen Woche die abgewetzten Stellen in dem edlen Petit-Point-Stoff ausgebessert, mit dem die Stuhlpolster bezogen waren. Den Tisch schmückte Ruths beste Damasttischdecke, darauf glänzten Silber und Kristallgläser. Sogar das schöne alte Delfter Porzellan in der Eckvitrine hatte Sara noch einmal abgewischt, und die hohen silbernen Kerzenständer waren mit nach Lorbeer duftenden Kerzen bestückt, deren Jadegrün zu dem gedämpften Ton der Tapeten paßte.

»Alles ist perfekt«, sagte Ruth dankbar. »Es bleibt gar nichts mehr für mich zu tun.«

»Doch. Das Kochen.«

»Richtig, ich fange jetzt besser mit den Brötchen an. Sie müssen zweimal gehen.«

»Es ist ein solcher Aufwand, sie selbst zu backen. Warum kaufst du nicht tiefgefrorene?«

»Das Geheimnis des guten Kochens«, antwortete Ruth in belehrendem Ton, »besteht darin, bei dem zu bleiben, was man wirklich kann, das aber so gut wie möglich zu machen. Ich komme mit komplizierten Gerichten nicht zurecht, man muß so viel auf einmal in letzter Minute machen. Außerdem koche ich sowieso nicht besonders gerne. Ein Rostbraten ist leicht zuzubereiten, und der, den ich gekauft habe, ist von allerbester Qualität. Ich habe ihn dem französischen Fleischer abgeschwatzt und das Haushaltsgeld einer Woche dafür ausgegeben. Der Salat ist meine eigene Erfindung. Er ist sehr einfach, aus allen frischen Gemüsen, die ich gerade finden kann, und Eiern. Du wirst staunen, wie eindrucksvoll er aussieht. Also müssen die Brötchen selbstgemacht sein, die tiefgefrorenen schmecken wie Pappe und würden den ganzen Effekt verderben.«

»Ich verstehe. Weißt du, was ich kochen würde?«

»Spaghetti«, antwortete Ruth ohne zu zögern.

»Wie hast du das nur erraten?«

»Ich habe auch fast nur Spaghetti gemacht, als ich das erste Mal einen eigenen Haushalt hatte. Du weißt ja, daß ich sie immer noch sehr mag, sie haben den Vorteil, ein einfaches und ehrliches Gericht zu sein, aber ich kann Mrs. MacDougal schlecht Spaghetti servieren. Obwohl sie sie natürlich mit der größten Selbstverständlichkeit und untadeliger Haltung essen würde.«

»Wie ist sie?«

»Sie ist wirklich sehr nett. Du wirst sie mögen.«

Einige Sekunden standen sie schweigend nebeneinander und überblickten den Raum, um sich zu versichern, daß nichts vergessen worden war. Ihre Arme berührten sich leicht, und Ruth genoß die Harmonie und Vertrautheit dieses Augenblicks. Später sollte sie mit einem stechenden Gefühl des Verlustes daran zurückdenken.

Die Gäste waren für sieben Uhr dreißig eingeladen. Ruth ging hinunter, um die letzten Handgriffe in der Küche zu tun, damit sie sich dann in Ruhe umziehen konnte. Die Hors-d'œuvres mußten angerichtet werden, das Tablett mit den Getränken und Gläsern zusammengestellt, die Brötchen geknetet und geformt – ein Dutzend Kleinigkeiten, die viel Zeit kosten und keinen Spaß machen und die jede Gastgeberin kennt.

Sie hatte schon ihr Haar zurechtgemacht, aber ihre Füße steckten in Pantoffeln, und sie trug ein Kleidungsstück, das genauso unattraktiv wie sein Name war: eine Schürze. Ihre beiden Hände steckten bis zu den Armen im Teig, als die Türklingel ertönte. »Verdammt«, entfuhr es ihr, und sie fragte sich, wer das wohl sein könnte. Sara nahm gerade ein Bad, also würde sie selbst öffnen müssen.

Im Vorübergehen griff sie nach einem Papiertuch, eilte durch den Flur und riß die Eingangstür auf, wild entschlossen, jeden kurz abzufertigen, und wenn es der Präsident der Vereinigten Staaten wäre. Kaum hatte sie einen Blick auf den Besucher geworfen, wollte sie die Tür wieder zuschlagen.

»Gehen Sie weg! Gehen Sie weg, und kommen Sie in einer Stunde zurück. Was, zum Teufel...«

Pat hatte vorsorglich seinen Fuß in die Tür gestellt. Jetzt begann er zu schieben.

»Ich bin kein Gast. Ich bin ein Kellner. Machen Sie auf.«

Sie hatte kaum eine Wahl. Er schloß die Tür hinter sich und ging ohne weiteren Kommentar voraus zur Küche. Ruth trottete hinter ihm her, zu neugierig, um noch wütend zu sein. Sollte jedoch in der Tüte, die er trug, etwas zu essen oder zu trinken sein, dann konnte er sich bestimmt auf etwas gefaßt machen.

Pat entnahm der Tüte ein kleines Bündel und entfaltete es.

»Mein Lieblingskorkenzieher, mein bestes Tranchiermesser und«, er hielt den Stoff hoch, mit dem die anderen Sachen eingepackt gewesen waren, »meine Schürze. Was kann ich tun?«

»Aber Sie... Sie... Mir fehlen die Worte«, gestand Ruth schließlich ein.

»All dies Zeug, was in letzter Minute gemacht werden muß, ist das Schlimmste. Ich versuche nur zu demonstrieren«, sagte er mit verschmitztem Grinsen, »daß es zu etwas gut sein kann, einen Mann im Haus zu haben. Was haben wir denn hier? Brot oder so etwas? Das überlasse ich besser ihnen. Was werden wir trinken? Wo steht der Gin?«

Zwanzig Minuten später formte Ruth die letzten Brötchen, während Pat einen Shaker mit Martinis in den Kühlschrank stellte. Dann griff er zum Besen, und nachdem er die Küche gefegt hatte, blickte er prüfend um sich.

»Alles fertig, glaube ich. Ich werde jetzt das Feuer im Kamin anmachen. während Sie sich umziehen.«

»Eine Sekunde, ich bin sofort fertig.«

Er stellte sich hinter sie und sah ihr über die Schulter. Nach und nach wurden ihre Bewegungen langsamer. Diese Situation hatte sie früher oder später erwartet und sich auch schon gefragt, wie sie reagieren sollte, ohne sich allerdings darüber klargeworden zu sein. Womit sie nicht gerechnet hatte, war das überwältigende Gefühl, das sie bei der ersten Berührung seiner Hände durchflutete.

»Bleib ganz ruhig«, flüsterte er ihr ins Ohr. »Ich glaube nicht, daß das Mehl auf meinem neuen Jackett gut aussehen würde.«

Sie lehnte sich gegen ihn und hörte seinen Atem schneller werden, während seine Hände sich von ihrer Hüfte aufwärts bewegten und sein Mund ihre Wangen hinunterglitt. Ohne es bewußt zu wollen, drehte sie ihm ihr Gesicht zu, und ihre Lippen berührten sich. Also waren diese besonderen Nervenenden doch noch nicht gestorben. All die Jahre hatte sie nur Männer getroffen – vielleicht sogar bewußt gesucht –, die diese betäubenden Gefühle in ihr nicht wiedererweckten, und schließlich hatte sie sich gesagt, daß sie wohl für immer verschwunden waren. Aber jetzt war es, als läge ihre Haut überall dort bloß, wo seine Hände oder Lippen hingekommen waren, als würden seine Finger direkt ihre Nerven berühren.

Einige lange Sekunden war sie eingetaucht in eine Woge der Lust; dann setzte die automatische Verteidigung, die sonst nie so lange außer Kraft gewesen war, wieder ein. Ihr Körper versteifte sich. Sofort ließ er sie los und trat einen Schritt zurück, nur ihre Taille hielt er noch locker umfaßt, damit sie nicht das Gleichgewicht verlor.

Benommen starrte Ruth auf den jämmerlich zerquetschten Klumpen Teig in ihren Händen. Automatisch begann sie, ihn wieder in Brötchenform zu klopfen.

»Was ist los?« fragte er ruhig. Sein Atem ging wieder langsamer, aber noch immer unregelmäßig.

»Nichts. Ich... ich habe mein Brötchen zerquetscht, sehen Sie?«

»Finden Sie mich so abstoßend?«

»O Pat, nein.« Impulsiv drehte sie sich um und hob die Hände. Liebevoll lächelnd wehrte er ihre bemehlten Finger ab.

»Ich finde, daß deine allererste Reaktion einfach wundervoll war. Aber jetzt ist leider nicht die Zeit, die Sache fortzuführen. Wenn du deine verführerische Person in einiger Distanz von mir hältst, werde ich versuchen, mich zu benehmen. Wir tun, als sei gar nichts passiert.«

Sie konnten zwar so tun, aber jedesmal, wenn ihre Blicke sich trafen, erinnerte sich Ruths ganzer Körper an den Moment in der Küche. Während Sara flink und geschickt die Teller hinaustrug und das Dessert servierte, wanderten Ruths Augen zurück zu dem Magneten, der sie den ganzen Abend angezogen hatte. Pat erwiderte ihren Blick, und seine Augen leuchteten.

Als sie ins Wohnzimmer gingen, gab Ruth sich innerlich einen Ruck. Es wurde Zeit, daß sie ihren Gästen mehr Aufmerksamkeit widmete, besonders jetzt, wo das Hauptereignis des Abends bevorstand. Sie hatte noch einen Kollegen aus dem Büro und dessen Frau eingeladen, ein freundliches, aber etwas nichtssagendes Paar, das ganz sicher die Atmosphäre nicht stören würde. Von Saras Seite waren zwei Kommilitonen gekommen, deren Gesichter Ruth nur verschwommen in Erinnerung behielt.

Madame Nada, für diese Gelegenheit in wallenden schwarzen Chiffon gekleidet, ging voraus. Sie hatte das Arrangement schon gesehen und gebilligt. Ihre Besichtigung hatte sich allerdings auf den Bereich am Kamin, wo die Sofas standen, beschränkt. Als sie sich jetzt dem Tisch näherte, blieb sie plötzlich stehen, eine Hand ausgestreckt, als wollte sie nach einem Stuhl greifen. Ruth hörte sie nach Luft schnappen.

»Ist etwas nicht in Ordnung?« fragte sie, während sie zu ihr trat. Die anderen Gäste plauderten entspannt miteinander, und niemand achtete im Moment auf sie. Ruth war die einzige, die das Gesicht des Mediums sah, und es schien ihr, als sähe sie es zum ersten Mal ohne Maske. Verblüffung und Bestürzung zeichneten sich darauf ab.

»Es ist so kalt hier«, sagte Madame Nada, nachdem sie sich etwas gefangen hatte.

»Ich weiß, an diesem Ende des Raumes zieht es immer. Wenn es zu schlimm ist...«

»Es zieht?« Die eng zusammenstehenden braunen Augen, in denen noch immer der Schrecken stand, sahen sie an.

»Sind wir soweit?« ertönte die energische Stimme Mrs. MacDougals neben Ruth. Sie hatte mit ihrer Kleidung die Person gewechselt. Ihr Schneiderkostüm sah aus, als hätte es tausend Dollar gekostet, und sicher sah es nicht nur so aus.

»Ich weiß nicht.« Ruth drehte sich impulsiv um. »Es ist so kalt an diesem Ende des Zimmers. Vielleicht sollten wir...«

»Um Himmels willen, nein. Pat hat mir erzählt, daß es hier zieht, deswegen trage ich ja ein Kostüm. Also, wo sollen wir sitzen?«

Ruth sah Madame Nada fragend an, die mit den Achseln zuckte und lächelte. Die Maske war wieder an ihrem Platz.

Als sie alle saßen, sah Ruth sich in dem Kreis um. Die Szene hatte etwas Überdeutliches. Die Farben erschienen leuchtender, die Gesichtskonturen scharf geschnitten. Sie hatte das Gefühl, daß sie sich später an jedes Detail erinnern würde.

Madame Nada saß mit dem Rücken zum Fenster, die schweren Vorhänge waren zugezogen. Ruths Kollege, Jack Simmons, saß zu Madame Nadas Rechten, und Ruth war links von ihr plaziert worden. Neben sich hatte sie Sara, die besonders lebhaft und strahlend aussah. Ihre Augen glänzten erwartungsvoll, ihre Wangen waren gerötet, und ihr olivbrauner Teint wurde durch das leuchtend gelbe Wollkleid hervorgehoben. Bruce saß ihr fast genau gegenüber. Er hatte den ganzen Abend lang ein tadelloses Benehmen gezeigt, nur durch sein Schweigen beim Essen war deutlich geworden, daß er die Unterhaltung äußerst langweilig fand. Als Ruth ihn anschaute, senkte er leicht den Kopf, und sein Bart zuckte. Ruths Blick wanderte weiter. Mary Simmons hatte ihre geröteten Hausfrauenhände auf dem Tisch gefaltet, ihre Mine war feierlich. Und dann Pat. Pat... Nichts mehr außer... Pat.

»Wir fangen an«, sagte Madame Nada plötzlich.

9

Später fragte sich Ruth, ob ihr wohl mehr aufgefallen wäre, wenn ihre empfindsameren Sinne jenseits der üblichen fünf nicht so in Anspruch genommen gewesen wären. Und trotzdem wurde sogar dieses egoistischste und einnehmendste aller Gefühle von einem Schauer des Unbehagens durchdrungen; denn als die Lichter ausgegangen waren und die Hände nacheinander griffen, um einen Kreis zu bilden, spürte Ruth in der Dunkelheit, daß etwas sie berührte. Etwas Eiskaltes, nicht Greifbares streifte sie. Eine Gänsehaut überzog ihre nackten Arme.

Anfangs verlief die Sitzung nicht anders als die, die Ruth vor einer Woche miterlebt hatte. Wieder wurde sie hier und da von einem Juckreiz gequält, jetzt, wo es unmöglich war, sich zu kratzen. Die Intensität, mit der man Geräusche wahrnahm, erhöhte sich. Das Zimmer war dunkel. Die schweren Gardinen ließen kein Licht von außen durch, und die Rückenlehne des Sofas schirmte das Leuchten im Kamin ab. Nur die Kohlen glühten noch, das Feuer hatte man herunterbrennen lassen.

Der Atem des Mediums wurde tiefer und langsamer und gleichmäßig, das Vorstadium zu dem Zustand, der Trance genannt wurde, wie Ruth inzwischen wußte. Ihre Finger hielten Madame Nadas Handgelenk umfaßt, so daß sie sofort spürte, als diese in Trance fiel. Ihr Körper entspannte sich, und die Hände erschlafften.

»Ein Name«, sagte das Medium langsam und schleppend, »Ann. Etwas... Ann. Mary?«

Um den Tisch herum wurde es unruhig.

»Kann sie uns hören?« fragte Bruces Stimme.

»Nein«, antwortete Mrs. MacDougal leise. »Nicht, wenn wir uns nicht direkt an sie wenden. Sie ist jetzt in einer oberflächlichen Trance und spricht mit ihrer eigenen Stimme von Eindrücken, die sie erhält. Später wird sie in einen tiefen Trancezustand fallen, und andere Personen werden durch sie sprechen.«

»Mary«, sagte das Medium, »Mary möchte singen. Keine... Party...«

Ruth spürte, wie sich Saras Finger verkrampften, und sie wußte, daß sie in Versuchung war zu lachen. Warnend drückte sie ihre Hand. Zwar verstand sie Saras Reaktion sehr gut, aber sie konnte nicht zulassen, daß man sich über ihre Gäste lustig machte.

»Wer ist Mary?« fragte Mrs. MacDougal.

»Hübsch! Mary, Marylein, Mary fein, so wird sie von ihrem Vater gerufen.«

»Können Sie sie beschreiben?«

»Oh, hübsch, sehr hübsch... Blondes Haar. Altmodische, lange Locken...«

»Beschreiben Sie ihre Kleidung.«

»Ein hübscher Blümchenstoff... kleine Zweige, rosa Blüten. Ein Dreiecktuch um den Hals, die Ärmel bis zu den Ellbogen...«

Mary Simmons, deren Hobby amerikanische Kostüme waren, ließ einen unwillkürlichen Ausruf des Erkennens hören. Das Medium schien sie nicht zu hören und fuhr fort.

»Ein Mann ist bei ihr. Sie nennt ihn Papa. Er trägt einen langen blauen Mantel mit Messingknöpfen. Ein lustiger Schnurrbart, lang und buschig... grau. Schließt die Tür, schließt die Tür, laß die verdammten Yankees nicht rein!«

Der letzte Satz ertönte in einem tiefen, dröhnenden Bariton, laut und zornig. Sara zuckte zusammen. Ruth, die in der letzten Woche einiges über die Geschichte Georgetowns gelesen hatte, drückte wieder ihre Hand.

»Jetzt ist sie in tiefer Trance«, flüsterte Mrs. MacDougal. »Wer sind Sie?« fragte sie laut.

»Henry. Verdammte Yankees, laßt sie doch sterben. Verriegelt die Tür!«

»Henry und weiter?«

›Henry‹ schnaubte unwillig. Er hörte sich ganz wie ein cholerischer alter Gentleman an.

»Campbell, natürlich. Henry W. Campbell. Dies ist mein Haus, verdammt noch mal. Die Blauröcke kommen hier nicht rein.«

»Warum wollen Sie nicht, daß die reinkommen?« fragte Mrs. MacDougal.

»Halt.« Die Stimme veränderte sich. Es war nicht mehr die eines Mannes. Sie war durch eine starke Emotion verzerrt und auch nicht als die Madame Nadas zu erkennen. Die Worte hörten sich gepreßt an, als wenn jedes einzelne durch eine dicke Masse hindurchgezwungen werden mußte. »Nein, nein... Nein... kann... nicht...«

Die schlaffe Hand zuckte so stark, daß sie Ruths Griff entglitt. Der Atem des Mediums wurde schneller.

»Nada. Hören Sie, Nada! Wachen Sie auf. Wachen Sie auf! Licht, machen Sie das Licht an!«

Der Kreis brach auseinander. Licht flammte auf, alle blinzelten. Ruth sah, wie Mrs. MacDougal sich über Madame Nada beugte und sie an den Schultern faßte, während sie beruhigend auf sie einsprach.

»Alles wieder in Ordnung?« fragte sie.

»Ja, ja.« Madame Nada setzte sich aufrecht und strich eine Locke zurück, die ihr in die Stirn gefallen war. »Was ist passiert?«

»Ein Wesen, das sich dazwischendrängen wollte«, antwortete Mrs. MacDougal ernst.

»Oh. Ja«, murmelte das Medium, »sehr stark und...«

Sie schüttelte sich wie ein Hund, der aus dem Wasser kommt.

»Und haben wir etwas Interessantes erfahren?« fragte sie dann.

»O ja, das haben wir. Mrs. Bennett, wissen Sie etwas über die Geschichte des Hauses? Können Sie bestätigen, was wir gehört haben?«

Ruth hatte nicht damit gerechnet, so direkt angesprochen zu werden. »Oh«, stotterte sie, »ja, natürlich gehörte das Haus den Campbells. Ich erinnere mich nicht an den Namen des Mannes, der während des Bürgerkriegs darin gewohnt hat, aber...«

»Ja, sicher ging es um den Krieg zwischen Nord- und Südstaaten«, stimmte Mrs. MacDougal zu. »Hat Mr. Campbell mit den Südstaatlern sympathisiert?«

Von der anderen Seite des Tisches sagte Bruce ruhig: »Darf ich etwas dazu sagen, Mrs. Bennett? Campbell war nicht nur ein Sympathisant der Südstaatler – was in Georgetown nicht ungewöhnlich war –, sondern der Vorfall, der soeben angedeutet wurde, ist tatsächlich passiert. Als die Unionsarmee nach der Schlacht von – First Bull Run, war es, glaube ich – floh, strömten die verwundeten, erschöpften Männer über die Brücke zurück in die Stadt. Viele von ihnen brachen auf den Stufen der Häuser zusammen, und Mr. Campbell befahl, seine Tür vor ihnen zu verschließen und zu verriegeln.«

Er wartete gerade lange genug, bis ein erstauntes Gemurmel zu hören war, dann fügte er liebenswürdig lächelnd hinzu: »Das kann man alles in *Old Georgetown Stories* nachlesen.«

Madame Nada war Kritik gewöhnt. Falls sie Ärger empfand, ließ sie sich jedenfalls nichts anmerken. Sie lächelte Bruce an und sagte ungerührt: »Dieses Buch habe ich nie gelesen.«

»Wird in dem Buch der alte Mann beschrieben?« fragte Mrs. MacDougal.

»Nein. Aber ein blauer Mantel und Messingknöpfe sind nicht ungewöhnlich.«

»Was ist mit Mary Ann?«

»Ich habe nicht die leiseste Ahnung, ob der alte Henry eine Tochter dieses Namens hatte«, antwortete Bruce heiter. »Und ich bezweifle, ob es möglich ist, das herauszufinden.«

»Das ist der Grund, warum man euch Skeptiker nicht überzeugen kann«, entgegnete Mrs. MacDougal voller Verzweiflung. »Wenn ihr herausfindet, daß etwas stimmt, behauptet ihr, das Medium hätte die Information nachgelesen. Wenn ihr nichts herausfindet, behauptet ihr, man kann nichts nachweisen, also ist es nicht wahr.«

Bruce warf ihr einen Blick zu, der amüsiert und respektvoll zugleich war.

»Da haben Sie völlig recht«, sagte er höflich. »Das ist aber auch eine verzwickte Sache, nicht wahr?«

»Hm.« Mrs. MacDougal wandte sich von ihm ab. »Lassen Sie es uns noch einmal probieren, Nada. Es ist noch früh. Vielleicht können wir etwas herausbekommen, was diesen jungen Mann überzeugt.«

»Ich weiß nicht...«, antwortete das Medium zögernd.

»Ach, kommen Sie, diese Chance sollten wir uns nicht entgehen lassen. Sie sind sehr schnell in tiefe Trance gefallen. Offensichtlich ist die Atmosphäre hier günstig.«

Madame Nada schwieg. Ruth fand, daß sie noch anämischer aussah als sonst.

»Vielleicht ist Madame Nada müde«, warf sie aus ehrlichem Mitgefühl ein. »Der Zustand der Trance ist doch sehr ermüdend, wie ich es verstanden habe.«

»Ja, das ist er«, stimmte das Medium selbst zu. »Aber das ist nicht der Grund, warum ich Angst habe – ich meine, warum ich nicht möchte, daß...«

»Nein, Sie meinen, warum Sie Angst haben«, unterbrach Bruce und starrte das Medium unverhohlen an. »Wovor haben Sie Angst?«

Ruth bedachte Bruce mit einem mißbilligenden Stirnrunzeln, aber als ihr Blick auf Madame Nada fiel, erkannte sie, daß er recht hatte. Madame Nada hatte Angst. »Wenn Sie sich nicht danach fühlen...«, begann Ruth.

Ein dröhnendes »Unsinn!« von Mrs. MacDougal übertönte ihre leise Stimme. Nach einem forschenden Blick auf ihre Herrin zuckte Madame Nada mit den Achseln.

»Also gut. Aber ich habe Sie gewarnt.«

»Wir müssen uns alle so stark es geht auf reine Gedanken konzentrieren«, forderte Mrs. MacDougal energisch. »Vielleicht, wenn wir eine Hymne singen...«

»O nein«, rutschte es Ruth heraus. Das Medium lächelte sie an.

»Ich denke nicht. Fangen wir einfach an.«

Diesmal sank Madame Nada auf der Stelle in tiefe Trance. Es war, als sei sie von einer Kraft, der sie nicht widerstehen konnte, unter die Oberfläche des Bewußtseins gezogen worden. Wie schon zuvor, erschlaffte ihr Handgelenk. Ruth erschrak, als sie unter ihren Fingern den Puls wild rasen fühlte.

Wieder begann Madame Nada mit langsamer, schleppender Stimme zu sprechen. »Namen... Mary Ann, Henry, ein Frank... jemand namens Hilda.«

»Weiter«, flüsterte Mrs. MacDougal.

»Ich sehe zwei Frauen. Eine jung, die andere älter. Graues Haar. Oder ist es Puder? Ein Streit, das Mädchen weint. Arme Mary!«

Ruth entspannte sich erleichtert. Das war die gleiche Art vages Gerede, das sie vorher schon gehört hatten, wenig überzeugend, denn man konnte es so zusammenstellen, daß es zu fast jedem Ereignis paßte. Beruhigt gestattete sie ihren Gedanken abzuschweifen, und hörte nur noch mit halbem Ohr die Beschreibungen des Mediums und die Aufzählungen der Namen, die auf so viele und niemanden zutrafen. Madame Nada erzählte etwas von einem Indianer in seinem Federschmuck, einem Mann, der gehängt worden war, einem kleinen weißen Hund. Das erinnerte Ruth an den verschwundenen Sammie, und wieder einmal fragte sie sich, um was für ein Tier es sich wohl handeln mochte. Im selben Moment, wie ausgelöst durch ihre Erinnerung, begann der Alptraum.

Es begann langsam und schleichend, wie das Tröpfeln schmutzigen Wassers durch eine Ritze. Eine Stimme begann zu murmeln, aber sie gehörte niemandem aus dem Kreis. Zuerst klang es wie ein Tonband, das auf zu langsamer Geschwindigkeit abgespielt wird, ein dumpfes, gepreßtes, brummendes Geräusch. Dann wurde die Stimme lauter, und man konnte Wörter unterscheiden. Aber noch immer hörte sie sich mechanisch an, als wenn mit der Technik etwas nicht in Ordnung wäre.

Der Körper des Mediums hatte sich versteift. Ihr schmales Handgelenk war nicht mehr schlaff, es zuckte aufgeregt unter Ruths Fingern. Madame Nada hatte guten Grund, alarmiert zu sein. Denn sie wußte am besten, daß diese murmelnde Schreckensstimme nicht aus ihrer eigenen Kehle kam. Und Ruth wußte es auch. Sie wußte, daß sie nicht von ihrer Rechten, sondern von ihrer Linken kam, von Sara.

Die anderen nahmen natürlich an, daß Madame Nada die Quelle dieser Stimme war, so wie vorher die der anderen. Doch gab es diesmal einen qualitativen Unterschied, den alle spürten. Im Zimmer war es vollkommen still. Die Kälte hatte zugenommen. Ruth mußte die Zähne zusammenbeißen, damit sie nicht aufeinanderschlugen.

Der murmelnde Monolog schien nicht enden zu wollen. Aber in Wirklichkeit konnte das ganze Geschehen nicht länger als dreißig Sekunden gedauert haben, und die Stimme hatte nicht mehr als sechs artikulierte Worte herausgebracht, als die Anspannung des Mediums sich in einem haarsträubenden Schrei entlud. Stühle wurde zurückgeschoben, man hörte Rufe und Fragen. Die Deckenlampe flammte auf. Ruths Blick traf auf Bruce, dessen Hand noch immer am Lichtschalter ruhte. Sein Körper war gegen die Wand gelehnt, und aus schneeweißem Gesicht starrte er sie an. Nein, nicht sie, sondern Sara, die neben ihr saß. Er wußte also Bescheid. Aus irgendeinem Grund wußte er es auch.

Es kostete Ruth eine übermenschliche Anstrengung, ihren Kopf zu wenden und das Wesen anzusehen, das neben ihr saß, ruhig, ernst, mit gebeugtem Kopf und bewegungslosen Händen. Die Gesichtszüge waren dieselben wie zuvor, die schmale Nase, der schöne Mund und das glatte schwarze Haar. Doch trotz der physischen Identität wußte Ruth mit unumstößlicher Sicherheit, daß durch Saras Augen sie gleich etwas ansehen würde, das nicht mehr Sara war.

10

In dieser Nacht ließ Ruth zum ersten Mal seit vierzig Jahren ein Licht brennen, als sie zu Bett ging. Aber jedesmal, wenn sie die Augen schloß, nahm vor dem dunklen Hintergrund ein Gesicht Gestalt an, das unbekannte Gesicht, von dem Saras vertraute Züge einen schrecklichen Moment lang überlagert gewesen waren.

Vom gesellschaftlichen Standpunkt aus gesehen war der Abend nicht gerade ein Erfolg gewesen, denn er endete mit einem unguten Gefühl der meisten Gäste und dem völligen Zusammenbruch Madame Nadas. Sie war in Ohnmacht gefallen, und zwar so ungraziös und schmerzhaft, daß selbst die größten Skeptiker nicht an der Echtheit dieser Bewußtlosigkeit zweifelten. Nachdem sie sich wieder erholt hatte, wollte sie nur eins – so schnell wie möglich das Haus verlassen. Mrs. MacDougal begleitete sie, und Pat fühlte sich verpflichtet, die beiden aufgeregten Damen nach Hause zu fahren. Auch die anderen Gäste verabschiedeten sich unter Entschuldigungen so schnell wie möglich, als gelte es, ein Haus des Todes zu fliehen. Séancen machten nur dann Spaß, wenn sie gelungen inszeniert waren.

Ruth war sicher, daß niemand von ihren Gästen wirklich wußte, was passiert war. Sie reagierten nur auf eine Atmosphäre, die im höchsten Grad unangenehm war. Madame Nada verfügte über eine außergewöhnliche Sensibilität, daher hatte sie stärker als die anderen das Unheimliche der Situation gespürt. Aber auch sie besaß nicht die Fähigkeit, damit umzugehen.

Obwohl Bruce noch bleiben wollte, hatte Ruth ihn nach Hause geschickt. Seine Gegenwart hätte ihr nicht geholfen, und überhaupt war sie nicht sicher, ob sie noch eine andere Gesellschaft wünschte als die Saras.

Denn Sara war, soviel war klar, wieder Sara und niemand anders. Ruth hatte nur einen kurzen Blick auf das Mädchen geworfen und dann zunächst der ohnmächtigen Madame Nada erste Hilfe geleistet. Als sie sich danach wieder Sara zuwandte, war die Illusion, die sie vorher gehabt hatte, verschwunden. Wenn es denn eine Illusion gewesen war. Saras Stimme, ihr Gesichtsausdruck, die echte, unverwechselbare Sara war zurück.

Jetzt zermarterte sich Ruth mit zwei gleichermaßen unerträglichen Theorien den Kopf. Das Zimmer war angenehm warm, das Deckbett flauschig, ihr langes Nachthemd weich, aber trotzdem ging von Zeit zu Zeit ein Beben wie von einer unbesiegbaren Kälte durch ihren Körper.

Wodurch ist ein Individuum definiert? Nicht durch seinen Körper oder die Farbe seines Haares und seiner Augen, nicht durch die Form des Gesichts, denn dies alles sind Dinge, die sich verändern können, zum Beispiel durch einen Unfall oder eine Krankheit. Unweigerlich tun sie es mit dem Alter.

Auch Meinungen und Glaubenseinstellungen, die Produkte des denkenden Geistes, können sich wandeln; der strahlende junge Idealist ist vielleicht im Alter ein zynischer Tyrann.

Also was ist es dann, überlegte Ruth, was einen Mann oder eine Frau von allen anderen unterscheidet, seine Persönlichkeit ausmacht? Vielleicht das, was wir die unsterbliche Seele nennen oder einfach ein Bündel von Eigenschaften, ererbt oder erworben. Charakter, Seele, Geist, Individualität, die Art, den Kopf zu drehen, der Ausdruck der Augen, die Reaktionen auf Schmerz, Angst, Liebe.

Als Ruth klein war, hatte sie von sich selbst, von der wirklichen Ruth gedacht, daß sie ein kleiner Homunkulus sei, der in ihrem Kopf lebte. Tagsüber manipulierte er fleißig die Muskeln, die die Puppe ihres Körpers bewegten, und ordnete die Gedanken, die ihren Geist belegten; nachts wählte sie ihre Träume aus. Jetzt fragte sie sich, wie sie damals auf diese Idee gekommen war. Bestimmt gab es etwas Ähnliches in einem der Bücher von Louisa May Alcott. Oder vielleicht war es sogar ein Gedanke, mit dem viele Kinder sich das Geheimnis des Lebens erklärten, dieses Bild von der kleinen Seele, die im Kopf lebt und durch die Augen herausschaut.

Heute abend hatte etwas aus Saras Kopf herausgeschaut, durch Saras Augen, das nicht Sara war.

Unruhig drehte sich Ruth im Bett hin und her. Ihr Laken und das Deckbett waren mittlerweile zerknittert und zu warm. Wenn sie sich ihre Fantasien in konkreten Bildern ausmalte, wurde alles nur noch unglaublicher.

Die Alternative war zumindest weniger kompliziert. Sie bestand ganz einfach darin, daß sie, Ruth Bennett, an Halluzinationen litt. Auch nur für einen Moment ernsthaft die Möglichkeit in Betracht zu ziehen, daß sie aus Sara heraus ein anderes Wesen angeblickt hatte, wäre für viele schon Beweis genug. Sie mußte selbst zugeben, daß sich damit ihr Verstand jedenfalls beträchtlich vom normalen Standard entfernt hatte.

Aber sagte man nicht, daß Menschen, die dabei sind, verrückt zu werden, selbst nicht an ihrer geistigen Gesundheit zweifeln? Ruth fürchtete, daß ein Psychologe diesem tröstlichen Gedanken nicht zustimmen würde. Und so sehr sie auch hin- und hergerissen war, was sie für richtig halten sollte, eines stimmte mit Sicherheit: es war leichter für sie, an Saras Geistesgestörtheit zu glauben als an ihre eigene.

Als Ruth aus einem kurzen, aber tiefen Schlaf erwachte, kamen ihr all ihre dunklen nächtlichen Visionen völlig absurd vor. Die Sonne schien, und die Amseln, die auf dem Dach ein Nest gebaut hatten, diskutierten ihre Pläne für den Tag. Ruth hörte unten Geräusche und Saras ungeübte, aber schöne Altstimme, die sang: »Sag mir, wo die Blumen blüh'n.« Verführerische Düfte wehten die Treppe hoch, Kaffee, Toast und Schinken lockten.

Sonnabend war Putztag. Seit Sara bei ihr wohnte, hatte Ruth erleichtert die ewige Suche nach einer zuverlässigen Putzhilfe aufgegeben. Gemeinsam schafften sie und Sara es, das ganze Haus in vier Stunden sauberzumachen, und danach funkelte jedes Glas, und jedes Stuhlbein war poliert.

Sollte es auch nur den kleinsten Schatten auf Saras Seele geben, so war nichts davon zu merken. Sie sang wie ein Vogel und arbeitete wie der Teufel. Nach dem Mittagessen war sie mit einer Freundin zum Einkaufsbummel verabredet. Ohne darüber lange nachzudenken, stand es für Ruth fest, daß sie Sara gegenüber um nichts in der Welt etwas von ihren Befürchtungen äußern würde. Sie beschloß, sich bei ihrem Arzt für eine Kontrolluntersuchung anzumelden, nur zur Sicherheit. Aber das würde sie am Montag tun. Am Sonnabend morgen hatte Dr. Peterson immer viel zu tun, und es eilte ja nicht.

In dieser Nacht begegnete sie Ihm wieder, im Flur vor ihrem Schlafzimmer. Sara war barfuß, aber die alten, ausgetretenen Dielen knarrten. Ruth war auf der Stelle hellwach, wie ein Soldat, der an der Front im Einsatz ist. Ihr war sofort klar, wovon die Geräusche verursacht wurden, und gleichzeitig wußte sie mit unumstößlicher Sicherheit, daß all ihre vorherigen vernünftigen Erklärungsversuche nicht zutrafen.

Aufzustehen und hinauszugehen, um Ihm gegenüberzutreten, erschien Ruth das Schwierigste, was sie je zu tun gehabt hatte.

»Sie geht nie ohne Hausschuhe«, sagte Ruth, »seit sie sich vor ein paar Wochen einen Splitter eingerissen hat.«

Gegen ihren Willen fing sie plötzlich an zu weinen. Pat, dessen Gesichtsausdruck noch besorgter wurde, rutschte näher und nahm sie in die Arme. Nachdem der erste Tränenstrom nachgelassen hatte, sagte er ruhig: »Natürlich nimmt dich das sehr mit, Ruth. Aber du mußt mir den Rest erzählen. Was ist passiert, nachdem du in den Flur hinausgegangen warst?«

»Tut mir leid, entschuldige bitte«, schnüffelte Ruth und holte tief Luft. »Ich weiß, ich sollte nicht... Also, letzte Nacht schien der Mond sehr hell; das Licht kam durch das runde Fenster auf dem Treppenabsatz. Es... Sara...« Sie zögerte, als sie sah, wie sein Mund sich bei ihrem Versprecher verzog, dann fuhr sie entschlossen fort: »Sie stand da auf dem Treppenabsatz und sah aus wie eine Figur aus Mrs. Radcliffe; sie trägt immer Nachthemden, keine Schlafanzüge, und im Winter sind sie lang und hochgeschlossen, weil es nachts im Bett ziemlich kalt wird... Entschuldigung, ich lenke schon wieder ab, nicht?«

Er schüttelte den Kopf. »Es ist völlig in Ordnung. Erzähl weiter.«

»Ja. Ich wollte nur versuchen, dir ein Bild davon zu vermitteln, ein Mädchen in einem langen hellen Nachthemd, ihr schwarzes Haar fällt ihr offen über die Schultern. Sie sieht völlig ätherisch aus mit ihrem blassen Gesicht im Mondlicht. Ihre Augen waren weit aufgerissen... Nein, ich sehe dir an, was du denkst, aber das war es nicht. Sie ist nicht geschlafwandelt. Ich habe mal mit einem Mädchen zusammengewohnt, das Schlafwandlerin war, daher weiß ich genau, wie das aussieht. Dies... Sara... war wach. Es war wach, Pat, hellwach; und *es war nicht Sara.*«

»Gut, gut, das war dein Eindruck. Aber erzählt mir, was weiter passiert ist. Wir werden uns mit dem subjektiven Interpretationen beschäftigen, nachdem du mir erklärt hast, woher diese Flecken in deinem Gesicht kommen.«

»Ich muß furchtbar aussehen«, sagte Ruth trübsinnig.

»Mein Gott, du hast das, was man gemeinhin ein Veilchen nennt. Und einige Kratzer auf der Wange. Wie hast du das übrigens heute morgen Sara erklärt?«

»Überhaupt nicht. Ich habe ihr durch die Tür zugerufen, daß ich Kopfschmerzen hätte und nicht gestört werden wolle. Irgendwann ging sie zur Uni. Sobald sie aus dem Haus war, habe ich dich angerufen.«

»Heute morgen war sie also wieder ganz normal?«

»Vollkommen. Sie wollte mir Frühstück machen, den Arzt anrufen. Sie war so nett...«

»Schon gut, schon gut«, sagte er, als ihre Stimme wieder zu beben begann. »Nun hast du mir alles bis auf eine Sache erzählt. Sara hat dich geschlagen, nicht wahr?«

»Ja.«

Pat zeigte mit Bestimmtheit auf das Glas, das neben Ruth auf dem Tisch stand.

»Trink deine Medizin aus. Mir ist klar, daß weiß Gott nicht die Zeit für Sherry ist, aber du brauchst ihn. Warum hat sie dich geschlagen?«

Ruth zog ein Gesicht. Einen Moment lang war sie sicher, daß der Sherry den Inhalt ihres völlig verkrampften Magens nach oben befördern würde. Doch dann breitete sich eine angenehme Wärme in ihrem Körper aus, und ihre eiskalten Hände entspannten sich ein wenig. Sie seufzte tief auf.

»Gut, ich will versuchen, es ganz genauso wiederzugeben. Ich sah sie also dort im Mondlicht stehen, und nach etwa einer Minute sprach ich sie an. Sie hat nicht geantwortet. Ich sagte ›Sara, geht es dir nicht gut? Was ist los?‹ Da begann sie zu sprechen.«

Ruth starrte vor sich hin und schwieg.

»Bitte, Ruth. Gib den genauen Wortlaut wieder, wenn du dich erinnern kannst.«

»Lieber Gott, ich wünschte, ich könnte ihn vergessen! Sie sagte dasselbe, was sie auch auf der Séance gesagt hatte. Zweimal hintereinander ›Nicht tot. Nicht tot.‹ Dann folgte eine Art Seufzer, und ich glaube das Wort ›bitte‹. Diese paar Wörter sagte sie immer und immer wieder, bis sie ineinander übergingen. Sie wurde immer lauter, regte sich auf, und zum Schluß schrie sie. Zwischendurch verstand ich etwas, was sich anhörte wie ›der General‹. Aber ich habe mich nicht aufs Zuhören konzentriert, ich dachte nur, daß ich sie irgendwie zum Schweigen bringen mußte. Daher berührte ich sie, und sie wehrte mich mit beiden Armen wild um sich schlagend ab. Aber ich glaube wirklich nicht, daß sie mich verletzen wollte, ich bin noch nicht mal sicher, ob sie wußte, wer ich war.«

»Wahrscheinlich nicht.«

»Pat, du kennst Sara. Du weißt genau, daß sie niemals...«

»Liebste Ruth, machst du dir etwa deswegen Sorgen?« Er lächelte, und es war das erste Mal, seit er das Haus betreten hatte. »Nein, ich glaube bestimmt nicht, daß sich unsere nette Sara in eine gemeingefährliche Verrückte verwandelt hat. Aber erzähl erst einmal zu Ende, bevor ich dir meine Interpretation vortrage. Wie, zum Teufel, hast du es fertiggebracht, sie zu beruhigen? Sie ist zweimal so groß wie du und sieht mir auch recht kräftig aus.«

Ruth schüttelte den Kopf. »Ich habe sie nicht beruhigt. Sie hatte mich fast k. o. geschlagen, aber dabei verlor sie das Gleichgewicht, fiel hin und muß mit dem Kopf aufgeschlagen sein. Jedenfalls verlor sie das Bewußtsein. Ich habe sie zurück ins Bett gezogen. Vielleicht hätte ich sie nicht bewegen sollen, aber ich hab's nun mal gemacht. Ohne aufzuwachen, ist sie von der Bewußtlosigkeit in einen normalen Schlaf hinübergeglitten. Als ich sicher war, daß sie schlief, bin ich selbst zurück ins Bett gegangen.«

»Und ich wette, daß du deinen Schlaf dringend brauchtest. Okay. Ich kann mir das Ganze jetzt lebhaft vorstellen.«

Ruth seufzte.

»Ich möchte nur eins Wissen. Wer ist verrückt, ich oder Sara?«

»Niemand von euch beiden ist verrückt«, antwortete er heftig. »Und benutz nicht dieses verdammt blöde Wort.«

»Tut mir leid.«

»Mir auch. Ich bin ein Supertherapeut, nicht wahr? Trink noch einen Sherry. Trinken wir beide einen Sherry.«

Ruth nahm das Glas, das er ihr reichte. In der Morgensonne leuchtete das Getränk wie flüssiges Gold.

»Ich bin wirklich froh, daß du mir zugehört hast. Aber versteh bitte, ich möchte gern von dir hören, was du davon hältst. Sag's mir geradeheraus, ohne drumherumzureden.«

»Das habe ich vor.« Mit einer kurzen Bewegung seines Handgelenks leerte er sein Glas in einem Zug. »Zuerst einmal vergiß die Idee, daß du dir das Ganze nur eingebildet hast. So etwas kommt zwar vor; Menschen mit bestimmten geistigen Krankheiten bringen sich sogar Verletzungen bei, um ihre eigenen fantastischen Behauptungen zu untermauern. Aber dazu gehörst du mit Sicherheit nicht. Diese Sache ist wirklich passiert. Also müssen wir der einzigen anderen Möglichkeit ins Auge sehen. Sara ist diejenige, mit der etwas nicht in Ordnung ist. Wahrscheinlich hattest du recht, und sie hat dich gar nicht erkannt. Aber das ist zu diesem Zeitpunkt absolut alles, was ich sagen kann. Ich habe das Mädchen noch nicht gesehen. Irgend etwas muß ihr große Probleme machen. Ich könnte Theorien aufstellen, was es möglicherweise sein könnte, aber darin sehe ich überhaupt keinen Sinn.«

»O Gott. Was soll ich ihrer Mutter sagen?«

»Gar nichts, Ruth, jedenfalls jetzt noch nicht. Du bist doch viel zu intelligent, um gleich durchzudrehen, wenn jemand psychische Probleme hat. Es kann sich ohne weiteres herausstellen, daß es nichts Ernstes ist. Also warten wir erst mal ab, bevor wir die Pferde scheu machen.«

»Aber was soll ich tun?«

»Zuerst gehst du jetzt nach oben und ziehst dich an.« Als sie etwas entgegnen wollte, hob er abwehrend die Hand. »Dann werden wir in ein nettes kleines Restaurant gehen und deinem überforderten Magen zur Besänftigung etwas Schönes anbieten. Vergiß dein blaues Auge, der Kellner wird denken, ich wäre dafür verantwortlich und wird große Hochachtung vor mir haben. Und dann kommen wir wieder hierher und warten gemeinsam auf Sara. Wann erwartest du sie zurück?«

»Etwa um fünf. Aber Pat...«

»Ich möchte mit ihr reden«, sagte Pat ruhig, aber bestimmt. »Das ist alles, einfach nur reden. Vielleicht können wir dann entscheiden, ob sie einen Neurologen braucht oder einen Psychiater oder einen Gynäkologen oder einfach nur eine ordentliche Tracht Prügel.«

»Aber...«

»Theorien aufzustellen, ohne genügend Informationen zur Verfügung zu haben, ist die überflüssigste aller Beschäftigungen, Ruth. Hat das nicht Sherlock Holmes gesagt? Es trifft wirklich fast immer zu. Und nun geh nach oben und zieh dir etwas an.«

Ruth tat, was er sagte. Nachdem sie ihn in ziemlich hysterischer Verfassung um Hilfe gebeten hatte, konnte sie sich jetzt schlecht weigern, seinem Rat zu folgen. Während sie sich anzog, überlegte sie, welch merkwürdige Kombination von Gründen sie bewogen hatte, ihn und nicht ihren Hausarzt anzurufen. Einige waren vernünftig und offensichtlich. Andere jedoch...

Sie betrachtete ihr Bild im Spiegel. Wenn man die Umstände bedachte, sah es erstaunlich normal aus. Das taubengraue Kostüm, das sie ausgesucht hatte, stand ihr besonders gut, ihr gekämmtes Haar glänzte silbrig, sie wirkte gepflegt und adrett. Sorgfältig aufgetragenes Make-up hatte sogar den blauen Fleck an ihrem Auge fast unsichtbar gemacht.

Was waren die anderen Gründe, warum sie gerade Pat angerufen hatte? Bestimmt waren ihr nicht alle bewußt, einer war jedoch klar. Er kannte sich aus mit dem, wovor sie Angst hatte, furchtbare Angst. Aber obwohl ihr ein paarmal verräterische Versprecher unterlaufen waren, hatte er offenbar gar nicht gemerkt, was sie am meisten fürchtete. Wahrscheinlich war der Grund, dachte sie bitter, daß kein gesunder Mensch so schnell an etwas Derartiges dachte. Er glaubte, daß sie ihn angerufen hatte, weil sie ihn als Mann brauchte, nicht als Fachmann.

11

Der Sonnenuntergang sah auf großartige Weise bedrohlich aus, hochaufgetürmte indigoblaue und violette Wolken mit goldenem Rand hoben sich von einem blaßgrünen klaren Himmel ab. Vor diesem prachtvollen Hintergrund erschien die schwarze Silhouette der großen Eiche gestochen scharf, die komplexen Muster ihrer Zweige wiesen eine strenge mathematische Schönheit auf.

Ruth befand sich in einem Zustand äußerster Nervosität, in dem man anfängt, auch kleinsten Ereignissen prophetische Bedeutung beizumessen. Als ihr Sherryglas – eines der alten Gläser, die sie besonders liebte – ihrer Hand entglitt und klirrend auf dem Kaffeetisch zerbrach, biß sie sich so heftig in die Lippe, daß sie zu bluten anfing.

Während Pat die Scherben aufsammelte, hörten sie, wie die Haustür geöffnet wurde.

Sara war nicht allein. Ruth erkannte Bruces Stimme mit einer Mischung aus Verzweiflung und Erleichterung. In seiner Gegenwart konnte man schlecht offen mit dem Mädchen reden. Andererseits war es gut zu wissen, daß er bei ihr gewesen war, vor allem, da es langsam dunkel wurde. Im selben Moment fragte sie sich jedoch, wieso sie das gedacht hatte.

Pat begrüßte Sara locker und ohne sich etwas anmerken zu lassen. Die beiden nahmen Ruths Einladung zum Aperitif an. Als Bruce vorschlug, ein Feuer im Kamin zu machen, erhielt er die Erlaubnis, selbst zur Tat zu schreiten. Beim Schein der tanzenden Flammen tranken sie Sherry und redeten über belanglose Dinge.

Ruth beteiligte sich nicht an dem Gespräch; sie war einfach nicht in der Lage, eine oberflächliche Konversation zu führen, als sei nichts passiert. Pat hatte es geschafft, den Dämon zeitweise zu vertreiben, indem er ihn ignorierte. Aber jetzt machte er sich wieder bemerkbar, als säße er in den dunkler werdenden Schatten. Daran änderte selbst Saras Anblick nichts, deren äußere Erscheinung in Minirock und langen schwarzen Lederstiefeln so gar nicht zu einem übersinnlichen Geschehen zu passen schien.

Mit jeder Minute wuchs Ruths Anspannung, noch vergrößert durch ihr eigenes Schweigen. Aber auch Bruce verhielt sich merkwürdig; er schien nicht denselben Gefallen an seinen eigenen Worten zu finden wie sonst, saß auf dem vordersten Rand seines Stuhls und ließ die Augen nicht von Sara, die offensichtlich nervös war. Sie bewegte sich zuviel hin und her, zupfte an ihrem Rock, strich über das Leder ihrer Stiefel. Ab und zu stotterte sie leicht, und es war das erste Mal, daß Ruth diese Eigenheit an ihr bemerkte.

»Es ist so dunkel«, sagte Ruth, »ich mache die Lampen an.«

Als sie aufstehen wollte, hielt Pat sie zurück. Er schien als einziger von der Spannung unberührt zu sein.

»Das Licht des Kaminfeuers ist doch sehr angenehm«, sagte er. »Laß es noch eine Weile so.«

Die Autorität, die in seinen Worten lag, hätte Ruth zu jedem anderen Zeitpunkt gestört. Im Moment sank sie ohne ein Wort auf das Sofa zurück, jedoch nicht, weil Pats Hand sie dort hielt, sondern weil ihre Knie zu zittern begannen und sie nicht mehr in der Lage war, aufrecht zu stehen. Spürte denn niemand außer ihr, daß etwas Ungeheuerliches vor sich ging? Etwas war um sie, kalt und finster. Es nährte sich von Dunkelheit. Wenn das so weiter ginge...

»Ich habe gehört, daß Sie in letzter Zeit nicht allzugut geschlafen haben«, hörte sie plötzlich Pat zu Sara sagen.

»Nein, Pat, nicht«, versuchte sie ihn zurückzuhalten, »jetzt ist nicht der Zeitpunkt, um...«

»Aber natürlich, Ruth, warum denn nicht? Du bauschst das Ganze viel zu sehr auf. Es gibt keinen Grund, nicht offen damit umzugehen. Jeder hat mal Probleme, ist nervös und angespannt oder überarbeitet...«

»Wovon reden Sie da eigentlich, zum Teufel?« unterbrach ihn Bruce.

»Sara ist letzte Nacht geschlafwandelt. Das ist ein Zeichen für einen überreizten Nervenzustand, ein Signal, das man nicht ignorieren sollte.«

»Pat, bitte, hör auf damit«, sagte Ruth flehentlich. »Merkst du nicht, daß es so nicht ist, kannst du nicht spüren, daß...« Ihre Stimme erstarb, und sie gab einen Schreckenslaut von sich. Sara saß auf dem Couchrand nahe dem Feuer, dessen Reflexe ihrem dunklen Haar und den Konturen ihres Gesichts einen unheimlich rötlichen Schimmer verliehen. Sie hatte sich in den letzten Minuten nicht bewegt und kein Wort gesagt; trotzdem hatte sich ihre Haltung verändert, undefinierbar, aber doch für die anderen drei deutlich zu erkennen.

In dem folgenden Schweigen konnte man das Mädchen in kurzen und flachen Stößen atmen hören. Der Feuerschein spiegelte sich in ihren Augen, als sie sich bewegten. Ruth faßte nach Pats Hand und hielt sie fest. Ein merkwürdiges Gefühl der Erleichterung ergriff sie. Er sah es auch. Die Angespanntheit seiner Muskeln, die dieses Mal auf ihre Berührung nicht reagierten, machten das deutlicher als alle Worte. Ruth sah auch, wie Bruce reagierte, und es erschütterte sie zutiefst. Er machte eine kleine Bewegung, die er schnell unter Kontrolle brachte und abbrach. Aber Ruth hatte sie oft genug gesehen, um ihre Bedeutung zu erkennen. Instinktiv hatte sich seine Hand zur Stirn gehoben, um das Zeichen des Kreuzes zu machen.

»Sara«, sagte Pat leise.

Keine Antwort. Nur das flache, panikartige Nach-Atem-Ringen.

»Sara, haben Sie Schmerzen? Sagen Sie mir, was Ihnen weh tut. Vielleicht kann ich Ihnen helfen.«

Kein Ton, keine Bewegung. Behutsam befreite Pat seine Hand aus Ruths Griff und lehnte sich nach vorn, als wollte er Saras Arm berühren.

»Haben Sie keine Angst. Alles wird wieder in Ordnung kommen.«

Sara schrak vor ihm zurück und drückte sich in die Ecke der Couch.

»Hören Sie mich, Sara?«

»Ich... höre.«

Der Ton und die Höhe der Stimme waren völlig normal, allerdings gab es keine Zweifel, daß es nicht Saras Stimme war. Schon in diesen zwei Wörtern war ein deutlicher Unterschied im Tonfall zu erkennen. Das ›Ich‹ war viel weicher, und auch das ›r‹ klang anders, stärker gerollt und betont.

»Sie hören mich?« wiederholte Pat. Seine Stimme war leise, aber beharrlich.

»Ja. Aber ich weiß nicht...«

»Was wissen Sie nicht?«

»Wer Sie sind.«

Bruce wollte aufspringen, doch Pat hob gerade noch rechtzeitig den Arm, um ihn zurückzuhalten. Seine Stimme blieb ruhig und freundlich.

»Ich bin Pat, Sara. Professor MacDougal. Sie sind in meinem Kurs, erinnern Sie sich? Und Sie tippen ab und zu etwas für mich.«

»Was ist... tippen?«

»Es ist... ach, das ist nicht wichtig. Sie wissen Ihren Namen, nicht wahr?«

»Weiß... Namen. Sara.« Die Person, die zusammengekauert auf dem Sofa saß, rollte mit den Augen, und Ruths Magen verkrampfte sich. »Sie nennen... sie... Sara.«

Das war zuviel für Bruce. Mit einem Fluch sprang er auf und stürzte zum Licht. Als der Kronleuchter aufflammte, hob Ruth instinktiv die Hand vor die Augen, um sie vor dem gleißenden Licht zu schützen. Sara schrie auf, wurde kreidebleich und fiel vorwärts. Im letzten Moment fing Pat sie auf.

»Verdammt noch mal«, schimpfte er, während er auf dem Boden kniete und Sara leblos wie eine langbeinige Puppe über seiner Schulter hing. »Warum, zum Teufel, haben Sie das getan? Kommen Sie schon und helfen Sie mir.«

»Oh, Pat, schrei ihn nicht an. Ich war selbst kurz davor, das Licht einzuschalten.« Die Anspannung war so unerträglich gewesen, daß Ruth die Tränen über die Wangen liefen. Sie hockte sich auf den Boden und berührte Saras Gesicht. »Was ist mit ihr?«

»Sie ist nur ohnmächtig. Bruce!«

»Ich nehme sie.«

»Nehmen Sie ihre Füße. Und versuchen Sie, sie möglichst ruhig zu halten. Ich möchte nicht, daß sie aufwacht.«

Am Fuß der Treppe übergab Pat Bruce die ganze Last und ließ ihn Sara allein nach oben in ihr Zimmer tragen. Als Ruth ihm folgen wollte, hielt er sie zurück.

»Bleiben Sie bei ihr, Bruce«, rief er dem jungen Mann leise nach. »Falls sie aufwacht, rufen Sie mich sofort. Nein, Ruth, du kannst jetzt überhaupt nichts tun. Bleib hier.«

Er zog sie mit sich zum Telefon, das auf dem kleinen Tischchen hinter der Treppe stand. Erst als er schon dabei war, eine Nummer zu wählen, wurde Ruth bewußt, was er tat. Sie hielt seine Hand fest.

»Wen rufst du an?«

»Was glaubst du?«

»Leg den Hörer auf. Pat, sag mir erst, was du...« Beide flüsterten eindringlich, und ihre Gesichter waren nur Zentimeter voneinander entfernt.

»Ich rufe einen Arzt an«, sagte Pat. Er war blaß. »Wenn ich gewußt hätte, daß es so ernst ist...«

»Aber ich habe dir doch erzählt...«

»Es ist etwas völlig anderes, wenn man es selbst miterlebt.« Pat schwieg einen Moment, während er mit gerunzelter Stirn das Telefon anstarrte. »Und ich hatte gehofft, daß meine Ahnung falsch war. Verdammt noch mal, es hätte auch nicht zu sein brauchen, nicht nach deiner Beschreibung. Es ist vergleichsweise selten...«

»Was? Was ist selten?« Ruth gab sich die größte Mühe, ihre Stimme nicht laut werden zu lassen. »Was für einen Arzt willst du anrufen, Pat?«

»Einen Freund von mir. Er ist ein prima Kerl und einer der besten auf dem Gebiet.«

»Es ist nach fünf. Er wird nicht mehr in seiner Praxis sein.«

»Ich rufe ihn zu Hause an.«

»Aber er wird sie ohnehin nicht vor morgen früh sehen. Können wir nicht...«

»Er wird sie heute abend sehen – jetzt gleich noch. Ruth, sieh den Tatsachen ins Gesicht. Ich weiß, du liebst das Mädchen...«

»Ja«, sagte Ruth geradeheraus. »Ja, das tue ich.«

»Dann mußt du jetzt versuchen, ruhig zu bleiben. Es ist ja nicht unheilbar, sie haben in anderen Fällen großartige Erfolge erzielt.«

»In was für Fällen? Um Gottes willen, Pat, was...«

»Bestimmt wird er wollen, daß sie sofort ins Krankenhaus kommt«, sagte Pat. »Du könntest schon mal hochgehen und eine Tasche packen.«

»Krankenhaus?« Ruth preßte beide Hände gegen ihre Wangen. »Was für ein Krankenhaus? St. Elizabeth. Das meinst du, stimmt's? Ein Irrenhaus!«

Er packte sie mit beiden Händen hart an den Schultern, als wollte er sie schütteln. »Hör auf damit! Es ist eine Klinik für geistig Kranke. Ich denke, du bist eine gebildete moderne Frau! Als nächstes wirst du noch Gebete murmeln und Zeichen gegen das böse Auge machen! Ich meine aber gar nicht St. Elizabeth. Ich meine – und laß uns jetzt offen miteinander sein – die psychiatrische Abteilung des Krankenhauses, in dem Bill im Moment arbeite. Ich glaube, es ist Sibley. Ruth, Liebling...« Seine Stimme wurde sanft. »Wenn das alles vorüber ist, dann werden wir auf die Pauke hauen, uns betrinken und feiern, aber im Moment müssen wir ruhig bleiben, sonst drehen wir alle durch. Und was, glaubst du wohl, würde Sara das helfen?«

»Okay, okay. Was hat sie also?«

Er sah ihr einen Moment in die Augen. Dann nickte er und ließ sie los.

»Ruth, ich bin nur ein Amateur. Aber die Symptome sind so offensichtlich. Nach dem, was du mir über die letzte Nacht erzählt hast, hätte es Somnambulismus sein können, also Schlafwandeln. Irgendeine schwere Nervenbelastung hätte die Ursache sein können. Aber vorhin... Sie hat mich wirklich nicht erkannt, Ruth, sie tat nicht nur so. Das Verräterischste war jedoch ein einziges Wort. Sie sprach von sich selbst als ›sie‹. ›Sie nennen sie Sara‹, hat sie gesagt.«

»Also Amnesie?«

»Nein, nicht ganz, es ist noch komplizierter, wenn ich es richtig verstehe. Als wir vorhin mit Sara gesprochen haben, dachte sie, sie wäre nicht Sara, sondern jemand anderes. Ruth, hast du vielleicht das Buch ›Eva mit den drei Gesichtern‹ gelesen oder den Film gesehen? Oder kennst du Shirley Jacksons Roman ›Das Vogelnest‹?«

Ruth schüttelte den Kopf.

»Ich befürchte, es ist... aber vielleicht irre ich mich auch. Es sieht aus wie ein Fall von multipler Persönlichkeit. Früher hat man es für Schizophrenie gehalten.«

In der von elektrischem Licht erleuchteten Eingangshalle, das Telefon neben sich, wurde Ruth plötzlich bewußt, daß der ganze technische Schnickschnack der modernen Welt nur wie eine dünne Haut war, unter der Emotionen steckten, die sich in Jahrhunderten nicht verändert hatten. Die Bezeichnungen waren wissenschaftliche, aber das, was damit beschrieben wurde, erschütterte sie ebenso, wie es ihre primitiven Vorfahren erschüttert hatte, wenn ein anderes Wort benutzt wurde.

»Braves Mädchen«, sagte Pat, der ihr schockiertes Schweigen als Einwilligung mißverstand. »Dann rufe ich jetzt Jim an.«

»O nein«, ertönte eine Stimme von oben. »Das werden Sie nicht tun.«

Mit finsterer Miene kam Bruce die Stufen herunter.

»Verdammt noch mal!« rief Pat verärgert. »Gehen Sie wieder hoch. Wenn sie aufwacht...«

»Beruhigen Sie sich, Pat, sie schläft und wird so bald nicht aufwachen. Und wenn, dann wird es hier sein, in ihrem eigenen Bett, und nicht auf irgendeiner verdammten Krankenstation mit einer Menge Verrückte um sich und einem Haufen Seelenklempner, die in ihrem Unterbewußtsein herumwühlen.«

Pat lief dunkelrot an. Er sah zur Decke und begann, laut zu zählen. Langsam nahm sein Gesicht wieder eine normale Farbe an.

»Acht, neun, zehn. Okay, Bruce, ich werde nicht meinem ersten Impuls folgen und Ihnen die Vorderzähne einschlagen. Ich werde Ihnen erst zuhören, bevor ich sie einschlage. Aber machen Sie schnell. Ich fühle mich nicht gerade sehr ruhig im Moment.«

»Das tue ich auch nicht.« Bruce sah ihm in die Augen. Seine Füße standen leicht gespreizt, die Fäuste waren geballt; er sah aus wie ein Boxer, der auf einen Schlag gefaßt ist. Nur sein Gesicht zeigte deutlich, wie erschöpft und mitgenommen er war. Er schwieg einige Sekunden, und man merkte, daß er seine Worte sorgfältig abwägte.

»Sind Sie sich Ihrer Diagnose ganz sicher?« fragte er dann.

»Natürlich nicht. Für wie arrogant halten Sie mich?«

»Ich meine nicht die Diagnose multiple Persönlichkeit. Oberflächlich betrachtet ist es eine vernünftige Hypothese. Ich stelle Ihre generelle Annahme in Frage, Dr. MacDougal. Wieso sind Sie so sicher, daß es sich um eine Geisteskrankheit handelt?«

Pat war zu überrascht, um ärgerlich zu sein. Er runzelte die Stirn.

»Wieso sollte es physisch sein? Es gab kein Delirium, kein Fieber, kein...«

»Das meine ich nicht.«

»Was, zum Teufel, meinen Sie dann?«

Bruce zögerte. »Was ich vorschlage, mag unorthodox klingen«, sagte er schließlich. »Aber wenn Sie versuchen, ganz offen und völlig vorurteilslos an die Sache heranzugehen, werden Sie sehen, daß es noch eine andere Möglichkeit gibt. Und sie paßt mindestens ebensogut zu den beobachteten Fakten wie Ihre Theorie von der multiplen Persönlichkeit.«

»So? Und welche wäre das?«

Bruce sah aus, als würde er daran ersticken. Und dann wußte Ruth mit einemmal, was er sagen würde, bevor er es aussprach.

»Besessenheit.«

»Besessenheit?« wiederholte Pat fragend. »Besessenheit... Verstehe ich Sie richtig? Böse Geister und so etwas?«

»Ja.« Bruces Gesicht war dunkelrot, aber er hielt Pats Blick stand.

»Na gut. Reden Sie weiter.«

»Wollen Sie sagen, daß Sie daran glauben?«

»Ich glaube«, sagte Pat langsam, jedes Wort betonend, »daß Sie entweder verrückt sind oder sich einen Spaß machen. Aber ich nehme mal zu Ihren Gunsten an, daß das erste der Fall ist. Natürlich sind Sie ein heimlicher Christ, und...«

»Ich bin seit fünf Jahren nicht in der Kirche gewesen«, unterbrach ihn Bruce aufgebracht, als habe man ihn eines Verbrechens angeklagt.

»Oh, entschuldigen Sie! Ich wollte damit nur sagen, daß Ihre Erziehung, auch wenn Sie es nicht wahrhaben wollen, Sie noch immer beeinflußt. Verdammt noch mal, junger Mann, Sie begeben sich auf meine Jagdgründe! Mit dieser Art Aberglauben kenne ich mich aus; Besessenheit ist eine uralte, weitverbreitete Wahnvorstellung primitiver Völker.«

»Trotzdem gibt es noch immer auch ein kirchliches Austreibungsritual«, entgegnete Bruce.

»Ein Ritual, das aus den abergläubischen Phasen der menschlichen Geschichte stammt. Wie viele arme Frauen wurden gefoltert und verbrannt, weil ihre frommen Mitmenschen glaubten, sie wären vom Teufel besessen. Heute wissen wir, daß die Symptome – falls sie überhaupt existiert haben und nicht nur die Erfindung böswilliger Nachbarn waren – diejenigen geistiger Krankheiten waren, unter anderen auch die der Schizophrenie. Aberglaube ist mein Terrain, Bruce. Und natürlich kenne ich auch die reichste Quelle, die Geschichte der christlichen Kirche.«

»Ich will nicht mit Ihnen über Religion streiten«, antwortete Bruce. Noch immer war sein Gesicht leicht gerötet von der Überwindung, die es ihn gekostet hatte, seine Theorie erst einmal auszusprechen. Nun aber wurde diskutiert, und er befand sich in seinem Element. »Ich gebe sogar zu, daß der christliche Glaube auf jahrhundertelangem Aberglauben aufgebaut ist. Aber ich behaupte, daß Ihre moderne Wissenschaft der Psychiatrie genauso irrational ist, daß auch sie auf Aberglauben basiert.«

Pat antwortete nicht sogleich auf diesen ungeheuerlichen Vorwurf. Er kniff die Augen zusammen und starrte Bruce schweigend an. Als im Wohnzimmer nebenan ein Stück Holz im Kamin mit einem Krachen auseinanderfiel, schraken alle drei zusammen.

»Ich glaube, es ist jetzt nicht der Moment, sich herumzustreiten«, sagte Pat schließlich.

»Aber wann, wenn nicht jetzt?« fragte Bruce. Die Röte war jetzt ganz aus seinem Gesicht gewichen, und seine Haut hob sich weiß wie Marmor gegen die scharfen schwarzen Konturen seines Bartes ab. »Wenn Sie tun, was Sie vorhaben, dann verliert Sara...«

»Ihre unsterbliche Seele?«

»Wenn Sie es so nennen wollen.«

»Zeigen Sie mir eine Seele, Bruce.«

»Zeigen Sie mir ein Unterbewußtsein!«

»Das ist nicht das gleiche!«

»Doch, es ist das gleiche! Versuchen Sie nur ein einziges Mal, die dicke, verkrustete Schicht Ihrer Erwachsenenborniertheit zu durchbrechen, und Sie werden verstehen, worum es mir geht! Ich bestehe ja nicht auf meiner Theorie der Besessenheit. Alles, was ich sage, ist, daß es im Moment für uns eine gleichermaßen vernünftige Theorie ist wie Ihre der multiplen Persönlichkeit. In unserem Zeitalter sind wir genauso hypnotisiert von dem Hokuspokus, der um die Psychiatrie gemacht wird, wie es die Menschen des Mittelalters von ihrem Hexenwahn waren. Wir haben sogar weniger Beweismaterial für unseren Glauben, als sie hatten. Und darauf läuft es letztlich hinaus – es ist eine Frage des Glaubens. Sie verlangen von mir, die Worte von Freud und Jung als wahr anzuerkennen. Aber ich sehe nicht ein, warum ihre Ansichten mehr Gewicht haben sollen als die eines Thomas von Aquin oder des Heiligen Paulus – oder auch die Martin Luthers, meinetwegen!«

»Sie argumentieren wie ein Jesuit«, entgegnete Pat kalt. »Aber finden Sie es nicht ein wenig geschmacklos, Saras Gesundheit zum Gegenstand einer solchen Debatte zu machen?«

»Himmel noch mal!« Bruce umfaßte das Geländer so fest, daß seine Knöchel weiß hervortraten. »mir ist Saras Gesundheit tausendmal wichtiger als alle abstrakten Fragen zusammen! Nur warum verdient sie nicht dieselbe intellektuelle Anstrengung, die ich für jedes logische Problem aufbringe?«

»Dies ist kein logisches Problem! Dies ist...«

»Halt, warte«, mischte sich plötzlich Ruth ein. Ihre Stimme klang belegt. Erstaunt wandten sich die beiden Männer ihr zu. »Hör ihn doch erst einmal an, Pat. Genau das wirft uns doch die junge Generation immer vor, daß wir nicht offen bleiben. Du hast ihn noch nicht einmal gefragt, warum er glaubt, daß Sara... Ich kann es nicht aussprechen. Ich verstehe auch nicht so genau, was es eigentlich bedeutet.«

Noch immer beide Hände um das Geländer geklammert, starrte Bruce Ruth unverwandt an. Dann begann er zu ahnen, warum sie seine Partei ergriff.

»Ach so«, sagte er langsam. »Sie haben es auch gespürt.«

»Ja«, antwortete Ruth. »Jedenfalls, wenn Sie das gleiche meinen wie ich.«

»Das Anders-Sein. Saras Körper war besetzt von einer fremden Kraft. Von einer Persönlichkeit, einer Seele, einem Geist – jedenfalls von etwas, das nicht Sara war. Und das ist Besessenheit, Mrs. Bennett. Das ist genau das, was ich meine.«

»Lieber Gott«, murmelte Pat. »Ruth...«

»Nein.« Sie wich einen Schritt zurück und wies seine ausgestreckte Hand ab. »Sind wir alle drei verrückt, Pat? Bruce und ich und Sara?«

»Nicht verrückt, ihr seid nur so erschüttert und angespannt von der Sache, daß ihr nicht mehr klar denken könnt. Verdammt noch mal, Bruce...«

»Hören Sie mich wenigstens an!« Bruces Blick wanderte zum ersten Stock hinauf. Aus Saras Zimmer hört man keinen Laut. »Geben Sie mir eine Chance! Ich bestehe nicht darauf, daß es das ist, Pat. Ich bitte Sie nur, es in Betracht zu ziehen, so wie sie jede andere Hypothese in Betracht ziehen würden.«

»Also dann sagen Sie mir, wie Sie darauf kommen.« Pat kochte innerlich, aber er hatte sein Gesicht und seine Stimme unter Kontrolle.

»Das wichtigste Indiz ist für mich mein ganz persönliches Empfinden von dem, was mit Sara passiert. Und nun kommt noch dazu, daß es nicht nur mir so geht, sondern daß Mrs. Bennett das gleiche fühlt. Derartige Ahnungen sind fast immer rational begründet, sie sind Werturteile, die das Unterbewußtsein trifft – sehen Sie, da beziehe ich mich sogar auf Ihr verdammtes Unterbewußtsein –, und sie beruhen auf Anzeichen, die das Bewußtsein aus welchen Gründen auch immer nicht zu sehen imstande ist. Mrs. Bennet...«

»Ruth.«

»Ruth und ich sind gefühlsmäßig stärker an Sara gebunden als Sie. Wir sind ihr gegenüber sensibler, uns fällt eher auf, wenn etwas anders ist als sonst. Und wir haben beide gleichzeitig dasselbe gefühlt. Nicht wahr, Ruth?«

»Bei der Séance. Sie haben es also auch gesehen.«

»Nicht gesehen. Ich habe es gefühlt.« Bruces Blick wurde düster, als er sich die Situation in Erinnerung rief. »Ich habe es deutlich auf der anderen Seite des Tisches gespürt. Und ich gebe ehrlich zu, daß es ein schreckliches und beängstigendes Gefühl war.«

»Madame Nada hat es auch gewußt«, sagte Ruth. »Sie war zutiefst erschrocken.«

»Deine Interpretation von Madame Nadas Gefühlen ist kein Bewies«, entgegnete Pat kategorisch.

»Und was ist mit meinen eigenen Gefühlen?«

»Also, Ruth, bitte...«

»Und die Tatsache, daß Bruce und ich dasselbe empfunden haben, bedeutet das gar nichts?«

»Das findet Ihr doch jetzt gerade erst heraus. Ihr steckt euch gegenseitig an. Verstehst du nicht, ich streite das Anders-Sein ja gar nicht ab. Es ist auch die Grundlage meiner Theorie.«

Bruce rieb nervös seine Hände aneinander.

»Und daß Sara sich vorhin auf sich selbst bezog, in der dritten Person?«

»Bei dieser Art Psychose betrachten die alternierenden Persönlichkeiten sich gegenseitig als verschiedene selbständige Wesen«, entgegnete Pat unerbittlich. »Es ist allgemein üblich, daß sie die anderen in der dritten Person benennen oder ihnen sogar die verschiedensten Spitznamen geben.«

Ruth spürte ihre Widerstandskraft schwinden. Er schien auf alles eine Antwort zu haben. Und vielleicht bedeutete die Theorie, die er vertrat, ja letztendlich sogar größere Heilungschancen für Sara. Sie wußte selbst nicht genau, wieso sie sich so sehr dagegen wehrte und instinktiv Bruces unglaubliche Idee unterstützte. Hilfesuchend sah sie zu ihm hinüber, und unwillkürlich nahm er eine aufrechte Haltung an.

»Zufällig habe ich über einige Fälle von multipler Persönlichkeit gelesen«, sagte er ruhig.

»Das hätte ich mir denken können.« Unter anderen Umständen hätte sich der Ausdruck um Pats Mund sicher in ein Lächeln verwandelt.

»Erstens«, fuhr Bruce fort, »sind diese Menschen nicht gefährlich für andere.«

»Nein? Ist Ihnen nichts an Ruths Gesicht aufgefallen?«

Bruces Blick wanderte zu Ruth. Bisher hatte er alles, was mit Sara vorgefallen war, intuitiv erfaßt, und erst jetzt fiel Ruth mit Erstaunen ein, daß er von den Ereignissen der letzten Nacht gar nichts wissen konnte.

»War das Sara?«

»Es war ein Unfall.«

»Erzählen Sie.«

Bruce schien nicht sonderlich erschrocken über den Vorfall. Was ihn am meisten interessierte, waren Saras Worte, und er bat Ruth mehrere Male, sie zu wiederholen. Dann nickte er langsam.

»Ganz bestimmt war Saras Angriff nicht gegen Sie gerichtet. Sie wußte gar nicht, wer Sie waren, genausowenig, wie sie heute abend Pat erkannt hat.«

»Das ist ein schwacher Trost«, meinte Pat ironisch, »wenn sie womöglich das nächste Mal Ruth so heftig die Treppe hinunterstürzt, daß sie sich dabei den Hals bricht.«

»Nun, für mich ist es auch ein schwacher Trost«, entgegnete Bruce bitter, »wenn Ihre Psychiaterfreunde Sara in den dunklen Keller einer echten Psychose stürzen. Nein, Pat, warten Sie einen Moment. Erinnern Sie sich an den Fall Beauchamp, bei dem vier unterschiedliche Persönlichkeiten in einer Frau steckten? Eine von ihnen – ihr Name war ›Sally‹ – war mit an Sicherheit grenzender Wahrscheinlichkeit nur durch die hypnotischen Suggestionen des behandelnden Psychiaters hervorgerufen worden. In einem anderen Fall kamen nach und nach sieben verschiedene Persönlichkeiten zum Vorschein, aber inwieweit, frage ich Sie, hat womöglich die Befragung des Psychiaters zu deren Entstehung beigetragen? Sicher, einige dieser Fälle wurden geheilt, wenn man das willkürliche Zusammenfügen verschiedener Persönlichkeiten als Heilung bezeichnen will. Aber ehrlich, Pat, jagen Ihnen diese Art von Ärzten nicht ein bißchen Angst ein? Sie sind so verdammt arrogant, so selbstsicher. Man wühlt ein bißchen in der Kindheit des Patienten herum, bis man auf das richtige kleine Trauma trifft, und schon ergeben die Teile wieder ein passendes Ganzes!«

»Bruce, ich behaupte ja gar nicht, das es einfach ist.« Pat rieb sich die Backenknochen, als wollte er verkrampfte Muskeln entspannen. Er sah müde und traurig aus. »Mir gefällt die Situation auch nicht besser als Ihnen.«

»Dann hören Sie mir zu!« Bruce hob beide Hände, und wäre er nicht so voller leidenschaftlichem Ernst gewesen, hätte man die Geste sicherlich als theatralisch empfunden. »Pat, ich kenne diese Fälle, aber bei Sara ist es etwas anderes! Was sie gesagt hat und wie sie sich benommen hat – das paßt nicht zu dem klassischen Muster der multiplen Persönlichkeit. Andererseits kann ich auch nicht einfach die Meinungen anderer ignorieren, so wie sie es tun, wenn Sie auf Argumente treffen, die nicht zu Ihrer Theorie passen. Ich mache Ihnen einen Vorschlag. Geben Sie mir achtundvierzig Stunden Zeit. Zwei Tage. In diesen zwei Tagen kann sich nichts verschlimmern, auch wenn Sie recht haben.«

»Und was nützen Ihnen diese zwei Tage?«

»Ich werde versuchen, Sie zu überzeugen, daß ich recht habe. Ich habe ein Gefühl, als hätten wir erst den Anfang der ganzen Sache gesehen, Pat. Wenn sich in den zwei Tagen nichts verändert hat, dann haben Sie gewonnen.«

»Das ist der verrückteste Vorschlag...«

»Aber du hast keine Wahl«, fiel Ruth ruhig, aber bestimmt ein. »Denn letztendlich bin ich diejenige, die die Entscheidung trifft.«

Pat sah sie ungläubig an.

»Ich könnte ihre Mutter anrufen.«

»Tu es, und du betrittst nie wieder dieses Haus.«

»Verdammt noch mal, Ruth...«

»Ich meine es ernst.«

Bruce schwieg mit dem Takt eines geschickten Strategen. Er zuckte nicht mit der Wimper, als Pat schließlich schwer atmend klein beigab. »Nun gut, ich gebe nach. Nicht, weil ich es richtig finde, sondern weil ich keine Wahl habe. Aber ich stimme nur unter einer Bedingung zu. Ich ziehe hier ein und bleibe so lange, bis die Sache geklärt ist. Meine Kurse sage ich für die Zeit ab.«

»Gute Idee«, kommentierte Bruce, »dann sind wir schon zwei.«

Und Ruth sagte so ruhig, als würde sie eingeladene Gäste willkommen heißen: »Es tut mir leid, daß wir nur ein Gästezimmer haben. Aber es hat zwei Betten. Ich rufe morgen bei mir im Büro an und sage Bescheid, daß ich eine Grippe habe.«

Sie aßen alle vier am Küchentisch. Während die anderen aßen, betrachtete Ruth das rotgelbe runde Ding auf ihrem Teller mit leichtem Widerwillen.

»Ich kann nicht glauben, daß Sie noch nie eine Pizza gegessen haben«, sagte Bruce. »Wo waren sie all die Jahre?«

Ruth stocherte mit der Gabel in dem gummiartigen Käse herum. »Seid ihr sicher, daß das auch eßbar ist?« fragte sie skeptisch.

Das Lachen der beiden Männer war etwas zu laut. In der hellen, modernen und warmen Küche konnten sie zwar alle so tun, als sei nichts gewesen, aber allzu erfolgreich waren sie nicht.

»Du wolltest ja nicht essen gehen«, sagte Pat, »und niemand hatte Lust zu kochen.«

Das folgende Schweigen lag schwer in der Luft.

»Pat, Sie haben versprochen...«, begann Bruce.

»Daß ich Ihnen zwei Tage gebe. Ich werde sogar noch mehr tun. Ich werde aktiv mit allem kooperieren, was Sie zu tun vorschlagen. Ich möchte einfach wissen, wie Sara sich mit der Geschichte fühlt.«

Sara saß neben Bruce, die Lider noch schwer vom Schlaf.

Eine Hand lag offen in der seinen, mit der anderen aß sie ein Pizzastück nach dem anderen. Offenbar hatte sie wenigstens ihren gesunden Appetit nicht verloren.

»Nun gut«, gab Bruce nach, »wie ich vorhin gesagt habe, ist meine Meinung, daß sie selber mehr als irgend jemand anders das Recht hat, zu wissen, was wir vorhaben.«

Der Streit am Fuße der Treppe war mit Pats Kapitulation nicht beendet gewesen. Er hatte heftig protestiert, als Bruce nach oben gehen und Sara wecken wollte. Erst erneute Drohungen von Ruths Seite hatten ihn dazu gebracht, nachzugeben.

»Ich mache Kaffee«, sagte Ruth jetzt und ließ ihre Pizza stehen.

Sie hatte keine Lust gehabt, Essen zu machen; aber die Routinehandgriffe des Kaffeekochens hatten etwas Beruhigendes. Der vertraute angenehme Anblick ihrer Küche kam ihr vor wie ein Bild, das auf Gaze gemalt war. Jeden Moment konnte es davonwehen und darunter etwas freilegen, was die Sinne nicht würden ertragen können.

Ruth goß den Kaffee ein, und niemand machte eine Bemerkung darüber, wie sehr ihre Hände zitterten.

»Gehen wir ins Wohnzimmer«, schlug sie vor.

»Nein.« Bruce hielt Sara am Ärmel fest, als sie aufstehen wollte. »Ich... nun, sagen wir, ich mag dieses Zimmer nicht.«

»Ah.« Pat drehte sich auf seinem Stuhl seitwärts. Dann legte er einen Fuß auf das Knie des anderen Beins und machte es sich so bequem, wie es auf dem Küchenstuhl möglich war. »Also glauben Sie, daß das Wohnzimmer irgendwie der Ausgangspunkt des ganzen Ärgers ist?«

Bruce sah ihn scharf an, aber an Pats Verhalten war nichts, was man ihm hätte vorwerfen können.

»Ich kooperiere«, erklärte er unschuldig und erwiderte Bruces Blick.

»Hmmm. Danke. Ich weiß nicht genau, was ich glaube, das ist das Problem. Aber dieses Zimmer ist unnormal kalt. Und dort passierte es, daß diese... diese...«

»Haben Sie Angst vor Ihren eigenen Worten? Besessenheit. Aber Besessenheit wovon eigentlich, wenn ich fragen darf?«

Bruce setzte sich gerade.

»Vielleicht hat Sara eine Idee dazu«, entgegnete er.

»Nun, Sara?« wandte sich Pat an das Mädchen. »Ich vermute, daß Sie nicht...«

»Keine Beeinflussung der Zeugin«, unterbrach ihn Bruce. Die Worte sollten humorvoll klingen, aber der Ton war es eindeutig nicht. Pat verzog den Mund und nickte dann.

»Gut. Sara?«

»Du hast gesagt, bei der Séance ist irgend etwas mit mir passiert.« Sara sah Bruce an. »Ich erinnere mich nicht daran. Auch nicht daran, daß ich in der Nacht herumgelaufen bin, als Ruth gefallen ist und sich weh getan hat.«

Bruce sah Ruth an, und in seinen Augen stand eine Bitte. Er hatte Sara also nicht alles gesagt. Ruth nickte leicht. Ihr fiel auf, daß Pat mit einemmal sehr selbstzufrieden aussah, und sie überlegte, welchen Grund das haben mochte.

»Aber heute abend war es anders«, fuhr Sara fort.

»Sie haben also selbst gemerkt, was mit Ihnen geschehen ist?« fragte Pat. Ruth fragte sich, ob andere auch so leicht in seinem Gesicht lesen konnten wie sie. Er sah jetzt ebenso enttäuscht aus wie eben noch zufrieden.

»Das habe ich. Wollen Sie, daß ich es beschreibe? Ich weiß nicht, ob ich das kann.«

»Wenn es dich zu sehr aufregt, Liebes«, begann Ruth.

»Versuch es doch«, sagte Bruce.

»Gut.« Sie sah ihn mit einem Blick solch blinden Vertrauens an, daß Ruth einen Stich im Magen spürte. »Kennt ihr das Gefühl, wenn man auf etwas wartet, von dem man genau weiß, daß es sehr schmerzhaft für einen sein wird? Wie eine Operation. Oder wenn jemand stirbt. Etwas, dem man nicht entkommen kann, aber von dem man weiß, daß es furchtbar sein wird. Man kann nicht mehr frei atmen. Man schnappt nach Luft, aber sie gelangt nicht bis in die Lunge. Man hört sein eigenes Herz klopfen, so laut, als schlüge es einem gegen die Rippen. Die Hände werden feucht. Man will am liebsten weglaufen, aber man tut es nicht, denn es nützt ja nichts. Das, wovor man Angst hat, wird auf jeden Fall passieren.«

Am schlimmsten fand Ruth, daß Sara nicht etwa versuchte, jemandem Angst oder einen Schrecken einzujagen, sondern daß sie nur eine möglichst richtige Beschreibung geben wollte.

»So habe ich mich gefühlt«, hörte sie Sara fortfahren. »Aber es gab keinen Grund für dieses Gefühl. Versteht ihr? Es gab nichts, vor dem ich Angst haben mußte. Ich hatte einfach nur Angst. Und das ist noch schlimmer, Angst vor gar nichts zu haben.«

Bruce blickte jetzt besorgt, während Pats Gesichtsausdruck wieder zufriedener schien. Ruth entnahm dem Wandel ihrer Mimik, daß im Gegensatz zu ihr selbst beide Saras Beschreibung in irgendwelche Theoriezusammenhänge einordnen konnten.

»Und dann kam es«, fuhr Sara fort. »Es füllte mich völlig aus. Wie Wasser, das in ein Gefäß läuft. Pat, ich habe Sie gehört, als Sie zu mir sprachen, aber ich konnte nicht antworten. Ich hörte jemand anderen reden. Ich selbst konnte nicht sprechen und keinen einzigen Muskel bewegen.«

»Und dann?« fragte Bruce, nachdem Sara einen Moment geschwiegen hatte.

»Nun, an mehr kann ich mich eigentlich nicht erinnern. Es ging wieder weg, und dann wurde ich ohnmächtig, glaube ich. Es ist so schwer, das zu beschreiben... Habt ihr mal etwas angehabt, was zu eng war? Schuhe, die drückten? So ungefähr hat es sich angefühlt. Irgend etwas paßte nicht.«

Ruth schluckte. Pat sah nicht mehr zufrieden oder enttäuscht aus, nur noch mitfühlend und sorgenvoll.

»Das muß schrecklich für Sie gewesen sein, Sara«, sagte er. »Man könnte also sagen, daß jemand oder etwas sozusagen Ihren Körper besetzte, aber Sie wissen nicht, was es war, richtig? Das beweist erst einmal weder meine noch Bruces Theorie, um ehrlich zu sein.«

»Ich habe noch nichts dazu gesagt«, kommentierte Bruce grimmig. »Ruth, Sie sind dran.«

»Ich habe euch schon gesagt, wie es mir während der Séance ging«, begann Ruth.

»Das meine ich nicht. Ich wüßte gern, ob Ihnen sonst noch irgend etwas Außergewöhnliches aufgefallen ist.«

»Wo? Und wann?«

»Egal wann, aber wahrscheinlich in allerletzter Zeit. Und hier, eben in diesem Haus.«

»Dieses Haus!« rief Ruth. »Sie meinen doch nicht...«

»Ich habe noch keine feststehende Meinung. Aber wir sollten jede Kleinigkeit beachten, die uns als ungewöhnlich aufgefallen ist.«

Ruths Kopf war für einige Sekunden vollkommen leer, während ihr Blick durch die Küche wanderte, über das glänzende Kupfer, die glatten Ablageflächen, das hellbraune Ahornholz. Und dann fiel es ihr plötzlich wieder ein.

»Ich hatte einen seltsamen Traum«, sagte sie langsam.

»Erzählen Sie.«

Sie versuchte, ihren Traum wiederzugeben, merkte aber selbst, daß sie lange nicht das vermitteln konnte, was sie empfunden hatte.

»Der Schatten türmte sich vor mir auf«, beendete sie ihre Schilderung. »Und ich dachte, ich wäre wach, aber ich war es nicht. Es war ein schreckliches Gefühl, als ich versuchte aufzustehen und mich nicht bewegen konnte.«

»Und was hat Sie geweckt?« fragte Bruce. Er schien die Hoffnung zu verlieren, daß dieser Traum sie weiterbringen würde.

»Ich weiß nicht mehr...« Ruth runzelte die Stirn. Dann erinnerte sie sich plötzlich und lehnte sich mit einer so heftigen Bewegung nach vorne, daß sie ihre Kaffeetasse umwarf. Sara wollte danach greifen, aber Ruth hielt sie am Arm fest.

»Warte, warte. Die Stimme! Sara, du hast sie auch gehört. Das muß etwas bedeuten. Sie hat mich aufgeweckt, dieselbe Stimme, die du gehört hast. Nur daß es hier überhaupt kein Tier gibt, das Sammy heißt!«

Es dauerte eine Weile, bis Bruce die Zusammenhänge erfragt hatte.

»Und wann war das?« fragte er Ruth, nun fast genauso aufgeregt wie sie. »Um welche Zeit sind Sie aufgewacht?«

»Es war kurz vor zwei Uhr morgens. Und Sara hörte die Stimme kurz vor der Morgendämmerung. Das allein macht unsere erste Vermutung doch schon lächerlich. Wer würde um diese Zeit nach einem verlorengegangenen Haustier rufen?«

»Und noch dazu in Ihrem Garten, der doch völlig eingezäunt ist«, stimmte Bruce zu. »Ruth, das hat bestimmt etwas zu bedeuten.«

Triumphierend sah Ruth Pat an, doch sein Blick dämpfte ihre Freude. In seinen Augen stand Mitleid mit ihr.

»Und jetzt«, sagte Bruce, »gebe ich Pat die Chance, auf meine Kosten ordentlich zu lachen. Ruth, ist Ihnen vielleicht irgendwann einmal zu Ohren gekommen, daß es in diesem Haus spuken soll?«

»Nein...«

»Aber Sie haben gesagt, daß Sie nicht viel über das Haus wissen, nicht wahr?«

»Ich glaube, das tut niemand, jedenfalls niemand aus der Familie. Kusine Hattie hat so lange hier gewohnt...«

»Trotzdem, ich finde, wir sollten damit anfangen, alles über dieses Haus herauszufinden«, entgegnete Bruce. »Sara ist so etwas noch nie passiert, bevor sie hierhergekommen ist, und...«

Er brach mitten im Satz ab und starrte mit offenem Mund ins Leere. Hoffnungsvoll fragte Ruth: »Und was?«

»Oh, nichts, glaube ich. Ich dachte gerade, ich hätte eine Idee, aber im selben Moment war sie wieder weg.«

»Vielleicht fällt sie Ihnen morgen früh wieder ein«, meinte Ruth lächelnd. »Es war ein harter Tag. Ich glaube, etwas Schlaf würde jedem von uns guttun.«

Aber sie wußte selbst, daß sie alle in dieser Nacht nicht gut schlafen würden.

12

»Und was war mit dem Bürgerkrieg?« fragte Bruce, als sie am nächsten Tag nachmittags in der Küche saßen.

Regen rann die Fensterscheiben herunter und machte den Garten zu einer verschwommenen düsteren Landschaft aus kahlen Baumsilhouetten und grauen Sträuchern.

Drinnen dampfte der Kaffee, und die Küche war wie immer hell und warm. Die Fliesen über dem Herd glänzten im Licht der Kupferhängelampe. Ruth trug ein rosa Kostüm. Sie hatte einen besonders kräftigen Ton ausgesucht, und Saras roter Pullover und blauweiß karierter Rock setzten weitere Farbakzente. Beide hatten die lebhaften Farben aus Protest gewählt – und nicht nur aus Protest gegen das trübe Wetter.

Bruce beugte sich über den Tisch, eine Hand hielt die Kaffeetasse, mit der anderen blätterte er durch einen Papierstapel. Er trug eine Weste mit Paisley-Muster, die für Ruth den Höhepunkt der Affektiertheit darstellte. Trotzdem mußte sie zugeben, daß sie gut zu dem altmodischen Stil seines Barts und seinen feingeschnittenen Gesichtszügen paßte.

Man hörte die Haustür, und schwere Schritte kündigten die Ankunft des vierten Mitglieds in der selbsternannten Aufklärungskommission an.

Pats Haar war naß vom Regen, und die roten Reflexe machten den strahlenden Kupferböden der Pfannen an der Wand Konkurrenz. Er stand in der Tür, eine Hand an den Rahmen gestützt, und schaute von oben auf die drei am Küchentisch hinab.

»Nun, wie ist es euch ergangen?« fragte er.

»Wir sind auch eben erst gekommen«, antwortete Bruce, »und wollten gerade anfangen, unsere Notizen zu vergleichen.«

»Das war vielleicht ein Tag«, sagte Sara düster. »Erinnerst du dich an unser Gespräch über Traditionen in Georgetown, Pat? Wenn ich an dem Abend etwas grob zu euch war, heute bin ich bestraft worden. Ich habe den ganzen Vormittag und auch noch einen Teil des Nachmittags damit zugebracht, mich durch Bücher über die Geschichte Georgetowns hindurchzuwühlen.«

»Das geschieht dir recht.« Pats Stimme war locker und sein Lächeln offen. Alle duzten sich, seit Ruth es bei der Lagebesprechung am Montag vorgeschlagen hatte.

»Einiges war tatsächlich interessant«, gab Sara zu. »Ruth, hast du jemals etwas von der Geschichte von Baron Bodisco gehört, der sich unsterblich in ein sechzehn Jahre altes Mädchen verliebte, als er selbst schon dreiundsechzig war?«

»Nein. Wer war Baron Bodisco?«

»Russischer Botschafter um 1850. Er wohnte nur ein paar Häuser weiter, in der O Street.« Saras Augen blitzten vor Vergnügen. »Offensichtlich war er ein sehr rüstiger alter Herr. Das Mädchen kam zu einem Weihnachtsfest, daß er für seine Neffen gab, und sechs Monate später heirateten sie.«

»Widerlich«, murmelte Bruce.

»Nein«, erwiderte Sara zu Ruths Überraschung. »Es war eher ein bißchen pathetisch. Er sagte, sie könnte einen jüngeren und besser Aussehenden finden, aber niemals jemanden, der sie so sehr liebte wie er. Und er überschüttete sie mit Juwelen und Geld und wunderschönen Kleidern. Eines war sogar beschrieben, es war aus weißer Seide und bestickt mit zartrosa Rosenknospen und grünen Blättern. Dazu trug sie Smaragde und Diamanten.«

»Ich kann mir die Motive der jungen Dame vorstellen«, sagte Ruth. Saras unerwartete Neigung zur Romantik amüsierte sie. Sollte das Mädchen sich etwa tief in ihrem Innern nach Rüschen und Rosenknospen sehnen?

»In einem Buch war ein Bild von ihr«, erzählte Sara weiter. »Natürlich war sie sehr hübsch, aber ich finde, daß ihr Lächeln etwas Selbstzufriedenes hatte.«

»Hast du vielleicht auch Zeit gehabt«, fragte Bruce, der sich jetzt lange genug höflich zurückgehalten hatte, »fünf Minuten auf den Bürgerkrieg zu verwenden?«

»Wieso auf den Bürgerkrieg?« Pat warf seinen Mantel auf einen Stuhl, nahm sich eine Tasse und goß sich Kaffee ein.

»Der General«, antwortete Bruce.

»Was?« Pat sah verständnislos aus. »Oh, Sara hat das gesagt, stimmt's?«

»Das glaubt Ruth jedenfalls. Das erste Mal hat sie es nicht gesagt. Aber ihre Worte bei der Séance waren auch bedeutungsvoll. Ich habe gestern abend vergessen, sie zu erwähnen. Ich werte sie als einen Beweis für meine Theorie.«

»Der Geister?« fragte Pat liebenswürdig, setzte sich und streckte seinen langen Arm nach dem Zucker aus.

»Pat«, sagte Ruth warnend.

»Laß ihn nur, soll er seinen Spaß haben.« Bruce zuckte mit den Achseln. »Ja, der Geister. Das Phänomen der Besessenheit ist definiert...«

»Von denen, die daran glauben...«

»Von denen, die daran glauben«, akzeptierte Bruce den Zusatz ruhig, »als eine Besetzung einer lebenden Person durch den Geist einer Verstorbenen. Manchmal sollen es auch Dämonen sein, aber ich denke, das können wir im Moment mal beiseite lassen. Der Theorie liegen die Worte zugrunde, die durch Sara mehrere Male wiederholt wurden: ›Nicht tot.‹ Das sagt der Eindringling. Für mich klingt es wie eine Beteuerung, wie eine trotzige Behauptung.«

Bruce zündete sich eine Zigarette an und wartete auf einen Kommentar. Es kam keiner. Pat hielt seine Augen gesenkt.

»Eine zusätzliche Bestätigung liefert Madame Nadas Reaktion während der Séance. Sie sagte, sie habe eine Störung gespürt, und sie war so erschrocken, daß sie Angst hatte, die Sitzung fortzuführen. Nun kann man annehmen – da sie ja behauptet, ihre Kontakte kämen aus der Welt der Geister –, daß diese Störung...«

»Sie meinen«, unterbrach ihn Pat, ohne von seiner Kaffeetasse aufzublicken, »daß der Eindringling es zuerst bei Madame Nada versuchte, sie aus irgendeinem Grund für nicht geeignet befand und dann Sara auswählte?«

»Nicht genau. Ich glaube, daß Madame Nada den Eindringling spürte. Womit ich nicht abstreiten will, daß wahrscheinlich neunundneunzig Prozent ihrer angeblichen übersinnlichen Kontakte nur vorgetäuscht sind.«

»Und genau deswegen bekam sie solche Angst«, warf

Ruth ein. »Weil sie diesmal auf etwas Echtes traf, das sie zu Tode erschreckte.«

»Und trotzdem hat sie eine gewisse Begabung«, meinte Bruce. »Ich denke daran, wie sie in diesem hinteren Teil des Wohnzimmers die Kälte ganz besonders stark gespürt hat. Ruth und Sara bemerken sie zwar auch, aber nicht so intensiv. Das ist doch so, nicht wahr?«

»Ja, das stimmt«, bestätigte Ruth. »Und die anderen haben sie überhaupt nicht wahrgenommen. Mrs. MacDougal hat es sogar selbst gesagt, als ich vorschlug, die Séance an einem anderen Platz abzuhalten.«

»Ich habe auch nichts gemerkt«, gab Bruce zu. »Nicht im geringsten. Aber Pat, sei jetzt ehrlich, du spürst sie sehr stark, stimmt's? An dem Abend neulich, als wir die Séance besprachen, hat dich die Wirkung fast umgeworfen. Ich habe einen Moment lang geglaubt, daß du einen Herzanfall hättest.«

»Ich fand es kühl«, sagte Pat leichthin. Als ihn Ruths zweifelnder Blick traf, sah er sie mit großen Augen unschuldig an. »Ich gebe euch eine so genaue und sachliche Schilderung, wie ich kann.«

»Okay, ich will auch niemanden drängen«, meinte Bruce müde. »Ich werde nicht noch einmal auf Ruths Traum zurückkommen oder auf die nächtliche Stimme. Noch ist nicht bewiesen, daß sie mit der Sache zu tun haben. Aber ich finde, daß die Indizien auch so ausreichen, um eine Theorie aufzustellen. Wie Pat schon sagte – Geister. Daher habe ich heute den Tag in der Bücherei von Georgetown zugebracht und Gespensterbücher gelesen.«

»Während ich mich durch dicke Geschichtsbücher hindurchwühlen mußte!« rief Sara entrüstet. »Du hast Nerven!«

»Ich habe als Junge mit Begeisterung Gespenstergeschichten gelesen«, verteidigte sich Bruce kurz. »Tatsache ist, daß es ein Hauptmotiv für das Auftauchen von Gespenstern gibt. Gewalt – das ist der Grund, der am meisten vorkommt. Ein Selbstmörder sucht Ruhe, ein Mordopfer will sich rächen, ein Mörder ist durch seine Sünde dazu verdammt, immer wieder an den Ort des Verbrechens zurückzukehren.«

»Das sind nicht die einzigen Gründe.« Sara war aufgestanden und durchstöberte die Küchenschränke. Dann stellte sie einen Teller mit Keksen und einen zweiten mit Kräckern und Käse auf den Tisch und setzte sich wieder. Sie sah bezaubernd aus, den Kopf leicht schräg geneigt, eine Hand auf ihr Kinn gestützt. Mit einem schmerzlichen Gefühl bemerkte Ruth die leichten Schatten unter ihren Augen.

»Auch ein verborgener Schatz kann der Grund sein«, sagte Sara. »Erinnert ihr euch an *Tom Sawyer*? Oder es kommt auch vor, daß das Gespenst jemanden beschützen will, die Lebenden vor einer drohenden Gefahr warnen.«

»Das können Gründe dafür sein, daß es spukt, aber nicht für physische Besessenheit«, entgegnete Bruce. Er verschluckte einen kleinen Keks, ohne ihn zu kauen, und sah ein wenig fröhlicher aus. »Es gibt noch etwas, was mir eingefallen ist. Gestern abend habe ich gesagt, daß mit Sara nichts Derartiges passiert ist, bis sie in dieses Haus kam. Ich war zu müde, um zu sehen, daß auch das Gegenteil bedeutungsvoll sein könnte: Nichts Derartiges scheint in diesem Haus vorgefallen zu sein, bis Sara hier einzog. Das könnte heißen, daß es hier im Haus irgend etwas gibt, das gerade Sara geeignet findet, um sie zu besetzen.«

Er nahm noch eine Handvoll Kekse. Pat ergriff die Chance und sagte kopfnickend und gedankenvoll: »Das ist wirklich genial. Nur leider völlig ohne solide Fundamente.«

Eine Zeitlang hörte man nur Bruce kauen. Dann murmelte Ruth: »Es wird dunkel. Dabei ist es noch so früh...«

»Wir gehen essen«, bestimmte Pat. »Hinaus ins helle Licht. Ich brauche einige Drinks, bevor ich mir noch mehr von diesen Theorien anhöre.«

Es regnete nicht mehr, aber der Wind heulte klagend durch die Bäume, so daß sie immer wieder eine Dusche der noch in den Blättern hängenden Tropfen abbekamen. Nach der Stille und Dunkelheit der Seitenstraßen erschienen die grellen Lichter und der Verkehr auf der Wisconsin Avenue wie eine andere Welt. Die Neonreklamen und die blinkenden Verkehrsampeln spiegelten sich im glänzenden schwarzen Naß der Bürgersteige und bildeten bizarre Muster aus Rot, Grün und Gelb.

Die hübschen gepflasterten Bürgersteige Georgetowns waren durch die Nässe schlüpfrig. Ruth hatte sich bei Pat untergehakt und fühlte sich angenehm sicher. In dem hellen Licht und der kalten Luft besserte sich ihre Stimmung. Vor ihnen gingen Bruce und Sara, und ab und zu hörte man Saras helles Lachen.

Als sie am Eingang zu einem der neuen Nachtclubs vorbeikamen, stand davor eine Gruppe junger Leute. Die Jungen und Mädchen hatten lange offene Haare und trugen auch die gleichen verwaschenen Jeans. Das einzige Unterscheidungsmerkmal der Männer waren ihre langen zotteligen Bärte. Eines der Mädchen war barfuß. Ruth zitterte vor Mitgefühl, und Pat lachte leise.

»Was für ein Gegensatz«, sagte er.

»Georgetown einst und jetzt«, ergänzte Ruth zustimmend.

»Reifröcke und Hippies? Das stimmt, aber ich habe etwas anderes gemeint. Wie zum Teufel kann es in einer Welt, die so etwas produziert, Gespenster geben?«

Das Restaurant mit seinem gedämpften Licht, den flackernden Kerzen und dem Gemurmel entspannter Gespräche ließ diese Möglichkeit sogar noch unwahrscheinlicher erscheinen. Als der Kellner zum zweiten Mal Getränke brachte, erhob Pat sein Glas und verbeugte sich leicht vor Bruce.

»Also machen wir weiter! Es tut mir leid, daß ich dich vorhin unterbrochen habe, aber du mußt zugeben, daß diese Umgebung fröhlicher ist.«

»Zu fröhlich«, gab Bruce trocken zurück. »Die ganze Geschichte wirkt hier völlig unglaubhaft. Aber egal. Also ich habe die Gründe genannt – sehr verkürzt –, die mich dazu gebracht haben, die Geschichte des Hauses und der Familie zu recherchieren. Die immer wieder auftauchende Technik von Gewalttaten in Zusammenhang mit Obsessionen und die Erwähnung eines Generals scheinen mir auf die Zeit des Krieges hinzudeuten. Deswegen beharre ich so auf dem Bürgerkrieg. Obwohl die Regierung auf der Seite der Union war, gab es in der Bevölkerung Marylands viele, die mit den Südstaaten sympathisierten. Oft erwuchsen aus der Tragödie des Krieges Familientragödien. Aber ich bestehe nicht darauf, daß die Ursache in dieser Zeit liegen muß. Ich habe Ruth und Sara gebeten, so viel wie möglich über die Familiengeschichte herauszufinden.«

»Es tut mir leid, daß ich dich enttäuschen muß«, sagte Ruth, »aber ich habe nur sehr wenig gefunden. Erstaunlich wenig, wenn man bedenkt, wieviel über Georgetown geschrieben wurde. Einen Moment. Wo habe ich diese Notizen?«

Sie verschwand hinter dem Tisch, und die anderen hörten sie vor sich hin murmeln, während sie mit beiden Händen in der riesigen schwarzen Tasche wühlte, die nur deshalb auf dem Boden lag, weil sie viel zu groß war, um sie auf dem Schoß zu behalten. Als Ruth wieder auftauchte, rot und ein bißchen verlegen, traf sie Pats amüsierter Blick. Ihre Gesichtsfarbe wurde noch dunkler.

»Ich muß eine große Handtasche haben«, erklärte sie trotzig. »Ich habe all diese Papiere...«

»Von mir aus kannst du einen Koffer mit dir herumtragen, wenn du möchtest«, sagte Pat zärtlich. Bruce räusperte sich und warf den beiden einen mißbilligenden Blick zu.

»Hm.« Ruth blätterte in dem großen Spiralblock, den sie ausgegraben hatte. »Hier ist es. Das Haus wurde 1810 erbaut von einem gewissen Jedediah Campbell. Meine Güte, was für ein Name! Er war Tabakhändler.«

»Das war jeder«, bemerkte Sara.

»Da Tabaklagerung und die Verschiffung von Tabak die Hauptindustrien von Georgetown waren, ist das nicht verwunderlich«, spezifizierte Bruce ungeduldig. »Weiter, Ruth.«

»Ich glaube, wir sollten bestellen«, mischte sich Pat mit einem Blick auf den wartenden Kellner ein.

Bruce murmelte etwas in seinen Bart und bestellte Huhn, ohne die Speisekarte auch nur eines Blickes zu würdigen. Pat studierte eingehend die Weinkarte. Höflich deutete Bruce an, daß Wein vielleicht nicht ganz passend für die Situation sei, doch Pat bestellte ihn trotzdem. Dann, gerade rechtzeitig bevor Bruce explodierte, kamen sie zurück zum Thema.

»Also, ich habe praktisch nichts weiter gefunden, als wer von wem abstammt«, sagte Ruth bedauernd. »Jedediahs ältester Sohn Ebeneezer erbte das Haus, und so ging es weiter. Es steht absolut nichts Interessantes über sie in den Büchern.«

»Und ich habe ab 1850 weitergemacht«, schloß sich Sara mit vollem Mund an. »Erinnerte ihr euch an die Geschichte über den Campbell aus dem Sezessionskrieg, auf die sich Madame Nada bei der Séance bezog? Es ist die einzige bekannte Geschichte im Zusammenhang mit dem Haus. Aber dieser Campbell war schon ein alter Mann, als der Krieg ausbrach, und deshalb ließ man ihn in Ruhe. Zumal viele Bürger mit den Südstaaten sympathisierten, obwohl Georgetown damals zu Columbia gehörte.«

»Scheint uns alles nicht weiterzubringen«, meinte Bruce. »Und später?«

»Ich hab' nicht mal Namen der Familie gefunden, sie müssen wirklich völlig unbedeutend für die Stadt gewesen sein.«

»Die Namen könnte ich herausfinden, aus Familienunterlagen«, bot Ruth an. »Schließlich wurde Kusine Hattie bereits 1880 geboren. Die Familie ihres Vaters war sehr groß. Heute leben die Kinder im ganzen Land verstreut, in Kalifornien, Kanada, Neu-England. Und meine eigene Familie im mittleren Westen. Aber von ihnen hat niemand, das schwöre ich, jemals auch nur daran gedacht, gewalttätig zu werden.«

»Die Campbells, die nicht mehr hier wohnen, sind für uns nicht interessant, denke ich.« Bruce deckte mit einer Hand sein Weinglas ab, um zu verhindern, daß Pat ihm nachschenkte. »Hatte vielleicht Kusine Hattie irgendwelche dunklen Geheimnisse?«

Ruth, die gerade ihr Weinglas zum Mund führte, prustete los.

»Entschuldigung, aber das ist wirklich zum Lachen. Sie war die anständigste alte Dame, die je gelebt hat. Seit dem

Tag, an dem ihr Vater starb, bis zu ihrem eigenen Tod trug sie nur noch lange schwarze Kleider. Und sie starb friedlich in ihrem Bett an Altersschwäche.«

»Was für eine Enttäuschung«, sagte Pat grinsend. »Ich hatte gehofft, es würde sich herausstellen, daß sie heimlich eine Teufelsanbeterin war, die in ihrem Wohnzimmer wilde Sexorgien feierte und mit Küssen...«

»Schon gut. Das hat sie ganz bestimmt nicht.«

»Wo hast du etwas über diese bezaubernden Riten gelesen?« fragte Bruce mit breitem Grinsen. Seine Laune hatte sich beträchtlich gebessert.

»Ich? Nirgends. Ich lese so etwas nicht!« Alle lachten über Ruths Entrüstung, und lächelnd fügte sie hinzu: »Aber man sah doch an Pats Gesichtsausdruck, was er sagen wollte.«

Pat wurde wieder ernst.

»Trotzdem, Kusine Hattie könnte natürlich ein Knackpunkt sein. Ich will nicht ernsthaft behaupten, daß sie eine Teufelsanbeterin war; aber rein theoretisch kann sie ein Geheimnis gehabt haben. Wir sind also in der Beziehung keinen Deut klüger als vorher. Auch wenn du recht hast, Bruce, und die Ursachen unseres Problems in der Vergangenheit des Hauses und seiner Geschichte liegen, wie willst du sie jemals herausfinden?«

»Ich wußte von vornherein, daß es nicht einfach sein würde.« Die Augen auf seinen Teller gerichtet, zerkrümelte Bruce ein Brötchen.

»Nicht einfach! Es ist leider unmöglich, und das liegt in der Sache selbst begründet! Deine Theorie ist, daß das Motiv des Ganzen eine Gewalttat ist. Wenn es aber irgendeine Tragödie im Zusammenhang mit diesem Haus gegeben hätte, wüßten wir das jetzt. Sie wäre Teil der Familiengeschichte und wahrscheinlich eine der klassischen Legenden Georgetowns. Wir sind aufs nichts dergleichen gestoßen. Also gibt es zwei Alternativen: Entweder hat eine solche Tragödie tatsächlich nie stattgefunden, oder sie ist so gut geheimgehalten worden, daß keinerlei Zeugnisse davon existieren, nicht einmal irgendwelcher Klatsch. Und wie willst du dann jemals etwas darüber herausfinden?«

Einen Moment lang sagte niemand etwas.

»Uuh«, stöhnte Sara dann. »Das war gemein, Pat.«

»Gemein, aber nicht unerwartet.« Bruce hörte sich optimistisch an; allerdings leerte er sein Weinglas schneller, als es die guten Manieren erlaubten.

»Willst du sagen, du hast gewußt, daß wir in den Büchern nichts finden würden?« fragte Sara. »Und dann hast du mich den ganzen Tag in diesen Wälzern herumwühlen lassen!«

»Wir mußten sichergehen!« Bruce hob flehentlich die Hände. »Versteht ihr denn nicht? Wir sind alle verrückt – alle außer Pat –, und unsere Hypothese ist total wahnsinnig. Wenn wir überhaupt damit weiterkommen wollen, müssen wir bei unseren Recherchen so sorgfältig wie nur möglich vorgehen.«

In Pats Gesicht war keine Befriedigung zu lesen, als er dieses Eingeständnis hörte. Statt dessen stand nur Mitgefühl in seinen Augen.

»Ich verstehe, was du meinst, und ich stimme dir völlig zu. Nimm mir meine Kritik nicht übel, ich bin einfach ein müder alter Pessimist. Was hast du als nächstes vor?«

»Nun, da wir in den öffentlichen Berichten nichts gefunden haben, sollten wir uns jetzt auf nicht veröffentlichtes Material konzentrieren.«

Pat schüttelte den Kopf.

»Wirklich, Bruce, ich möchte nicht dauernd den Miesepeter spielen, aber ich habe persönliche Erfahrungen mit den Familienunterlagen der alten Georgetown-Sippen. In meinen jungen Jahren, als ich gerade mit dem Studium angefangen hatte, habe ich eine Seminararbeit geschrieben über die Haltung der Bürger Georgetowns zur Revolution und der Trennung von England. Ich bin von Tür zu Tür gegangen und habe mit meinem charmantesten Lächeln versucht, alte kleine Damen dazu zu überreden, mir Briefe und Familienpapiere zu zeigen. Da wir gerade von Gewalt sprechen! Eine der ach so süßen alten Ladys jagte mich mit Hilfe einer zusammengerollten Zeitung aus dem Haus!«

»Oh, Pat, wirklich?« Sara kicherte. »Was hast du denn getan, daß sie so wütend wurde?«

»Ich habe angedeutet, daß ihr hochverehrter Vorfahre vielleicht gar kein Patriot gewesen sei. Wißt ihr, daß diese spleenigen Organisationen wie die ›Kolonialdamen‹ oder die ›Töchter der Amerikanischen Revolution‹ darauf bestehen, daß man einen Vorfahren nachweist, der für die Revolution gekämpft hat? Und dann stellt sich merkwürdigerweise heraus, daß fast alle in der revolutionären Armee Lieutenant oder noch etwas Höheres waren. Ihr könnt euch also vorstellen, was für einen Wirbel es auslösen würde, wenn man bei einer dieser Dämchen herausfände, daß ihr Ururgroßvater in der falschen Armee gekämpft hat! Ich glaube, sie würden sogar gerne Selbstmord begehen, nur um es geheimzuhalten.«

»Wie lächerlich«, kommentierte Sara verächtlich.

»Du hast mir nie erzählt, daß du über Georgetown recherchiert hast«, meinte Bruce.

»Warum hätte ich das auch tun sollen?«

»Diese Arbeit würde ich gerne mal sehen.«

»Ich weiß noch nicht einmal mehr, wo sie abgeblieben ist.«

»Könntest du sie suchen?«

»Warum sollte... na gut, wenn es dich glücklich macht.«

»Oh, bestimmt«, murmelte Bruce. »Das würde es bestimmt. ...Danke, keinen Kaffee mehr. Auch keinen Cognac. Hast du nicht langsam genug getrunken, Pat?«

Der aggressive Ton seines letzten Satzes brachte die Feindseligkeit gegenüber dem Älteren zu Tage, die Bruce die ganze Zeit verdeckt hatte. Pat nahm es gelassen hin. Mit ruhigem Lächeln sagte er nur: »Ein bißchen Takt, wenn ich bitten darf, junger Mann.«

»Entschuldigung.« Bruce wurde rot. »Aber verdammt noch mal, wir müssen bei klarem Verstand bleiben.«

»Oh, da stimme ich dir vollkommen zu.« Pats erhobene Hand bedeutete dem Kellner, daß sie zahlen wollten. »Du möchtest gehen, nehme ich an.«

Während sie zurück zum Haus gingen, berichtete Bruce, was er für den nächsten Tag geplant hatte.

»Ich gehe morgen in die Stadt. Vielleicht kann ich in den Archiven der Kongreßbücherei etwas finden. Ich kenne jemanden, der amerikanische Geschichte studiert, und bei ihm werde ich mich nach den richtigen Quellen erkundigen. Ich könnte ihn sogar heute abend noch anrufen. Wie spät ist es?«

»Gleich zehn Uhr.«

»Ich dachte, es wäre später. Es kommt mir viel später vor.«

»Es ist eine schreckliche Nacht«, sagte Ruth und schüttelte sich, als ihr eiskalte Wassertropfen ins Gesicht geweht wurden. »Alle vernünftigen Leute sind zu Hause vor einem gemütlichen, warmen Feuer.«

»Also dann rufe ich Ted heute noch an. Und vielleicht könnten wir noch ein anderes Projekt starten. Etwas, das euch Frauen morgen den ganzen Tag beschäftigen würde.«

»Was denn?« fragte Sara mit gedämpfter Stimme. Ihr Haar, das ihr um den Kopf herumwehte, war in ihren Mund geraten.

»Ich denke, daß Kusine Hattie wahrscheinlich einiges an Papieren hinterlassen hat. Weißt du darüber Bescheid, Ruth?«

»Oh, sie hinterließ einen unglaublichen Berg alten Kram. Ich habe ihn nie durchgesehen. Aber es könnte etwas auf dem Dachboden sein.«

Die letzten Schritte zu Ruths Haus ging Ruth voraus, da sie den Schlüssel hatte. Aber als ihr Fuß die untereste Stufe berührte, blieb sie so plötzlich stehen, daß Pat in sie hineinlief. Gerade wollte er protestieren, da sah er, warum sie nicht weiterging, und schwieg.

An beiden Seiten der Haustür befanden sich hohe Fenster, rechts die des Eßzimmers, die jetzt dunkel waren, und links die des Wohnzimmers, das sie beim Verlassen des Hauses hell erleuchtet gelassen hatten. Das Licht schien durch die blauen Vorhänge und verlieh der Farbe ein wundersames Leuchten. Der schwere Satinstoff bewegte sich.

Ruth faßte nach Pats Arm.

»Siehst du...«

»Pst, leise«, sagte Bruce. Auch er und Sara hatten die Bewegung gesehen, und unwillkürlich rückten alle dicht zusammen und flüsterten, als könnte sie jemand hören.

»Ich gehe nicht in dieses Haus«, verkündete Sara mit großen Augen.

»Ich auch nicht«, schloß sich Pat an. »Aber euch ist klar, daß das viele Gründe haben kann, von einem Einbrecher bis zu einem offenen Fenster in einem anderen Zimmer, nicht wahr?«

»Warum gehst du dann nicht hinein?« fragte Bruce.

»Ich habe Angst vor Einbrechern«, erwiderte Pat trocken. »Gibt es eine Hintertür, Ruth?«

»Ja, sie führt in die Küche. Kommt mit.«

Diesmal lachte niemand, als Ruth in ihrer Handtasche nach dem Schlüssel für die hintere Tür suchte. Es dauerte einige Zeit, bis sie ihn zutage förderte. Ihre Finger waren eiskalt. Noch immer bewegten sich die blauen Vorhänge leicht hin und her, als spielte der Wind mit ihnen.

Zwischen Ruths Haus und dem ihrer Nachbarn befand sich nur ein schmaler Durchgang, der aussah wie ein schwarzer Tunnel.

»Warum zum Teufel habe ich keine Taschenlampe dabei?« Pat schob Ruth zur Seite. Eine winzige Flamme leuchtete auf und erlosch sofort wieder. Der Wind war zu stark für Pats Feuerzeug. Mit einem Fluch tauchte er in die Dunkelheit. Die anderen folgten ihm.

Durch den Gang pfiff ein eisiger Wind, und blies ihnen nasse Blätter ins Gesicht. Auf dem Boden hatten sich große Pfützen gebildet, und Ruth, die nur Slipper trug, hatte im Nu nasse Füße. Im Garten hinter dem Haus war es nicht viel besser. Auf dem gepflasterten Boden des Patio, der naß und gefährlich glatt war, drängten sie sich wieder dicht zusammen. Hinter sich hörten sie in dem dunklen Garten ständiges lautes Knacken und andere unheimliche Geräusche.

Die Küchenfenster waren dunkel. Ruth verfluchte innerlich ihre angeborene schottische Sparsamkeit. Von jetzt an würde sie jedes Licht in dem verfluchten Haus anlassen, bei Tag und bei Nacht! Schemenhaft konnte sie die weißgestrichene Treppe erkennen, die zu dem kleinen Anbau führte, in dem sie Reinigungsutensilien und Abfalleimer aufbewahrte. Durch diesen Raum gelangte man in die Küche.

»Gib mir den Schlüssel«, flüsterte Pat, und nur allzu gerne ließ Ruth ihn vorgehen. Er fluchte leise vor sich hin, während man das Kratzen des Schlüssels an der Tür hörte, dann sagte er grimmig: »Ich kann aber auch rein gar nichts sehen. Bruce, komm bitte her und hilf mir mit dem Feuerzeug, ja?«

In dem Moment wurden sie zum zweiten Mal an diesem Abend mit etwas völlig Unerwartetem konfrontiert.

Ruth hatte das Geräusch schon seit einiger Zeit wahrgenommen, aber so schwach, daß sie sich damit beruhigte, es sei nur der Wind in den Bäumen. Erst als Bruce die Treppe hinaufging, wurden aus dem klagenden Seufzen verständliche Worte. Es waren dieselben Worte, die sie schon zuvor gehört hatte. Die seufzende, klagende Stimme kam von überall und nirgends, aus ihrem Kopf, von den aufgetürmten Wolken am Himmel, von jedem Punkt der Welt, und sie erstarb in einem langen, schluchzenden Klagelaut.

»...komm... nach Hause...«

Pat gab ein gereiztes Knurren von sich. Das Schloß schnappte zurück, die Tür wurde vom Wind erfaßt und schlug krachend gegen die Wand. Ruth und Sara liefen die Stufen hinauf. Inzwischen hatte Pat die Küchentür geöffnet, und alle vier drängten sich hinein. Blendende Helligkeit flammte auf, als Pat den Lichtschalter gefunden hatte.

Bruce warf die Tür hinter sich ins Schloß. Blinzelnd und atemlos standen sie in dem vertrauten heimeligen Raum. Pat, der den Kopf so weit wie möglich in seinen weiten Regenmantel eingezogen hatte und aussah wie eine Schildkröte, stapfte ohne ein Wort zur anderen Tür wieder hinaus.

Die anderen folgten ihm schweigend, aber alle blieben in der Tür des Eßzimmers stehen. Ihre Blicke wanderten durch den Flur und am Fuß der Treppe vorbei zur offenen Wohnzimmertür. Aus dem hell erleuchteten Raum kam kein Ton. Und Ruth schob es auf ihre überreizten Nerven, daß sie einen schwachen grauen Dunst zu sehen glaubte, der in der Luft schwebte und sich dann auflöste. Die Falten der Vorhänge waren bewegungslos wie eine Marmorskulptur.

»Nichts«, sagte Bruce. Er suchte nach dem Lichtschalter im Eßzimmer, und in dem hellen Licht des Kronleuchters sahen sie sich gegenseitig an. Sara stand in gebeugter Haltung an die Wand gelehnt, und Pat legte ihr eine Hand auf die Schulter.

»Alles in Ordnung mit dir?«

»Natürlich ist alles mit ihr in Ordnung«, entgegnete Bruce scharf.

»Laß sie doch einmal für sich selbst reden!«

»Hört auf, ihr beiden«, befahl Ruth. »Wir sind alle überreizt und nervös, und das ist ja weiß Gott kein Wunder. Bruce, wie wäre es jetzt mit einem Cognac?«

»Das ist die beste Idee, die ich heute abend gehört habe.«

Ruth holte die Karaffe aus der Anrichte, und Bruce kümmerte sich um die Gläser. Während er jeweils zwei der großen Cognacschwenker an den Stielen in einer Hand hielt wie große gläserne Blumen, sah er Pat an und sagte wenig überzeugt: »Wir müssen irgendwann in dieses Zimmer gehen.«

Pat antwortete nicht.

Ruth schenkte hastig den Cognac ein und stürzte die braune Flüssigkeit in einem Zug hinunter.

Sara zog ein Gesicht, nachdem sie getrunken hatte. Cognac hatte sie noch nie gemocht. Aber er sorgte dafür, daß sie nicht mehr ganz so blaß aussah, und Bruce schenkte sofort allen noch einmal nach.

»Puh, den habe ich gebraucht«, gab er zu. »Hier ist aber wirklich einiges los nachts. Ich möchte wissen, wieviel davon eine Reaktion auf das ist, was wir im Moment tun.«

»Wer weiß?« murmelte Pat. »Wer weiß überhaupt noch irgend etwas?«

Eine Weile sahen sie schweigend vor sich hin. Pat hatte glasige Augen, und Ruth spürte eine unnatürliche Wärme in sich, die das Produkt aus Alkohol und überreizten Nerven war.

»Hört mal«, sagte sie mit etwas schwerer Zunge. »Wir müssen das nicht weiter mitmachen.«

Alle sahen sie erstaunt an.

»Wenn das Problem in dem Haus liegt, dann braucht man sich nur das Haus vom Hals zu schaffen.«

»Ruth!« Sara faßte nach Ruths Arm. Ihre Augen glänzten verdächtig. »Das kannst du doch nicht tun. Du liebst dieses Haus.«

»Mein liebes Kind, ich spreche nicht davon, es in einer dramatischen nächtlichen Aktion niederzubrennen. Dagegen könnten auch die Nachbarn etwas haben. Ich kann es verkaufen. Es ist eine Menge Geld wert. Und dann suchen wir uns eine hübsche Wohnung in Chevy Chase.«

»Ich habe einen Einwand«, sagte Bruce bedächtig. »Du gehst davon aus, daß meine Hypothese richtig ist. Wenn aber Sara sizo... schischo – verdammt noch mal! – schizophren ist, dann wird sie das auch woanders sein.«

»Ich glaube nicht an kollektive Halluzinationen«, entgegnete Ruth. »Schließlich hat Sara nicht die Töne von sich gegeben, die wir eben gehört haben.«

»Nicht Sammie«, sagte Pat plötzlich. »Das Wort war nicht Sammie.«

Es war das erste, was er sagte, seit Ruth ihren Vorschlag gemacht hatte, und die verblüffende Zusammenhanglosigkeit seiner Äußerung löste die Spannung.

Sara ließ sich auf einen Stuhl fallen und stützte den Kopf auf ihre gefalteten Hände. Mit großen runden Augen sah sie Pat von der Seite aufmerksam an. Bruce atmete laut und theatralisch aus.

»Ich gebe es ungern zu«, sagte er, »aber ich war viel zu durcheinander, um genau hinzuhören. Was für ein Name war es dann?«

»Wer wird jetzt unwissenschaftlich?« hielt Pat ihm vor. Er fuhr sich durch die Haare, die aufrecht wie ein Hahnenkamm stehenblieben, und zog nachdenklich die Stirn in Falten. »Woher wissen Sie, ob es überhaupt ein Name war? Ich weiß nur, daß kein S in dem Wort vorkam, diesen harten Zischlaut hätte ich nicht überhört. Sara verstand Sammie, weil das eine vertraute Lautkombination ist. Ruth hörte das gleiche, weil Sara ihr davon erzählt hatte. Um ehrlich zu sein, für mich klang es eher wie ›Mammie‹.«

Nach einem Moment des Schweigens brach Ruth in Gelächter aus.

»Oh, es... es tut mir leid!« stieß sie unter Lachen hervor. »Aber wirklich Pat, Mammie!? Das erinnert an Al Johnson! Eine arme alte Kinderfrau wie die in *Vom Winde verweht*? Und wenn ihr wüßtet, wie lustig ihr alle ausseht, wie ihr da in euren Mänteln um den Tisch herumsteht, wie Einbrecher...«

Sie warteten respektvoll, bis Ruth ihre Haltung wiedergefunden und die Tränen getrocknet hatte, die ihr vor Lachen die Wangen heruntergelaufen waren. Dann bemerkte Pat: »Ich bin froh, daß ich etwas zu deiner Erheiterung beitragen konnte. Und was deine Idee angeht, das Haus zu verkaufen, so finde ich, sie hat etwas für sich. Aber wir müssen im Moment ja noch nichts entscheiden.«

»Wir?« wiederholte Bruce fragend. Er stützte sich auf den Tisch und sah den älteren Mann interessiert an. »Was ist mit deiner Theorie, Pat? Noch immer überzeugt davon?«

Pat zuckte mit den Achseln.

»Anders als Ruth glaube ich an kollektive Halluzinationen. Damit will ich nicht sagen, daß wir heute abend eine erlebt haben. Obwohl wir beide, Bruce, die Stimme vorher von Ruths Beschreibung kannten... Du hast gesagt, achtundvierzig Stunden. Also hast du noch immer vierundzwanzig.«

13

Ruth lag auf dem Rücken und starrte an die Decke, als sie die Uhr auf dem Treppenabsatz viermal schlagen hörte. Wahrscheinlich stand diese noch an derselben Stelle wie 1836, als die Campbells sie von dem Uhrmacher Josiah Harper erworben hatten. Seine Arbeit war hervorragend gewesen; die Uhr klang noch heute silberhell und klar, als schlüge man die Töne auf einem Cembalo an.

Wie schon ein Dutzend Mal, seit sie zu Bett gegangen war, stützte sich Ruth auf einen Ellbogen und sah hinüber zu Sara. Sie hatte sich leicht dazu überreden lassen, in dieser Nacht in

Ruths Zimmer zu schlafen. Über dem Ankleidetisch brannten zwei kleine Lampen mit rosa Milchglasschirmen, die gedämpftes Licht verbreiteten. Ruth fragte sich, ob sie jemals wieder in einem dunklen Raum würde einschlafen können.

Sara lag ebenfalls auf dem Rücken, ihr dunkles Haar umrahmte ihr Gesicht. An winzigen Bewegungen ihres Mundes und ihrer Augenlider erkannte Ruth, daß sie träumte. Plötzlich meinte Ruth zu sehen, daß sich über Saras schlafendes Gesicht wie eine durchsichtige Maske ein fremder Ausdruck ausbreitete, doch im nächsten Moment war er schon wieder verschwunden.

Atemlos sank sie zurück auf ihr Kissen und drehte sich auf die Seite, so daß sie das Mädchen beobachten konnte. So also war es, wenn man das fühlte, was sie bei anderen Frauen schon so oft beobachtet hatte. Kein anderer Urinstinkt war so unkontrolliert und primitiv vom Tier auf den Menschen übergegangen. Sogar das sexuelle Bedürfnis war verdammt, verzerrt und verschleiert worden, bis man in ihm kaum noch den einfachen, amoralischen Trieb erkennen konnte, der er einst gewesen war. Die Menschheit hatte versucht, auch den Mutterinstinkt in etwas zu verwandeln, das einer hübschen, mit Spitze verzierten Valentinskarte glich, aber ohne Erfolg. Frauen, die beim Anblick eines toten Vogels anfingen zu weinen, konnten um ihres eigenen Kindes willen jede nur erdenkliche Gewalttat begehen.

Es regnete wieder. Das leise Rauschen hätte beruhigend wirken können, in ihrer momentanen Verfassung fielen Ruth jedoch zu viele andere mögliche Ursachen dafür ein; kratzende Finger auf dem Fensterglas kamen ihr in den Sinn oder kleine knochige Füße, die die Regenrinne entlangtappten. Im Haus selbst war es still bis auf ein Geräusch, Pats Schnarchen, das von der anderen Seite des Flures herüberdrang.

Ruths Körper entspannte sich, während sie ihm lauschte. Sie war keine Expertin, was Schnarchen anging, aber sie zweifelte nicht daran, daß Pats Leistung ziemlich weit oben auf der Skala lag. Da sie alle drei Schlafzimmertüren offengelassen hatten, war die Lautstärke nur wenig gedämpft.

Aus Saras Zimmer, in dem Bruce untergebracht war, hörte

man keinen Ton. Allerdings fiel von dort heller Lichtschein in den Flur. Bruce war dabei, die Schachtel mit Familienpapieren durchzusehen, die Ruth noch im Sekretär gefunden hatte.

Sie konnte sich erinnern, daß sie auf dem Dachboden weitere Papiere gesehen hatte. Das meiste davon war ganz sicher völlig bedeutungslos, und Kusine Hattie hatte es nur deshalb noch nicht weggeworfen, weil alte Damen nun mal am liebsten alles aufheben. Und Ruth wollte die Sachen wenigstens flüchtig durchsehen, bevor sie sie vernichtete. Wie bei so vielen Dingen, die nicht sein müssen und keinen Spaß machen, hatte sie jedoch die Zeit dafür nie gefunden. Morgen – nein, heute – würde sie hochgehen und nachschauen, ob etwas Interessantes dabei war. Zwar hatten sie in der Nacht zuvor noch das eiskalte Wohnzimmer betreten, nachdem sie durch weiteren Cognacgenuß mutig geworden waren, aber Ruth hatte sich schlichtweg geweigert, nachts auf den dunklen Dachboden zu gehen, wo der Sturm heulte. Niemand hatte ihr das verübelt.

Morgen – heute – würde es so viel zu tun geben. Und doch tappten sie eigentlich im dunkeln, klammerten sich an ein paar unzusammenhängende Eindrücke. Es gab keinen Hinweis darauf, daß sie überhaupt miteinander verbunden waren, keine Sicherheit für die Existenz dessen, nach dem sie suchten. Ruth zitterte vor Kälte unter ihrer warmen Bettdecke, während sie sich vergegenwärtigte, was noch niemand offen ausgesprochen hatte. Wenn Bruces unwahrscheinliche Ahnung zutraf, dann waren die Chancen für Saras Heilung sogar noch geringer als die, die die Psychiatrie in Aussicht stellte. Bei diesem betrüblichen Gedanken schlug sie die Augen auf und sah wieder besorgt zu ihrer Nichte hinüber, auf der Suche nach irgendwelchen verräterischen Anzeichen.

Sara schlief jetzt ruhig und friedlich. Sie war jung genug, um im Schlaf bezaubernd auszusehen, völlig entspannt, mit leicht geröteten Wangen. Ruth merkte, wie steif und verkrampft sie selbst im Moment war. Bruce hatte es richtig gemacht, er versuchte gar nicht erst zu schlafen. Man konnte nicht schlafen, wenn so dringend etwas geschehen mußte. Wenn sie nur wüßte, was sie tun könnte...

Sie war so tief in ihre Gedanken versunken, daß sie vor Schreck fast aus dem Bett gesprungen wäre, als sie plötzlich ein Geräusch hörte. Ihr Herz klopfte wie wild, während sie lauschte. Es kam von unten. Zweimal krachte es gedämpft, dann folgte ein Rascheln; harmlose Geräusche, bis auf die Tatsache, daß es niemanden gab, der sie verursacht haben könnte.

Schon stand Bruce in der Tür, in Socken und mit hochgerollten Hemdsärmeln. Er sah sie fragend an, und sie zuckte nur stumm mit den Achseln.

»Ich gehe runter«, flüsterte er.

»Nicht allein. Warte, Bruce...«

Das Schnarchen auf der anderen Seite des Flures brach ab. Ein paar Sekunden später tauchte Pat auf. Er sah völlig verschlafen aus und blinzelte. Sein rotes Haar stand in die Höhe wie Flammen auf der Spitze eines massigen Felsens. Auch er war bis auf seine Schuhe vollkommen bekleidet.

»Woher kam das?« murmelte er.

»Von unten.«

»Hmmm.« Pat kratzte sich am Kopf. Es war offensichtlich, daß er nicht zu denjenigen gehörte, die bei einem unerklärlichen Geräusch sofort hellwach aus dem Bett springen und sich mutig auf die Suche nach den Einbrechern machen. Wieder blinzelte er und rieb sich die Augen. »Nach unten gehen«, äußere er vage.

Jetzt war auch Sara aufgewacht, und nachdem sie den Grund für die Versammlung erfahren hatte, beschloß sie, sich den anderen anzuschließen. Bruce war inzwischen schon losgegangen; er besaß nicht viel Geduld mit den Schwächen der älteren Generation.

Sie hatten das Licht im Wohnzimmer brennen lassen. Ruth, die vor Pat und Sara ging, sah, wie Bruce sich vor den eingebauten Bücherregalen bückte, um etwas aufzuheben. Er richtete sich auf und kam auf sie zu. In einer Hand trug er ein Buch mit einem roten Einband.

Ruth blieb auf der Schwelle des Wohnzimmers stehen. Es

war kalt hier, viel kälter als oben. Sogar in ihrem wollenen Hausmantel fror sie so sehr, daß sie schauderte. In der Mitte des Zimmers blieb Bruce plötzlich stehen. Ruth sah, wie sein Gesicht kreidebleich wurde und er zurückwich, als sei er an eine unsichtbare Barriere gestoßen. Mit weit geöffneten Augen starrte er zum anderen Ende des Raumes. Ruth folgte seinem Blick und stieß einen warnenden Schrei aus.

»Es brennt! Bruce!«

Bruce zuckte zusammen, als hätte ihn etwas gestochen. Der Klang ihrer Stimme schien ihn aus seiner Erstarrung gerissen zu haben, und er ging weiter in ihre Richtung. Dabei hielt er wie schützend einen Arm vors Gesicht und prallte mit solchem Schwung gegen sie, daß sie zurücktaumelte. Dann drehte er sich um und starrte fassungslos auf die Erscheinung, die ihn in die Flucht getrieben hatte. Eine schwarze rußige Rauchsäule erhob sich in dem Teil des Zimmers, dessen Fenster zur Straße gingen.

Die Kälte war nicht die normale Kälte einer Winternacht. Sie kam in unsichtbaren Wellen aus dem Wohnzimmer und bedrängte Ruth wie in Bewegung geratene Sanddünen. Als sie von Bruce versehentlich rückwärts gestoßen worden war, hatte sie zunächst eine Erleichterung verspürt. Doch noch immer war es, als griffen unsichtbare eiskalte Fangarme nach ihrem Körper. Sie wich weiter zurück, bis sie unter der Treppe stand, und rang nach Atem. Erst als ihr Rücken die Wand berührte, blieb sie stehen, schrie jedoch erneut auf, denn von der anderen Seite erfaßte eine weitere Kältewelle ihren Körper. Diesmal war es eine natürliche Kälte. Sie kam aus dem Keller, dicht neben Ruth stand unerklärlicherweise die Kellertür weit offen. Um ein Haar wäre sie rückwärts die Stufen hinuntergefallen.

Auch Bruce war immer weiter zurückgewichen, langsam, Schritt für Schritt, als kämpfte er gegen eine Kraft, die ihn festhielt. Am Fuß der Treppe blieb er stehen. Inzwischen hatten auch Pat und Sara die unheimliche Erscheinung bemerkt, Ruth hörte, wie Pat einen Laut der Bestürzung von sich gab und Sara aufschrie. Ihre Aufmerksamkeit wurde jedoch vor allem von dem Unfaßbaren gefangengehalten, der sich bewegenden Schwärze, die ohne Wind hin- und herschwankte, die sich um sich selbst drehte, als kämpfe sie um eine Form, von dem Rauch ohne Feuer, der Kälte- anstatt Hitzewellen aussandte.

Bruce stand am Fuß der Treppe, eine Hand auf dem Geländerpfosten, die andere zur Wandseite hinausgestreckt, so daß er mit seinem Körper die Tür versperrte. Er rief etwas, und Ruth hörte über sich die Schritte von Sara und Pat, die nach oben liefen. Die Kälte war unerträglich; sie saugte an ihrem Körper wie tausend Blutegel. Und doch wußte Ruth, daß sie nur am Rande davon betroffen war; Bruce bekam die volle Wucht ab.

Er hielt noch immer das Buch umklammert, und in ihrem verwirrten Zustand fragte sich Ruth, ob er eine Bibel gefunden hatte und was er damit wollte. Dann erinnerte sie sich, wie das schwere Buch in seine Hand gekommen war. Bruces aufrechte Haltung mit den ausgestreckten Armen rief ihr ein anderes christliches Motiv vor Augen, und sie versuchte, sich an ein Gebet zu erinnern. Als ihr Verstand schließlich wieder die Kontrolle über ihr instinktives Tun übernahm, bemerkte sie, daß sie schon dabei war zu beten; unbewußt hatte sie begonnen, einzelne Zeilen halbvergessener Bitten und Rituale vor sich hinzumurmeln. Doch all die Symbole, Worte und Dinge hatten im Angesicht des Unheils keine Bedeutung. Denn das Ding bewegte sich weiter auf Bruce zu und streckte wabernde schwarze Fetzen nach ihm aus, die durch die Luft griffen wie unförmige Arme.

Dann hörte sie einen Laut, der so unpassend war wie die Flöte eines Schäfers auf einem Schlachtfeld. Leise, aber klar und deutlich erklang das erste morgendliche Gezwitscher eines Vogels.

Die wabernde Schwärze zog sich in sich zusammen und löste sich auf. Sekunden später sah man die blauen Satinvorhänge wieder klar und deutlich, nirgends war auch nur die Spur von Rauch zu sehen.

Durch die Stille erklang wieder das helle Vogelzwitschern, und gleich darauf hörte man Bruce wild lachen.

»›Es schwand dahin beim Krähen eines Hahns...‹ Oder

war das eben ein Spatz?« Er deutete auf einen Streifen grauen Morgenhimmels, der durch das Oberlicht des Haustür sichtbar geworden war, ließ sich auf die Stufen fallen und legte den Kopf auf seine verschränkten Arme.

Vorsichtig streckte Ruth eine Hand aus und stieß die offene Kellertür zu. Offenbar erschrocken von dem Knall, gab Pat einen alarmierten Ausruf von sich.

»Ich habe nur die Kellertür zugemacht«, rief Ruth nach oben. »Sie stand weit offen.«

Als sie sich schließlich von der Wand löste, hatte sie ein Gefühl, als würde ihr Abdruck in der Tapete zurückbleiben. Sie trat vor und blickte nach oben, von wo Pat und Sara über das Geländer zu ihr heruntersahen. Saras Gesicht war grün.

»Mir ist übel«, sagte sie.

Bruce hob den Kopf. Noch immer umklammerte er das Buch, ein Finger steckte wie ein Lesezeichen in den Seiten. Er zitterte heftig, und unter einer glänzenden Schweißschicht war sein Gesicht aschgrau. Aber sein Mund verzog sich zu einem breiten Grinsen, als er Pat ansah.

»Bei Gott«, sagte er, »wie hat dir das gefallen, du verdammter alter Skeptiker?«

»Ich verkaufe das Haus. Nicht eine Nacht länger lasse ich Sara in diesem Horrorkabinett verbringen.«

Ruth meinte es völlig ernst. Aber sie mußte zugeben, daß Sara in großartiger Kondition war für ein Mädchen, das eine Nacht in einem ›Horrorkabinett‹ zugebracht hatte. Sie stand in ihrem grünen Samtmorgenmantel am Herd und bereitete Rührei mit einer Energie, die auf gesunden Appetit schließen ließ.

»Paß mit deinem Haar auf«, setzte Ruth gereizt hinzu. »Wir haben genug Sorgen, ohne daß es Feuer fängt.«

»Entschuldigung«, erwiderte Sara liebenswürdig und strich mit der altgewohnten Geste ihr Haar nach hinten. »Ruth, reg dich doch nicht auf. Mir geht es sehr gut. Bruce ist derjenige, der mir Sorgen macht.«

Bruce saß in eine Decke gewickelt nahe der Heizung; inzwischen zitterte er kaum noch. Seine Symptome waren ähnlich wie bei einem Schock gewesen, so daß Ruth und Pat ihn regelrecht in die Wärme der Küche hatten ziehen müssen. Jetzt lächelte er Sara beruhigend zu, schwieg jedoch. In seinen Augen war ein Glitzern, das aussah, als werde er eine Menge zu sagen haben, wenn die Zeit dazu gekommen war.

»Er braucht etwas zu essen«, meinte Pat und legte fertige Toastscheiben auf einen Teller. »Wir alle brauchen etwas zu essen. Ich bin halb verhungert.«

Ruth hob mit dem Wender Speck aus der Pfanne und ließ ihn auf ein Papiertuch gleiten, sah mit Expertenblick nach dem Kaffee und deckte den Tisch.

»Ich auch. Das muß die Nervenanspannung sein. Ich erinnere mich an eine Situation, in der ich besonders nervös und aufgeregt war; ich habe andauernd gegessen.«

»Aha, du warst also letzte Nacht nervös und aufgeregt«, sagte Pat. »Ich gebe zu, daß ich zu Tode erschrocken war. Los, Bruce, iß ein paar Eier. Diese Kälte hat einem alle Kraft aus dem Körper gezogen, und du hast die volle Wucht abbekommen. Großer Held«, fügte er mit einem Grinsen hinzu.

»Von wegen Held. Ich mußte nur am weitesten laufen.« Bruce schob sich eine Gabel mit Rührei in den Mund und starrte sinnierend vor sich hin. »Ich möchte nicht wissen, von wie vielen Helden der Geschichte sich bei einer genaueren Untersuchung herausstellen würde, daß sie in Wirklichkeit nur langsame Läufer waren.«

»Jetzt werdet nicht zynisch«, sagte Ruth tadelnd.

Eine Zeitlang aßen alle schweigend und konzentriert. Ruth war als erste fertig. Während sie nach ihren Zigaretten griff, sah sie die anderen drei an. Eine überwältigende Woge der Zuneigung erfaßte sie. Zufällig sah Pat gerade von seinem Teller auf, und ihre Blicke trafen sich. Er grinste. Seine Worte offenbarten, daß er ganz genau spürte, was sie bewegte.

»›Ich hatt' einen Kameraden‹«, zitierte er.

»Wieso weißt du, was ich denke? Aber es stimmt, ich verstehe jetzt, warum Soldaten an der Front sich ihren Kameraden so verbunden fühlen.«

»Niemand ist netter als der Typ, der dir gerade das Leben

gerettet hat«, stimmte Pat zu. »Außer dem, der es morgen retten könnte.«

»Das ist zynisch. In Wirklichkeit ist es mehr.«

»Es muß etwas mit Vertrauen zu tun haben«, offerierte Sara schüchtern, »und damit, daß man weiß, man kann sich auf jemanden verlassen, wortwörtlich bis in den Tod.«

»Na gut, du kannst dich auf mich verlassen.« Ruth schob ihren Stuhl zurück und sah die anderen entschlossen und trotzig an. »Ich meine es ernst. Sara verbringt keine Nacht mehr in diesem Haus.«

»Kapitulation, hm?«

»Pat, wir erreichen doch nichts! Es wird stärker, und wir sind hilflos dagegen. Es ist gefährlich, schrecklich gefährlich...«

»Woher weißt du das?« fragte Bruce.

Einen Moment war Stille. Dann entgegnete Ruth: »Das mußt du gerade fragen! Du sahst aus wie ein Toter, als wir dich in die Küche gezogen haben.«

»Noch eine Tasse Kaffee und er ist wieder ganz sein altes, jederzeit zu einer Diskussion aufgelegtes Ich«, sagte Pat. »Was ihm passiert ist, war verdammt unangenehm, aber sicher ist es das Schlimmste, was dieses schreckliche Ding anrichten kann. Schließlich ist es immateriell. Welchen Schaden sollte es einem also zufügen können?«

»Genau.« Bruces Wangen röteten sich wieder. »Ruth, ich weiß, wie du fühlst. Aber wir machen Fortschritte. Bedenk doch mal, was wir in dieser Nacht alles erfahren haben!«

»Das schon«, gab Ruth zu. »Wir wissen, daß es eine Grenze für sein abscheuliches Wirken gibt. Offensichtlich muß es bei Tageslicht wieder verschwinden.«

»Genau. Was einem Aspekt des Spiritualismus Glaubwürdigkeit verleiht, den ich immer verspottet habe – daß nämlich Geister von zuviel Licht gestört werden.«

»Richtig. Und die anderen Vorkommnisse – Saras Besessenheit und die Stimme – sind auch nachts aufgetreten«, ergänzte Pat.

»Fein«, versetzte Ruth düster. »Aber was nützt mir ein Haus, in dem ich nicht schlafen kann?«

»Das ist aber noch nicht alles an neuen Informationen. Hier!«

Triumphierend hielt Bruce das rote Buch hoch, das er die ganze Zeit auf dem Schoß gehalten hatte.

»Das habe ich beinahe vergessen«, meinte Ruth. »Denkst du, es hat etwas zu bedeuten?«

»Ich glaube nicht, daß es nur zufällig herunterfiel. Oder hast du die Angewohnheit, schwere Bücher so ins Regal zu stellen, daß sie gerade noch auf dem Rand balancieren?«

»Ich kann mich nicht erinnern, dieses hier überhaupt jemals angefaßt zu haben«, gab Ruth zu. »Was ist es? Myers *Die Geschichte Marylands*? Nein, das ist ein Buch von Kusine Hattie. Es stand schon ewig da.«

»Und es wurde nicht nur hinunterbefördert, sondern war auch aufgeschlagen«, fuhr Bruce fort. »Das könnte ein Zufall sein; aber ich würde sagen, daß etwas – was es auch sei –, das ein Buch vom Regal stoßen kann, auch in der Lage ist, die Seiten umzublättern.«

»Also schau'n wir doch mal nach«, meinte Pat neugierig. »Was sagt uns das gute Stück?«

»Das Kapitel befaßt sich mit einem Vorfall während der Revolution, der als Verschwörung der Loyalisten bekannt ist.« Er überflog die Seite und murmelte: »Befreit die Gefangenen des Krieges ... hm. Okay. Es passierte im Jahre 1780. Im Gegensatz zu dem, was in allen Schulbüchern steht, waren nicht alle in den Kolonien wild darauf, unabhängig von England zu werden. Einige fanatische Torys in Maryland beschlossen, einen Schlag für den König zu führen. Sie planten, die englischen Gefangenen in Frederick zu befreien und das Waffenlager nach Georgetown zu bringen. Die Patrioten bekamen Wind von dem Plan, nahmen die Rädelsführer gefangen und hängten sie.«

In dem folgenden Schweigen machten sich alle ihre Gedanken.

»Ich verstehe nicht, was das mit dem Ganzen zu tun haben könnte«, meinte Ruth schließlich.

»Aber es ist doch genau das, wonach wir gesucht haben«, entgegnete Bruce. Er schloß das Buch und legte es mit zärtlichem Blick auf den Tisch. »Wir brauchen einen General und eine Gewalttat. Hier haben wir eine Kriegssituation, gespaltene Loyalität und eine besondere Erwähnung Georgetowns. Jemand – etwas – war so freundlich, unsere Aufmerksamkeit auf eine bestimmte Periode, sogar auf ein bestimmtes Jahr zu lenken.«

»Aber, Bruce«, protestierte Ruth, »um diese Zeit gab es hier noch nicht einmal ein Haus.«

Bruces Gesicht wurde ausdruckslos, mit runden Augen und offenstehendem Mund starrte er vor sich hin. Er sah so leblos aus, daß Ruth ihn erschrocken am Arm faßte.

»Huh? Oh, alles in Ordnung. Mir fiel nur gerade ein... So was Dummes! Ich hatte das Papier gerade gefunden, als ich dieses Geräusch von unten hörte... Entschuldigung, ich erklär's euch. Als ich in der Schachtel mit den Familienpapieren wühlte, fand ich die Kopie einer Urkunde. Es ging um den Verkauf von Land. Ninian Beall, der ursprüngliche Eigentümer dieser ganzen Gegend – er nannte sie ›Rock of Dumbarton‹ –, hatte es einem Douglass Campbell verkauft. Die Urkunde war irgendwann zwischen 1760 und 1770 ausgestellt worden, ich kann mich nicht genau an das Jahr erinnern.«

Ruth goß sich mit solchem Schwung Kaffee ein, daß er überschwappte. Sie hatte das Gefühl, daß ihr Gehirn etwas Anregung gebrauchen konnte.

»Campbell«, murmelte sie. »Also einer der Vorfahren. Dieses Haus hier ist erst 1810 gebaut worden. Aber es könnte ja vorher schon mal eins gegeben haben.«

»Wenn es vorher schon eins gab, was ist dann mit ihm passiert?« fragte Pat. Er griff nach der Kaffeekanne, und Ruth schob sie ihm hin.

»Vielleicht abgerissen«, schlug sie vor. »Vielleicht wurde die Familie größer und brauchte mehr Platz. Aber Bruce, ich dachte immer, Geister verschwinden mit dem Gebäude, in dem sie gespukt haben, wenn es zerstört wird.«

»Darin sind sich die Experten nicht einig«, antwortete Bruce absichtlich blasiert. Dann grinste er. »Wißt ihr, wenn ich mir selbst zuhöre, kann ich's gar nicht glauben, daß ich all das wirklich sage. Also, in einigen Geschichten, die ich gelesen habe, ist der Spuk mit bestimmten Gebäuden verbunden; in anderen ist der ganze Boden durchdrungen von... von was auch immer.«

»Von was auch immer«, wiederholte Sara. »Ihr sitzt alle herum und redet und redet, aber ich muß dauernd an die Nacht denken und dieses... dieses schreckliche Ding...«

Bruce fing Ruths besorgten Blick auf und nickte.

»Du hast recht. Wir sollten lieber darüber reden. Als wir es das erste Mal versuchten, waren wir alle noch viel zu durcheinander.«

»Es war so fürchterlich kalt«, sagte Ruth und schauderte allein beim Gedanken daran. »War dieses Ding womöglich immer unsichtbar da, wenn wir diese Kälte gespürt haben?«

»Was für ein angenehmer Gedanke«, murmelte Bruce. »Ich habe keine Ahnung. Pat?«

»Ich auch nicht«, antwortete Pat kurz angebunden.

Bruce warf ihm einen durchdringenden Blick zu. Dann griff er nach der Kaffeekanne, um sich nachzugießen. Ein paar Tropfen pechschwarzer Flüssigkeit fielen in seine Tasse.

»Jemand hat vergessen, neuen zu machen«, sagte er mit mildem Vorwurf und stand auf, um es nachzuholen. Während das Wasser in die Kanne lief, sah er über die Schulter Pat an: »Immer noch Zweifel, Pat, nach dieser Nacht?«

»Ich versuche nur, offen zu bleiben«, antwortete Pat stur. »Ruth, sei mir nicht böse, aber ich habe so etwas einfach schon zu oft erlebt.«

»Aber wir haben es alle gesehen!«

»Was haben wir gesehen? Ich hätte mich nachher selbst treten können«, fügte er bitter hinzu. »Aber ich war noch viel zu geschockt, um vernünftig denken zu können. Ihr wißt selbst, wie es ablief. Wir saßen da, zitternd und bibbernd und sprachen darüber. Und man weiß doch, wie sehr sich Zeugen gegenseitig beeinflussen können. Wir hätten jeder für sich unsere Eindrücke aufschreiben sollen, ohne vorher miteinander zu reden, und sie dann vergleichen.«

»Er hat recht«, sagte Bruce, als Ruth entrüstet schnaubte. Er hatte inzwischen die Kaffeemaschine in Gang gesetzt. »Ich hätte selbst daran denken sollen. Aber in dem Fall finde ich das nicht ausschlaggebend. Wenn das heute nacht eine harmlose kleine Halluzination war, dann bewahre mich Gott vor dem, was vielleicht wirklich dahinter steckt!«

»Sogar was dieses ›Ding‹ angeht, haben wir nicht das gleiche gesehen«, fuhr Pat hartnäckig fort. »Ruth sah Rauch, dunklen, rußigen Rauch. Bruce schwatzte etwas von der Säule der Finsternis – keine sehr zutreffende Analogie, wenn ich mich recht an die Bibel erinnere, – während für Sara dieses Ding sogar eine Form hatte. Es war mannshoch und ungefähr menschenförmig.«

»Es hatte Arme«, gab Sara hinter einem Vorhang aus Haaren ihren Eindruck wieder. »Stümpfe, die versuchten, sich in Arme zu verwandeln.«

»Vielen Dank«, erwiderte Pat. »Das ist der Stoff für meinen nächsten Traum. Bruce, du verstehst, was ich meine, oder?«

»Natürlich«, antwortete Bruce zustimmend. »Wir müssen so kritisch und logisch mit den Beweismitteln umgehen, wie wir können. Teufel noch mal, das habe ich selbst gesagt. Aber ich finde, jetzt lehnst du dich aus lauter Angst vor unwissenschaftlichem Vorgehen so weit zurück, daß du gleich auf den Arsch fallen wirst. Entschuldige, Ruth!«

»Sei nicht so verdammt höflich«, entgegnete Ruth gereizt. »Du gibst mir das Gefühl, eine kleine grauhaarige alte Frau zu sein. Die bin ich zwar, aber trotzdem... Pat, mir ist es egal, was Bruce denkt, ich habe dein Verhalten einfach satt. Bist du auf unserer Seite oder nicht?«

»Oh, natürlich bin ich auf eurer Seite«, antwortete Pat zur Überraschung der anderen sofort und amüsierte sich dann über ihre verblüfften Gesichter. »Zumindest bin ich bereit, die Frist, die du vorgeschlagen hast, zu verlängern, Bruce. Und dann beweise ich euch noch meine Loyalität, indem ich euch auf etwas aufmerksam mache, daß ihr anscheinend übersehen habt. Ruth, hast du die Kellertür offengelassen, bevor wir schlafen gegangen sind?«

»Nein, natürlich nicht. Ich war ewig nicht im Keller. Pat! Glaubst du etwa...«

»Ich glaube, daß wir es mit einem sehr fleißigen Geist zu

tun haben. Kann es sein, daß die Tür vom Wind aufgedrückt worden ist?«

»Nein, auf keinen Fall. Sie schließt sehr fest.«

Bruce streckte seinen Daumen in die Höhe.

»Ein Punkt für dich, Pat. Ruth, ich möchte mir deinen Keller ansehen.«

Ohne auf eine Antwort zu warten, machte er sich auf den Weg. Die anderen holten ihn auf den oberen Stufen der Kellertreppe ein.

»Wo ist der Lichtschalter?«

»Unten am Ende der Treppe.«

»Wie sinnvoll.«

»Ich weiß.« Ruth bot ihm eine Schachtel Streichhölzer an, die sie aus der Küche mitgebracht hatte. »Das ist einer der Gründe, wieso ich den Keller hasse. Ich bin nicht unten gewesen, seit ich hier wohne.«

»Wirklich nicht?« meinte Sara ungläubig und hob den Saum ihres Morgenrocks hoch.

»Warte, bis das Licht an ist. Die Treppen sind steil. Nein, wirklich nicht. Die Heizung läuft zum Glück ohne Probleme. Und wenn Handwerker da sind und was von unten brauchen, ihr wißt schon, Zollstäbe oder so etwas«, sie machte eine vage Handbewegung, »dann gehen sie runter, und ich bleibe oben.«

Bruce hatte unten das Licht angeschaltet, und die anderen drei folgten ihm.

Eine nackte Glühbirne erleuchtete einen mit Zement ausgegossenen kleinen Raum, der mit der riesigen Heizung und zwei uralten eisernen Spülbecken fast ausgefüllt war. An der Vorderseite des Hauses befanden sich hoch oben in der Wand drei kleine vergitterte Fenster.

»Er ist viel kleiner, als ich gedacht habe«, sagte Pat. »Also ist nicht das ganze Haus unterkellert?«

»Nein, nur das Eßzimmer und ein Teil der Küche.«

»Ich kann nichts Interessantes entdecken.« Bruce zog an seinem Bart. »Keine vermoderten Sachen, keine messingbeschlagenen Truhen, die mit einem gestohlenen Piratenschatz gefüllt sind, keine Ahnenporträts...«

»Es ist viel zu feucht hier, um irgend etwas aufzubewahren«, entgegnete Ruth sachlich. »Deswegen hat Kusine Hattie all ihren Kram auf dem Dachboden gehabt.«

»Der Dachboden.« Wieder zog Bruce an seinem Bart. »Verdammt. Es gibt so vieles, was wir tun müssen.«

»Ich will wieder hoch«, sagte Sara mit Bestimmtheit.

»Was ist los?« fragte Ruth besorgt. »Fühlst du dich...«

»Meine Güte, Ruth! Kann ich gar nichts mehr sagen, ohne daß du gleich Fürchterliches dahinter vermutest? Ich find's hier einfach scheußlich.«

»Ich auch«, schloß sich Pat an. Sein Ton war so merkwürdig, daß Ruth ihren besorgten Blick auf ihn richtete. Er schüttelte sich wie ein Hund, der aus dem Wasser kommt, und lächelte sie an. »Ich hab' letzte Nacht nicht meine acht Stunden Schlaf gehabt«, sagte er entschuldigend.

»Du siehst plötzlich wirklich müde aus.« Ruth faßte ihn am Arm. »Leg dich doch eine Weile hin. Kommt, ich selbst kann diesen Ort hier auch nicht leiden, und es bringt uns nicht weiter, wenn wir hier rumstehen.«

Bruce wartete, bis sie alle oben waren, dann machte er das Licht aus. Als er aus der Dunkelheit auftauchte, malträtierte er noch immer seinen Bart, und Pat mußte ihn zweimal ansprechen, bevor er antwortete.

»Ich sagte, tut mir leid, daß der Keller sich als Niete rausgestellt hat. Vielleicht war die offene Tür ja doch nur ein Zufall.«

»Oh, ich weiß nicht«, meinte Bruce vage. »Pat, gehst du heute zur Universität?«

»Hatte ich eigentlich nicht vor. Wieso?«

»Ich würde gerne duschen und mich umziehen, ich fühl' mich auch etwas übernächtigt.« Bruce gähnte ausgiebig. »Und ich möchte mit Ted reden. Sein Spezialgebiet ist das koloniale Amerika.«

»Georgetown?«

»Nein. Nein, er wird nichts wissen, was uns weiterhilft.« Wieder gähnte Bruce lange und kräftig. »Brrr. Aber er wird wissen, welche Quellen für mich wichtig sein könnten und wo sie zu finden sind. Archive, die Kongreßbibliothek, die örtliche Geschichtsvereinigung oder so etwas. Und dann werde ich dorthin gehen, wo immer es auch ist.«

»Nimm das Auto. Ich brauche es nicht. Und, Bruce...«

»Hmmmm?«

»Schluck nicht zu viele von diesen verdammten Aufputschpillen oder welche Pillen auch immer Ted heutzutage zusammen mit Ratschlägen zur Kolonialgeschichte anbietet.«

»Ted verkauft keine...«

»Von wegen. Oh, im allgemeinen ist er harmlos. Deshalb habe ich ihn in Ruhe gelassen. Und ich weiß, daß du normalerweise so was auch nicht nimmst. Aber fang nicht gerade jetzt damit an. Es gibt keinen Grund dafür. Wir haben Zeit.«

»Ich hoffe, du hast recht«, entgegnete Bruce nur.

»Sara und ich fangen also auf dem Dachboden an«, sagte Ruth, etwas verwundert über den Wortwechsel der beiden. »Und mit den Schränken. Wonach sollen wir suchen, ich meine, ganz konkret?«

»Nach Urkunden, Briefen, alten Zeitungen. Und mir ist noch etwas eingefallen. Ich habe von dem unfreundlichen Geist am meisten abbekommen, und ich glaube, das war kein Zufall. Wenn ich das Buch fallen gelassen hätte, dann wäre die Seite zugeschlagen gewesen und der Hinweis – wenn es denn einer war – uns verlorengegangen. Also sollten wir vielleicht ganz besonders nach etwas suchen, bei dem der Name des Herrn Douglass Campbell erwähnt wird.«

Bruce lief nach oben, um seinen Pullover zu holen, während Ruth in die Küche ging, um aufzuräumen. Pat folgte ihr in der Hoffnung auf eine weitere Tasse Kaffee. Nachdem Ruth die Maschine angestellt hatte, begann sie, die eiverschmierten Teller einzusammeln. Gerade dachte sie, daß es kaum etwas Ekligeres gab als die kalten Reste von Rührei, als ihr auffiel, daß Sara nicht in der Küche war. Noch immer besorgt um das Mädchen, ging sie zurück.

Sie standen im Flur, und wahrscheinlich hätten sie Ruth auch dann nicht gehört, wenn sie Stiefel anstatt weicher Slipper angehabt hätte. Obwohl Sara ziemlich groß war, mußte sie ihren Kopf zurückbeugen, um Bruce ins Gesicht zu sehen. Ihre Hände lagen auf seiner Brust, seine hielten ihre Schultern umfaßt. Ihre aufgerichtete, leicht rückwärts gebogene Figur in dem schimmernden grünen Samt sah so vielversprechend wie schön aus.

»Ich ertrage es kaum, dich alleinzulassen«, sagte Bruce leise.

»Ich bin nicht allein. Ruth und Pat...«

»Du weißt, was ich meine.«

»Ich weiß.«

»Dann sag es.«

»Ich bin allein inmitten einer Menschenmenge, wenn du nicht bei mir bist«, sagte sie.

Er küßte sie, und ihr Kopf bog sich noch weiter zurück. In einer schimmernden Kaskade fiel ihr Haar über seinen Arm, der ihren Körper dicht an den seinen zog.

Ruth hatte sich nicht absichtlich bewegt; aber sie mußte ein Geräusch gemacht haben, denn die beiden trennten sich genauso plötzlich, wie sie sich aneinandergeschmiegt hatten. Bruce sah Ruth an und wollte etwas sagen. Dann zuckte er nur leicht mit den Achseln, schob Sara sanft ein Stück von sich weg und ging.

Mit verschränkten Händen blieb Sara regungslos stehen, den Blick in die Richtung gewandt, in der Bruce verschwunden war. Sie strahlte eine fast überirdische Schönheit aus. Ruths Stimme war scharf, als sie sagte: »Geh hoch und zieh dich an.«

Der träumerische Blick verschwand aus Saras Augen, langsam wandte sie sich Ruth zu und sah sie ungläubig an. Aber der Gesichtsausdruck ihrer Tante machte deutlich, daß sie sich nicht verhört hatte. Ohne ein Wort zu sagen, drehte sie sich um und stürmte die Treppe hoch.

»Was ist denn passiert?« fragte Pat, der hinter Ruth stand.

»Nichts«, antwortete sie kurz. Als sie an ihm vorbeigehen wollte, hielt Pat sie am Ellbogen fest.

»Nichts? Warum regst du dich auf über zwei junge Leute, die sich küssen?«

»Ich habe nichts gesagt.«

»Es geht nicht darum, was du gesagt hast, sondern wie du es gesagt hast.«

»Sie sind zu jung, um an so etwas zu denken.«

»An was ›so etwas‹? Wenn sie an das denken, was ich vermute, dann verdienen sie doch eher Aufmunterung, oder?«

»Oh, Pat! Jetzt ist nicht der richtige Moment, um... um...«

Er wartete und gab ihr viel Zeit, um die richtigen Worte zu finden. Schließlich sagte er ruhig: »Man könnte meinen, es ist mehr dein Problem als ihres. Was...«

Sara kam die Treppe heruntergeklappert. Sie trug Stretchhosen und ein T-Shirt und, wie Ruth vermutete, wenig mehr. Ihr Empfinden, daß die Hosen zu eng waren, wurde durch Pats beifälligen Blick bestätigt. Das kräftige Himbeerrot ihrer Hosen und das rosagelb gestreifte T-Shirt betonten Saras lebhaften Teint und die dunkle Farbe der Haare und Augen, aber ihr Ausdruck war so kühl wie die Farben warm waren. Sie fegte an Ruth vorbei, ohne sie anzusehen.

»Ich wasche ab«, sagte sie und verschwand in der Küche.

»Sie ist mir böse«, meinte Ruth kläglich.

»Das kann man ihr nicht verübeln. Deine Stimme war wie Eiswasser, und das in einem wahrhaft transzendentalen Moment, und...«

»Ich gehe mich umziehen«, unterbrach ihn Ruth. »Dann mache ich mich an das Durchsehen der Schränke.«

Als sie die Treppe hochging, wußte sie genau, daß er ihr nachdenklich hinterhersah. Und sie wußte auch, daß die Auseinandersetzung, die sie eben vermieden hatte, nur aufgeschoben war.

14

Um fünf Uhr war Bruce noch nicht wieder da. Sara bewegte sich nervös zwischen dem Küchenfenster und dem von ihr vorbereiteten Tablett mit Cocktails hin und her.

»Komm mit rüber und setz dich«, sagte Ruth und nahm

das Tablett. »Bestimmt taucht er jeden Moment auf.« Offensichtlich hatte sie die Episode vom Morgen noch nicht vergessen. »Ich fang' schon an, das Essen vorzubereiten.«

Ruth ging ins Wohnzimmer, wo Pat dabei war, ein Feuer zu machen. Er sah auf, als sie auf umständlichem Weg auf ihn zukam. Sie alle hatten sich angewöhnt, einen großen Bogen um den Teil des Wohnzimmers zu machen, der zur Straße lag.

»Vielleicht sollten wir uns lieber in die Küche setzen«, schlug Ruth vor.

Pat nahm ihr das Tablett aus der Hand und stellte es mit Bestimmtheit auf den Kaffeetisch.

»Ich glaube nicht, daß vor zwölf Uhr irgend etwas passieren wird, wenn man von den bisherigen Ereignissen ausgehen kann. Nimm Platz. Ich setze mich hier auf diese Seite, damit ich für alle Fälle diesen verflixten Teil des Zimmers im Auge habe.«

»Aber mir ist es lieber, ich sehe ihn auch.« Ruth setzte sich neben Pat auf die Couch, von der aus man die vordere Seite des Zimmers sah. »Pat, ich finde, wir sollten nicht hierbleiben. Wenigstens nicht heute nacht.«

»Mir ist das recht. Aber ich bezweifle, daß Bruce damit einverstanden sein wird. Er möchte bestimmt hier sitzen und beobachten, was passiert.«

»Und Sara wird wahrscheinlich nicht ohne ihn mitkommen. Zum Teufel mit ihm! Wo bleibt er bloß?«

»Ts, ts, was für eine Sprache«, entgegnete Pat grinsend. »Was hast du gegen den Jungen?«

»Nichts, wirklich. Es ist nur...«

»Der Bart und die Kleidung und sein blasiertes Gehabe? Das kann ich gut verstehen, das regt mich auch auf. Aber solche Dinge sind heutzutage nur eine künstliche Fassade. Darunter gleichen die kleinen Teufel dem Rest der Menschheit viel mehr, als sie zugeben möchten. Und glaub mir, Bruce ist ein sehr verläßliches Exemplar der Spezies Mann. Sara hätte eine viel schlechtere Wahl treffen können.«

»Ach, so ernst ist es bei den beiden nicht.«

»Ich kenne Saras Gefühle nicht, aber was seine angeht, gibt

es wohl keinen Zweifel. Er kämpft um sie, Ruth, und zwar mit allen Kräften.«

»Ja, ich weiß. Und ich bin ja auch dankbar dafür. Aber, Pat, auf eine Art genießt er es auch. Für ihn ist es ein Spiel – dich und mich auszutricksen und das ganze rationale Universum gleich dazu!«

»Ich denke trotzdem, du erkennst seine positiven Seiten zu wenig an. Wir reden gleich mit ihm und versuchen ihn dazu zu bringen, heute nacht das Haus zu verlassen. Du und Sara, ihr könnt bei mir bleiben, ich habe genug Platz.«

»Das ist sehr nett von dir, aber...«

Er sah sie amüsiert an. »Keine Angst, du bist vollkommen sicher bei mir. Falls ich das im Kopf hätte, was du denkst, dann würde ich ja wohl Sara kaum mitnehmen wollen, oder?«

Ruth lehnte sich zurück und sah versonnen in die tanzenden Flammen, während sein Arm hinter ihr die Rükkenlehne der Couch entlangglitt. Nicht mehr jung zu sein hatte ganz sicher seine Nachteile, und einer davon war, daß das Blut in einer Situation wie der jetzigen nicht mehr wie wild durch die Adern pulsierte. Aber wenn das eine Extrem sich abgeflacht hatte, so hatte das andere es ebenfalls. Die gleichzeitige Angst war auch verschwunden, die Befürchtungen, die Sorge. Nur eine leichte Beunruhigung war noch da.

»Hab keine Angst«, sagte Pat zärtlich. Seine Finger berührten ihr Kinn. Sie drehte ihm den Kopf zu und lächelte.

»Ich habe keine Angst, Pat. Ich bin nur müde.«

»Das klingt wie eine Herausforderung.«

Er lächelte nicht mehr. Sein Blick wanderte von ihren Augen zu ihrem Mund, und Ruth war sich der Gefühle bewußt, die jede Frau unter diesen Umständen empfindet, der Mischung aus Triumph, Erregung und Wachsamkeit.

»Männer sind so schrecklich eingebildet«, murmelte sie. »Sie...«

Der Rest des Satzes wurde von seinen Lippen erstickt. Ihre Umarmung war vorsichtig, zurückhaltend von ihrer Seite und erforschend von seiner. Als er seinen Kopf wieder hob, hielten sie noch immer ihre Gläser in den Händen, und keiner hatte auch nur einen Tropfen vergossen.

Ruths Lächeln vertiefte sich. Er konnte seine Gesichtszüge kontrollieren, nicht jedoch seinen Atem. Die Gläser in der Hand zu behalten war bloße Schauspielerei, die Gelassenheit und Souveränität vortäuschen sollte. Pats Augen verengten sich. Vorsichtig stellte er erst sein und dann ihr Glas auf den Tisch. Ohne ein weiteres Wort nahm er sie in die Arme. Sein Blick war konzentriert, und sie stellte sich vor, daß er wahrscheinlich den gleichen Ausdruck hatte, wenn er eine Vorlesung begann.

Anfangs war ihr nach Lachen zumute, so voller bewußter Absicht waren seine Bewegungen. Sie fühlte sich angenehm entspannt, wie eine Katze, die gestreichelt wird. Dann merkte sie, wie sich ihr Kopf unwillentlich bewegte und ihr Mund den seinen suchte. Er hatte sich um keinen Kuß bemüht, seine Lippen liebkosten gerade ihren Hals. Als er die Bewegung ihres Kopfes wahrnahm, lachte er amüsiert. Verärgert wollte sie zurückweichen, aber er hielt sie fest.

Ein Gefühl der Befriedigung und Erleichterung durchflutete sie bei ihrem zweiten Kuß. So war es also, wenn ein Schiffbrüchiger auf einer verlassenen Insel nach Monaten des Hungers seine erste Mahlzeit bekommt. Nur daß es bei ihr nicht Monate gewesen waren, sondern Jahre. Nach und nach schlich sich jedoch noch ein anderes Gefühl ein. Es dauerte eine Weile, bis ihr bewußt wurde, daß Schrecken ihre Freude verdrängte und ihr Körper sich abwehrend versteifte. Sie wollte sich Pat entziehen, aber es ging nicht. Das Gewicht seines massigen Körpers zwang sie zurück auf die Couch, und der Druck seiner Hände war so schmerzhaft, daß sie am liebsten geschrien hätte. Doch sein Mund knebelte sie, unterdrückte jeden Laut und hinderte sie am Atmen. Es war ein Alptraum, vor allem, weil ihr dies schon früher passiert war und sie von ihm niemals eine so skrupellose Mißachtung ihrer Gefühle erwartet hätte.

Dann flammten plötzlich die Deckenlampen auf, so blendend hell, daß das Licht sogar durch ihre zugekniffenen Lider drang. Und irgendwo in der Entfernung hörte man eine laute Stimme.

Pat lag noch immer schwer auf ihr, fast so, als sei er zusammengebrochen, aber seinen Hände und sein Körper waren jetzt passiv und taten ihr nicht mehr weh. Nach einem kurzen Moment setzte er sich auf. Ruth blinzelte. Durch Tränen des Schreckens und Schmerzes hindurch sah sie Bruce in der Tür stehen, die Hand auf dem Lichtschalter. Er hatte noch seinen Mantel an. Fast hätte Ruth beim Anblick seines Gesichtsausdrucks hysterisch losgelacht.

Er ist schockiert, dachte sie. Armer Junge, letztlich sind sie doch so konventionell. Dann fiel ihr ein, in was für einer Haltung sie auf dem Sofa lag, und sie setzte sich auf und zog ihren Rock zurecht.

Bruce sah Pat mit einem prüfenden Blick an und verschwand ohne einen Kommentar oder eine Entschuldigung. Ruth bewunderte seinen Takt und war dankbar dafür. Sie wagte nicht, Pat anzusehen. Er saß vornübergebeugt und verbarg den Kopf in den Händen. Durch die Finger hindurch mußte er jedoch etwas gesehen haben, denn sobald Bruce das Zimmer verlassen hatte, wandte er sich Ruth zu.

»Hat es überhaupt Sinn, wenn ich dich bitte, mir zu verzeihen?«

»Aber Pat, du brauchst dich nicht...« Ihre Stimme war belegt und krächzend. Sie räusperte sich. »Du brauchst dich nicht zu entschuldigen.«

»Ich habe dir weh getan, und das ist unentschuldbar. Lieber Himmel, ich weiß wirklich nicht, was über mich gekommen ist!« Mit geballten Fäusten rieb er sich die Stirn, und Ruth klopfte ihm beruhigend auf die Schulter.

»Ist schon gut. Das ist mir früher schon passiert, ich...«

Weder hatte sie den letzten Satz mit bewußter Absicht gesagt, noch die Wirkung vorhergesehen, die er auf sie selbst haben würde. Die Worte blieben ihr buchstäblich im Hals stecken, wie betäubt starrte sie auf ihr Weinglas.

»Ich wußte es«, sagte Pat bedächtig. »Ich wußte, daß etwas nicht in Ordnung ist. Gerade das macht mein Benehmen so besonders dumm.«

»Wieso... wieso hast du das gewußt?«

»Das kann ich nicht erklären, ich hab' es einfach gefühlt. Das erste Mal, als ich dich geküßt habe, diese Mischung aus Verlangen und Angst bei dir, das habe ich gemerkt. Ich war so vorsichtig bis jetzt, und nun bin ich so unverzeihlich brutal und versuche, dich zu zwingen. Ruth, ich entschuldige mich nicht für mein Verlangen, ich freue mich sogar darüber, aber ich kann mir selbst meine unglaubliche Unbeherrschtheit nicht verzeihen.«

»Ist schon gut.«

»Nein, das ist es nicht. Aber jetzt ist die Situation schon so verfahren, daß ich genausogut weiter indiskret sein kann. Es ist wegen deines Ehemannes, nicht wahr? Ich weiß darüber Bescheid; er wurde im Zweiten Weltkrieg getötet, als ihr erst ein paar Monate verheiratet gewesen wart.«

»Harry...« Sie behielt das Wort einen Moment lang auf der Zunge und fragte sich, wieso es nach zwanzig Jahren noch immer so bitter schmeckte.

»Es war eine Tragödie, Liebling, ich weiß. Eine schreckliche Sache. Aber es ist zwanzig Jahre her. Du kannst nicht aus irgendeinem verqueren Romantizismus heraus für den Rest deines Lebens deine Gefühle unterdrücken. Niemand würde das jemals von dir verlangen, so eine verdrehte Loyalität...«

»Loyalität?« Sie wandte sich zu ihm um und sah ihn mit großen Augen an. Das Glas, das sie in der Hand hielt, begann zu zittern, und ihr ganzer Körper wurde von einem stummen, schmerzlichen Lachen geschüttelt. »An dem Tag, als ich das Telegramm vom Kriegsministerium bekam, fiel ich auf die Knie nieder und dankte Gott.«

»War es denn so schlimm?« fragte er nach einer Weile des Schweigens, in der ihm die Wahrheit dämmerte.

»Es war... es gibt keine Worte, um es zu beschreiben. Ich war erst zwanzig – Saras Alter –, und ich war so naiv, daß du es nicht glauben würdest. Keines der heutigen modernen aufgeschlossenen jungen Mädchen würde mir glauben, wie dumm ich damals war. Zuerst dachte ich, es wäre meine

Schuld. Er sagte, daß ich spießig sei und redete von Mittelklassemoral. Und ich glaubte ihm. Gleichzeitig litt ich unter den schlimmsten Schuldgefühlen, so schreckliche Sachen machte ich. Pat, es gab nichts, was er ausließ!« Sie lachte bitter und die Tränen liefen ihr die Wange hinunter. »Später habe ich dann die entsprechenden Bücher gelesen, du weißt schon, was für welche, es gab kaum eine Seite, die ich nicht aus erster Hand kannte.«

»Warum hast du dich nicht scheiden lassen?« fragte Pat.

»Ich hab' dir ja gesagt, anfangs dachte ich, es wäre meine Schuld. Und dann redete alles von der großen Invasion, und wir wußten, daß er dabeisein würde. Da konnte ich doch nicht...«

»Ja, ich verstehe.« Pats Faust trommelte einen Marsch auf seinem Knie. »Das muß frustrierend sein«, sagte er, »einen Mann am liebsten umbringen zu wollen, der schon tot ist.«

»Heute weiß ich, daß er krank war«, sagte Ruth und wühlte in ihrer Tasche nach einem Taschentuch. »Und er tut mir sogar leid – irgendwie. Damals habe ich selbst gar nicht gemerkt, was es bei mir anrichtete, ich habe nie darüber nachgedacht.«

»Kein Wunder. Trotzdem wäre es besser gewesen, wenn du irgendwann einen großen Nervenzusammenbruch gehabt und alles aus dir herausgeschrien hättest. Hast du nie versucht, dir von einem Psychiater helfen zu lassen? Nein, natürlich nicht. Entschuldige mich bitte einen Moment, damit ich vors Haus gehen und mich für meine dumme Fragen erschießen kann.«

»Aber... ach, red keinen Blödsinn. Wieso solltest du das wissen?«

»Ich hätte es wissen müssen. Was zum Teufel suchst du eigentlich? Oh, ein Taschentuch. Nimm meins. Und schnaub dir die Nase, aber tüchtig. Dann trink noch ein Glas. Ruth, ich hätte es wissen müssen, weil ich dich liebe. Und wenn man liebt, sollte man auch verstehen, nicht wahr?«

»Ich glaube, das ist leider nur eine traurige Illusion der Jugend.« Ruth schnaubte sich laut und kräftig die Nase. »In

Wirklichkeit scheint es eher so zu sein, daß die Liebe einem die Sicht vernebelt.«

»Vielleicht hast du recht«, antwortete Pat unsicher. »Ist das eine Art, auf mein Geständnis zu antworten?«

»Oh, tut mir leid! Ich wollte nur...«

»Ich erwarte ja unter diesen Umständen gar keine Begeisterung. Aber bitte, Ruth, denk darüber nach.« Er ballte die Fäuste mit solcher Kraft, daß die Knöchel weiß hervortraten, und sie wußte, daß er sich zwingen mußte, sie nicht zu berühren. »Ich hoffe, es geht dir jetzt ein bißchen besser, das war doch schon wie eine kleine Katharsis. Aber es reicht nur für den Moment. Ruth, du bist noch nicht darüber hinweg. Laß mich versuchen, dir zu helfen, bitte. Ich verspreche dir, daß ich sehr vorsichtig sein werde. So etwas wie eben wird nie wieder passieren. Wirklich, es ist mir selbst ein Rätsel, was da über mich gekommen ist.«

Die Schweinekoteletts brutzelten in der Pfanne. Sara briet sie, wie Ruth es ihr beigebracht hatte, in fettem Speck mit viel Knoblauchsalz und Pfeffer. Sie sah auf, als ihre Tante die Küche betrat. Ruth war oben gewesen, um die Spuren der letzten halben Stunde zu beseitigen, doch waren ihre Augen noch immer gerötet. Niemals war sie Sara dankbarer gewesen als jetzt, als das Mädchen sie mit einem offenen Lächeln begrüßte, in dem kein bißchen Groll mehr war. Bruce hingegen, der mit viel Energie Kartoffeln stampfte, mied ihren Blick.

»Könntest du vielleicht die Soße machen, Ruth?« fragte Sara sachlich. »Ich kann es immer noch nicht ohne Klumpen.«

»Natürlich, gern. Das ist nett von euch, daß ihr schon das Essen gemacht habt. Aber, Bruce, ich dachte... ich meine, es ist schon dunkel...«

»Ja«, antwortete Bruce, »wir gehen sofort, wenn wir gegessen haben.«

Er begann, den Kartoffelbrei auf die Teller zu löffeln.

»Bruce, um Himmels willen!« rief Sara. »Tu den Kartoffelbrei in eine Schüssel!«

»Warum denn noch mehr Geschirr schmutzig machen?«

»Genau.« Pat nahm Ruth die Bratpfanne aus der Hand und verteilte mit einer Gabel die Koteletts auf die Teller. »Laßt uns essen und losgehen. Ihr Mädchen bleibt heute nacht bei mir.«

Er gab Ruth die Bratpfanne zurück. »Jetzt kannst du die Soße machen.«

»Männer«, meinte Sara lakonisch.

»Unmöglich«, bestätigte Ruth, und sie nickten sich verständnisvoll zu.

Sie aßen hastig und schweigend. Ruth war vertieft in ihre ganz persönlichen Gedanken. Ihr fiel zwar auf, daß Bruce besorgt und ungewöhnlich ruhig war, aber in ihrer momentanen Verfassung schenkte sie dem weniger Aufmerksamkeit, als sie es sonst wohl getan hätte. Bruce war vor den anderen fertig. Schwungvoll stellte er seinen Teller in das Abwaschbecken und begann mit solcher Geschwindigkeit den Tisch abzuräumen, daß Pat rettend seinen Teller an sich reißen mußte, auf dem ein drittes Kotelett lag.

»Einen Moment, ja? Warum denn so eilig?«

»Ruth hat recht. Wir sollten besser hier verschwinden. Ich bin zu spät zurückgekommen und wollte eigentlich auch vorschlagen, daß wir gleich gehen, aber das Essen war fast fertig. Beeilt euch, okay? Wir waschen morgen ab. Ich helfe dann.«

Die Art zu reden war so untypisch für Bruce, daß Ruth ihn nur anstarrte.

»Du mußt etwas Neues herausgefunden haben«, sagte Pat mit neugierigem Blick.

»Ja, so ähnlich. Ich meine, es ist nicht... Ach, laßt uns erst einmal gehen. Ich erzähle es euch, wenn wir bei dir sind.«

Sara erhob sich gehorsam. Sofort stand Bruce neben ihr und faßte nach ihrem Arm.

»Nicht du, nicht dort entlang!«

»Was um alles in der Welt...«

»Ruth, könntest du ihre Sachen einpacken und ihren Mantel mitbringen? Dann gehen wir zur Küchentür hinaus.«

»Warum... Na gut.«

Während Ruth Saras Morgenrock, Nachthemd und Zahnpaste und ihre eigenen Sachen packte, fragte sie sich, was Bruce wohl entdeckt haben mochte, das so beängstigend war. Denn er hatte Angst, und nicht um sich selbst. Was konnte noch schlimmer sein als das, was sie schon erlebt hatten?

Auch während der Fahrt zu Pat war deutlich zu merken, daß Bruce nervös war. Erst schlug er vor, daß die beiden Frauen doch auch in ein Hotel gehen könnten, dann bot er an, selber auf Pats Wohnzimmerfußboden zu schlafen. Alles, was er sagte, hörte sich an, als wollte er nur verdecken, woran er in Wirklichkeit dachte.

Pat wohnte in der Nähe von Spring Valley in einem kleinen Haus, das – soweit man das in der Dunkelheit beurteilen konnte – von einem hübschen Garten umgeben war.

»Ich mag Gärten«, erklärte er. »Sonst hätte ich eine Wohnung gemietet. Das Haus ist ein bißchen zu groß für eine Person, aber ich habe eine Menge Bücher.«

Das war eine glatte Untertreibung. Ruths erstem Eindruck nach zu urteilen, war das Haus aus Büchern gebaut. Jede Stelle an den Wänden, die nicht durch Möbel, Türen oder Fenster belegt war, wurde von Bücherregalen eingenommen. Bücher lagen auf Tischen und auf Stühlen und stapelten sich auf Pats Schreibtisch in seinem Arbeitszimmer; sie lagen auch auf jeder ebenen Stelle im Badezimmer einschließlich des Fußbodens.

Ruths zweiter Eindruck war, daß dies das schmutzigste Haus war, das sie je gesehen hatte.

Pat betrachtete sein Wohnzimmer mit leisem Erstaunen. »Es ist etwas unordentlich hier, nicht wahr? Sieht aus, als wenn Mrs. Wie-heißt-sie-noch-gleich diese Woche nicht gekommen ist.«

Er beugte sich hinunter und blies etwas Staub vom Kaffeetisch.

»Wie-heißt-sie-noch-gleich ist die Putzfrau, nehme ich an«, sagte Ruth. Sie nahm einen Socken von einer Stuhllehne. »Wäre gar nicht so schlimm, du müßtest nur deine

Kleidung nicht herumliegen lassen, die Zeitung aufheben anstatt sie ausgebreitet auf dem Boden liegenzulassen, deine benutzten Kaffeetassen hinaustragen, ab und zu mal einen Aschenbecher leeren...«

Während sie redete, führte sie die entsprechenden Tätigkeiten durch und drückte Pat schließlich den überlaufenden Papierkorb in die Hand, in den sie den Inhalt der Aschenbecher gekippt hatte.

»Erstaunlich«, bemerkte Pat. Während er den Papierkorb an seine Brust gedrückt hielt, sah er sich um. »Sieht wirklich schon besser aus.«

»Wo ist der Staubsauger? Hast du einen Staubsauger?«

»Ich habe einen Staubsauger. Aber das ist nicht deine Aufgabe.« Pat stellte den Papierkorb mitten auf dem Fußboden ab. »Du kannst dich morgen hausfraulich betätigen, wenn du darauf bestehst, aber heute abend laßt uns reden. Möchtest du nicht hören, was Bruce zu erzählen hat?«

»Ja, doch, natürlich«, antwortete Ruth abwesend.

Sogar so unordentlich und schmuddelig, wie das Zimmer im Moment war, hatte es eine äußerst angenehme Atmosphäre. Es herrschte die besondere Art von Wohnlichkeit, die entsteht, wenn ein ursprünglich großzügig und geschmackvoll eingerichteter Raum von jemand bewohnt wird, der mehr Wert auf Wohlbehagen als auf Eleganz legt. Ruth hatte den Verdacht, daß Pats Mutter die Möbel gestiftet hatte. Der Bezugsstoff der Stühle und der Couch war mit einem zarten Muster aus blauem und lavendelfarbenem Rittersporn und Flieder bedruckt und sicher nicht von Pat ausgewählt worden. Aber er paßte in das Zimmer mit seiner niedrigen Balkendecke und dem Backsteinkamin. Der Teppich war von einem zarten Blau, das in der Blumentapete wieder auftauchte. Nur der Kaffeetisch und die Lampen sahen aus wie ein Beitrag von Pat. Sie waren aus schwerem Glas, und ihre einfache, moderne Formgebung harmonierte erstaunlich gut mit den eher konventiellen Möbeln.

Als Ruth ihre Zimmerinspektion fortsetzen wollte und um das Sofa herumging, blieb sie mit einem Aufschrei stehen. Auf dem Boden hinter der Couch lag etwas, das sich seit ihrem Eintreten nicht gerührt hatte und aussah wie ein toter Hund.

Pat eilte zu ihr, um zu sehen, was ihren Aufschrei bewirkt hatte. Dann atmete er erleichtert auf und betrachtete die ruhende Form – es war die eines sehr großen, braunen Schäferhundes – mit leichtem Widerwillen.

»Das ist Lady«, sagte er.

Lady öffnete ein Auge, sah Pat nicht allzu interessiert an, bellte einmal kurz und schloß das Auge wieder.

»Der faulste Hund, den ich je gesehen habe«, sagte Pat brummig.

Sara ließ sich auf den Boden nieder und begann, den Kopf des Hundes zu kraulen.

»Hübsches Mädchen«, säuselte sie. »Nette Dame. Armes Ding; wie alt ist sie, Pat?«

»Oh, zwei Jahre alt. Es liegt nicht an ihrem Alter, es ist ganz einfach ihre Veranlagung. Sie verbringt den halben Tag damit, vor ihrem Futternapf rumzuliegen, wo ich jedesmal über sie falle, wenn ich in die Küche gehen. Den Rest der Zeit liegt sie vor dem Kamin und wartet darauf, daß ich ein Feuer mache. Ich habe viele Feuer für diesen dummen Hund gemacht.«

Während er sprach, machte er auch gerade eins, zerknüllte Zeitungen und schob sie unter die Holzscheite, die im Kamin bereitlagen. Lady erhob sich und rollte sich vom Bauch auf die Seite. Sie warf Pat einen müde beifälligen Blick zu, und er unterbrach seine Tätigkeit kurz, um ihr den Bauch zu kraulen. »Dummer Hund«, murmelte er. Ladys Schnauze öffnete sich zu einem verächtlichen Grinsen.

»Ihr versteht euch«, sagte Ruth lachend.

»Könnte man sagen. Okay, du dummer Hund, da ist dein Feuer. Darf ich mich jetzt vielleicht meinen Gästen widmen? Kaffee? Cognac?«

»Beides, bitte«, antwortete Ruth und half Pat beim Vorbereiten der Getränke. Als sie schließlich saßen, seufzte sie zufrieden. Die Atmosphäre war so friedlich und ruhig, daß sie sich vollkommen zu Hause fühlte, so, als wohnten sie alle schon lange Zeit hier. Sara hockte auf dem Teppich vor dem

Kamin, ihre langen Beine in den schwarzen Stiefeln vor sich gekreuzt. Lady hatte sich herabgelassen, ihren großen Kopf in den Schoß des Mädchens zu legen. Offensichtlich hatte sie aufregende Traumerlebnisse, denn sie schniefte und seufzte im Schlaf. Bruce stand in einer selbstgefällig wirkenden Pose an den Kaminsims gelehnt, starrte ins Leere und stellte sein hübsches Profil zur Schau. Seine engsitzende schwarze Hose und die leuchtend bunte Weste erinnerten an das Wams und die Strumpfhose eines mittelalterlichen Knappen und paßten gut zu seiner hageren Gestalt mit den langen Beinen.

Pat lag lang hingestreckt in einem Sessel, der offensichtlich sein Lieblingssessel war; die rissigen Lederfalten hatten bereits die Form seines Körpers angenommen. Zufrieden und träge lächelte er Ruth an und prostete ihr zu.

»Ich störe nur ungern die Stimmung«, sagte Bruce giftig.

»Dann laß es doch«, entgegnete Pat.

»Die Zeit läuft. Tatsächlich ist sie sogar schon abgelaufen. Achtundvierzig Stunden, erinnerst du dich nicht?«

»Oh, das meinst du.« Pat zuckte mit den Achseln.

»Du nimmst das Ganze verdammt locker!«

»Entschuldige«, entgegnete Pat ruhig. »Aber ich habe doch schon gesagt, daß du dir um diese Frist keine Gedanken mehr zu machen brauchst.«

»Na gut, aber ich mache mir verdammt viele Gedanken um das, was wir jetzt tun sollen. Oder willst du vielleicht Ruth für immer mit diesem ekelhaften Nebelklumpen zusammenwohnen lassen?«

»Bleib bloß cool, Mann«, entgegnete Pat und sah idiotisch zufrieden mit sich selbst aus, weil er meinte, den Slang der Jugend getroffen zu haben. »Natürlich müssen wir etwas tun. Laß uns darüber reden, laß uns einen sokratischen Dialog führen.«

Wieder lächelte er Ruth mit trägem Charme an, zufrieden mit sich und der Welt. Es sah so aus, als sei seine Stimmung vom Alkohol beeinflußt, aber Ruth fühlte sich ähnlich, und sie wußte, daß nicht der Alkohol der Auslöser war, sondern die angenehm entspannte Situation. Man merkte gar nicht mehr, wie unnatürlich die Atmosphäre in dem Haus in Georgetown geworden war, bis man sie verlassen hatte.

Bruces Gesicht lief vor Ärger und Frustration rot an. Dann zog er an seinem Bart und nickte langsam.

»Okay. Meine Güte, du machst mich noch verrückt«, fügte er anklagend hinzu.

»Tut mir wirklich leid, Bruce, ist nicht meine Absicht. Ich denke, am besten fängst du mit dem Reden an.«

»Diese Einladung schlage ich nie aus.« Schon grinste Bruce wieder fröhlich. »Okay, wir alle sind uns also einig, daß Sara keine Psychose hat und daß die Erscheinungen, die wir gesehen haben, tatsächlich einem Bereich zuzurechnen sind, der als übernatürlich oder paranormal bezeichnet wird.«

»Richtig«, stimmte Pat zu.

»Dann laßt uns zusammenfassen, was wir bisher wissen. Solltet ihr einen Einwand haben oder etwas hinzufügen wollen, unterbrecht mich ruhig.«

»Okay«, sagte Pat folgsam. Falls in seinen Augen ein amüsiertes Glitzern war, konnte Ruth es zumindest nicht entdekken. Bruce warf ihm allerdings einen scharfen Blick zu, bevor er fortfuhr.

»Punkt eins: Jemand hat in drei verschiedenen Situationen von Saras Körper Besitz ergriffen. Der technische Begriff ist Besessenheit. Dieses Wesen, das wir zum Zweck der Identifizierung groß A nennen wollen, hat sich bisher verdammt vage und unbestimmt verhalten. Es wiederholte immer wieder, daß es nicht tot ist, und dann erwähnte es noch einen General.«

»Eine Ergänzung«, unterbrach Pat. »Der Akzent war nicht der Saras. Aber ich konnte ihn nicht identifizieren.«

»Okay, das ist ein guter Hinweis.« Bruce schien wieder vollkommen besänftigt. »Ich konnte ihn auch nicht erkennen, aber er war weicher und breiter als Saras.«

»Wir bräuchten einen Sprachexperten«, warf Ruth ein.

»Wir können keinen Außenseiter in diese Geschichte einweihen«, entgegnete Bruce. Dann schlug er sich vor den Kopf. »Verdammt noch mal! Das ist dumm von uns, wir sind nicht gut organisiert! Wir hätten einen Kassettenrekorder laufen lassen sollen. Dann könnten wir jemandem das Band vorspielen, ohne ihm die Umstände zu verraten.«

»Darüber nachzudenken, was wir hätten tun sollen, bringt nichts«, sagte Pat. »Weiter, Bruce. Erscheinung A ist nicht sehr hilfreich.«

»Erscheinung B leider auch nicht. Das ist diejenige, die ich als undefinierbares Dunkel bezeichnen würde. Und doch reagieren wir auf sie sehr viel stärker als auf die erste. Ich jedenfalls. Dieses erste Wesen, das Sara besetzt, ist mir zwar unangenehm, aber wohl hauptsächlich, weil es Sara verdrängt. Andererseits wird es vielleicht dadurch aufgewertet, daß es gerade in ihre Person schlüpft. Diese dunkle Erscheinung dagegen hat etwas Entsetzliches. Die Kälte, die sie ausstrahlt, ist eine klassische Manifestation des Übernatürlichen, fast das einzige übliche Geistermerkmal, auf das wir gestoßen sind. Die Kälte ist unnatürlich stark und raubt einem alle Kraft. Aber was das Schlimmste ist, diese Erscheinung gehört zum Reich des Bösen.«

Der Hund wählte diesen Moment, um herzerweichend zu stöhnen, und Ruth schauderte.

»Offenbar sind wir damit alle einverstanden«, sagte Pat. »Wir alle haben den Eindruck, daß dieses Ding böse ist. Das ist interessant. Woher wissen wir das? Dieser Begriff ist eigentlich aus der Mode gekommen, jedenfalls in dieser Bedeutung. Gibt es so etwas wirklich, das geistige Böse, und gibt es eine menschliche Fähigkeit, es zu spüren, vielleicht einen siebenten oder achten Sinn?«

»Jetzt wirst du aber theologisch«, murmelte Sara. »Gleich wirst du fragen, ›Was ist das Gute, Alkibiades?‹, und dann schlafe ich ein.«

»Sie hat recht, wir werden zu philosophisch«, stimmte Bruce Sara zu. »Obwohl ich mich gerne mit diesem Problem beschäftigen würde, wenn wir nicht dringendere Fragen zu lösen hätten. Okay. Erscheinung B ist böse, aber ansonsten bleibt sie auch vage. Nun kommen wir zu Erscheinung C, wenn man eine Stimme eine Erscheinung nennen kann. Sie scheint mir noch am ehesten die Hoffnung zu bergen, uns irgendwie weiterzubringen. Wir alle haben sie gehört, und sie sagt eindeutige Worte. ›Komm nach Hause, Sammie‹.«

»Einwand«, unterbrach Pats träge Stimme. »Der Name ist nicht sicher, wenn es überhaupt ein Name ist.«

»Okay, also Sammie ist nicht ganz sicher. Die Stimme ist nicht definierbar, was ihr Geschlecht angeht...«

»Oder irgendeine andere Kennzeichnung«, murmelte Pat. »Man weiß nicht, wo sie herkommt, in welche Richtung sie spricht...«

»Und sie hat keinen Akzent. Sie klingt«, sagte Bruce unbeabsichtigt poetisch, »wie der Wind sich anhören würde, wenn er sprechen könnte. Säuselnd, hohl, allumfassend.«

»Ist sie gut oder schlecht?« fragte Sara.

»Neutral, würde ich sagen. Und du?«

»Ich glaube auch. Sie ist unheimlich, aber nur, weil sie so unnormal ist.«

»Genau. Wenn der Heilige Petrus vor mir auftauchen würde, würde ich auch schreiend davonrennen, nur, weil ich es nicht fassen könnte. Haben wir noch etwas?«

»Das Buch«, schlug Ruth vor. »Du glaubst doch, daß jemand es bewegt hat.«

»Erscheinung D?« Bruce runzelte die Stirn. Er sah wunderbar satanisch aus, wenn seine Augenbrauen über der Nase fast zusammenstießen. »Das führt uns zur nächsten Frage. Gibt es bei den Erscheinungen vielleicht Überschneidungen?«

»Das ist ein guter Gedanke.« Pat war so interessiert an dieser Idee, daß er sich sogar die Mühe machte, sich aufzusetzen. »A und B könnten ein und dasselbe Wesen sein.«

»Daran habe ich auch schon gedacht. Das Ding – verdammt, wir brauchen einen Namen dafür; es klingt wie etwas aus einem Horrorfilm...«

»Wenn ich daran denke«, sagte Sara, »nenne ich es den Widersacher.«

»Hmm. Okay, der Widersacher könnte zuerst versucht haben, sich Saras zu bedienen. Und dann fand er sie vielleicht nicht geeignet, zum Beispiel physisch zu zart oder was auch immer, und versuchte daraufhin, sich selbst in Materie zu verwandeln.«

»Es ist kein sehr belesener Geist«, beschwerte sich Pat. »Diejenigen, von denen ich gehört habe, sind alle riesengroß und weiß. Dieses schmutzige, schwarze Kuddelmuddel...«

»Für mich ist es das einzige wirkliche Gespenst, dem ich je begegnet bin«, erklärte Ruth leise lächelnd. »Ich habe überhaupt keine Grundlage für Vergleiche.«

»Gibt es irgend etwas, das die These untermauert, daß A und B dasselbe sind?« führte Bruce hartnäckig zum Thema zurück.

»Nein«, antwortete Pat.

»Nein«, bestätigte Bruce. »Es ist möglich, aber es gibt keine Beweise dafür. Erscheinung C und D – wenn wir diejenige, die das Buch bewegt hat, D nennen – könnten auch identisch sein. Jedenfalls glaube ich, daß sie sich von A und B stark unterscheiden, ob sie nun ein Wesen oder zwei einzelne sind. Ich glaube sogar, daß sie und A und B feindlich gegenüberstehen.«

»Halt, kannst du das bitte noch einmal wiederholen?« bat Sara.

»Ich glaube, ich verstehe, was du meinst«, antwortete Pat an Bruces Stelle. »Das Wesen, das das Buch bewegt hat, versucht uns etwas mitzuteilen. Daraufhin taucht sofort B auf, und zwar bösartig und bedrohlich. Und die Drohung scheint die Person zu betreffen, die das Buch in der Hand hält.«

»Genau. Wir können leider nicht mehr tun, als solche Zusammenhänge zu konstruieren, bei dem bißchen, was wir als Grundlage haben. Die Stimme erscheint uns allen neutral, wenn nicht sogar wohlwollend. D ist höchstwahrscheinlich wohlwollend, da es uns helfen möchte. A und B sind ganz bestimmt nicht wohlwollend. Also kann man vermuten, daß C und D vielleicht eins sind, genauso wie A und B. Keine sehr eindrucksvolle Logik, aber das liegt an den Voraussetzungen.«

»Ich stimme dir zu. Leider beruhen im Moment unsere Schlußfolgerungen eben mehr auf unseren Gefühlen. Teufel noch mal, an einen Geist oder an zwei zu glauben, ist schwer genug für mich. Müssen's denn gleich vier sein?« Pats Finger trommelten auf der Sessellehne herum. »Schon von daher wäre es mir lieber, wir reduzierten unsere übernatürlichen Wesen auf zwei.«

Sara seufzte und streckte sich der ganzen Länge nach auf dem Teppich aus, die Hände unter dem Kopf gefaltet.

»Ich habe euch gewarnt, daß ich einschlafen würde, wenn es zu langweilig wird«, murmelte sie.

Pat betrachtete sie beifällig.

»Du siehst aus wie die Imitation eines Grabsteins«, bemerkte er. »Mit dem Hundekopf auf dem Bauch anstatt auf den Füßen.«

»Ganz Busen und Beine«, kommentierte Ruth säuerlich. »Zieh deinen Rock runter.«

»Ich glaube kaum, daß man ihn viel weiter runterziehen kann«, mutmaßte Pat mit einem Grinsen. »Und außerdem liegt der Hund drauf.«

»Du bist wirklich eine große Hilfe«, beklagte sich Bruce in bitterem Ton bei seiner Liebsten. »Erst trägst du nichts zu unserer Analyse bei, und jetzt streckst du dich einfach im Zimmer aus und lenkst die Leute von den wichtigen Dingen ab. Steh auf, Mädchen!«

»Laßt uns zu der historischen Recherche kommen«, schlug Pat vor und unterdrückte ein Gähnen. »Dann können wir schlafen gehen.«

»Wir haben nicht viel gefunden«, gab Ruth zu. »Es gibt zwar riesige Mengen Papiere, aber es scheint so, als sei das meiste unwichtig. Es wird eine Ewigkeit dauern, alles durchzusehen.«

»Mein Tag war auch ziemlich frustrierend«, schloß sich Bruce an. »Von dieser Zeit existieren praktisch keine Unterlagen.«

»Als Skeptiker der Gruppe möchte ich einen Einwand erheben«, warf Pat ein. »Ihr habt eurer Recherchen offenbar einen einzigen Hinweis zugrunde gelegt – das Buch. Aber seid ihr sicher, daß es richtig ist, sich darauf zu beschränken?«

»Oh, ich bin immer dafür, alles noch einmal von allen Seiten zu beleuchten und zu überprüfen. Wenn der Campbell von 1780 Samuel geheißen hätte anstatt Douglass, dann wäre ich hundertprozentig sicher, daß wir auf der richtigen Spur sind. Aber so... Ich habe heute sogar einen Sammie gefunden. Samuel Campbell, Sohn von George. Starb als Kind, aber leider, leider im Jahr 1847.«

»O Bruce«, flüsterte Sara voller Mitleid. »Das muß es sein. Stell dir vor, all die Jahre hat jemand sein totes Kind gerufen...«

»Samuel war das zehnte von zwölf Kindern«, entgegnete Bruce nüchtern. »Seine Eltern waren tugendhafte und fromme Puritaner, und es gab keinen Hinweis, daß das Baby nicht ordentlich getauft war. Mit allem Respekt vor deinem Mitgefühl, meine Liebe, aber ich glaube, diesen Sammie können wir streichen.«

»Also war dein Tag ein Reinfall.« Pat gähnte jetzt ungeniert. »Entschuldigung. Ich denke, wir sollten vielleicht jetzt...«

»Okay.« Bruce streckte Sara eine Hand hin und zog sie anscheinend mühelos auf die Beine. Offenbar gab es in seiner kraftlos aussehenden Gestalt mehr Muskeln, als man vermutete.

»Was machen wir morgen?« fragte Sara, während sie sich an ihn lehnte.

»Ich gehe zum Columbia-Geschichtsverein. Ihr sucht weiter in den Papieren im Haus nach etwas Interessantem.«

»Hm«, erwiderte Ruth mit besorgter Miene. »Bist du auch sicher, daß wir Sara damit keiner Gefahr aussetzen?«

»Ich gehe von zwei Voraussetzungen aus«, antwortete Bruce. »Und ich hoffe sehr, daß sie beide zutreffen. Die erste ist, daß entsprechende Vorfälle sich nur nachts ereignen, und die zweite, daß sie nur in deinem Haus geschehen.«

Ruth war so müde, daß sie einige Sekunden brauchte, um die Bedeutung des letzten Satzes zu verstehen. Für Pat schien diese Überlegung nicht neu; mit nachdenklichem Blick musterte er Sara.

»Du meinst... hier? Daß hier etwas passieren könnte?« fragte Ruth beunruhigt nach.

»Nicht, wenn Bruce mit seiner Annahme recht hat«, antwortete ihr Pat. »Weißt du was, Bruce, wir könnten einen Test machen, um sicherzugehen.«

»Was für einen Test?« wollte Ruth wissen.

»Hypnose. Bitte, Ruth, sieh mich nicht so an. Es handelt sich um eine anerkannte medizinische Methode, keine schwarze Magie. Und ich habe sie wirklich oft genug praktiziert.«

»Nein«, sagte Bruce mit Bestimmtheit. »Das ist zu gefährlich.«

»Aber ich habe auch schon...«

»Es ist gefährlich, weil die Folgen nicht abzusehen sind. Ihr Psychologen redet immer über das Unterbewußtsein, als sei es ein Freund, mit dem ihr jeden Dienstag essen geht. In Wirklichkeit wißt ihr gar nicht so viel über die menschliche Psyche und ihre Mechanismen. Du könntest unabsichtlich Sara alle möglichen Dinge suggerieren, und dann produziert ihr Unterbewußtsein womöglich aus lauter Freundlichkeit eine Nachahmung von Erscheinung A, nur um dir einen Gefallen zu tun. Nein, Pat, kommt nicht in Frage. Das lasse ich nicht zu.«

»Und ich auch nicht«, schloß sich Ruth an. »Pat, ich nehme an, wir müssen noch die Betten machen. Laß uns anfangen, ja?«

»Sehr wohl«, antwortete Pat steif mit dem Blick eines beleidigten Kindes, das ein Verbot nicht einsieht. »Bruce, willst du dir ein Taxi rufen?«

»Würde es dir was ausmachen, wenn ich mich einfach hier auf der Couch ausstrecke?«

»Hast du Angst, daß ich einen Zauber über Sara verhänge, wenn du nicht mehr da bist?« fragte Pat gehässig.

»Es ist verdammt spät, das ist alles«, antwortete Bruce ruhig. »Ich störe doch hier nicht.«

Wie sich herausstellte, gab es im ersten Stock sogar drei Schlafzimmer. Sara bot an, das große Himmelbett in einem von ihnen mit Ruth zu teilen, so daß auch Bruce oben schlafen konnte. Nachdem sie alles organisiert hatten, war Pat wieder bester Laune, und Ruth fand es äußerst merkwürdig, warum er überhaupt gewollt hatte, daß Bruce das Haus verließ.

Erst als sie schon fast schlief, fiel ihr ein, daß Bruce gar nichts erwähnt hatte, was die Ursache für sein merkwürdiges, nervöses Verhalten am selben Abend in ihrem Haus hätte sein können.

15

Der nächste Morgen kündigte einen jener Tage an, auf die die Washingtoner persönlich stolz sind. Die Sonne strahlte von einem wolkenlosen Himmel, die Luft war mild, und unter der sanften Brise war nur ein Hauch Kälte zu spüren, gerade soviel, daß man dankbar für den Aufschub war, den der Winter noch einmal gewährte. Pat hatte alle Autofenster heruntergekurbelt, als er sie zu Ruths Haus fuhr. Bedauernd sagte er: »Der Tag ist viel zu schön, um ihn in einem Museum zu verbringen. Wenn ich diese Verabredung nicht schon seit einem Monat hätte...«

»Natürlich mußt du hingehen. Und wir haben ja auch zu tun.«

»Hey, ich hab' eine Idee. Was haltet ihr davon, wenn ich euch mittags was zum Essen vorbeibringe, vielleicht was Chinesisches; wir könnten dann im Garten essen.«

»Ich dachte, du ißt mit dem Kurator.«

»Das kann ich absagen.« Pat hielt vor dem Haus.

»Aber Pat...«

»Hör zu, ich habe einfach Lust, heute mit dir zu essen. Mit euch, meine ich«, fügte er hinzu.

Sara kicherte, und Pat beugte sich zu ihr und gab ihr einen väterlichen Klaps, als sie aus dem Auto stieg. Vielleicht war er aber auch nicht ganz so väterlich, dachte Ruth.

Sara steckte noch einmal den Kopf durchs Autofenster. »Kann sein, daß Bruce zum Essen zurück ist«, teilte sie mit.

»Je mehr, desto besser«, erwiderte Pat resigniert. Er legte den Gang ein. »Was mögt ihr? Schweinefleisch süßsauer? Frühlingsrolle?«

»Alles, bloß kein Chop Suey«, antwortete Ruth. Sie sah dem Jaguar nach, der wie ein Pfeil die Straße hinunterschoß, einer Frau mit einem Kinderwagen auswich und um die Ecke im Verkehrsstrom der Wisconsin Avenue verschwand.

Die Sonne wurde von den Scheiben und dem Chrom der vorbeifahrenden Autos reflektiert und verlieh den hellroten Ziegeln der gegenüberliegenden Häuser ein warmes Leuchten. Es war früh, und die meisten Jalousien waren noch heruntergelassen. Die ehrwürdigen Fassaden sahen aus wie verschlafene alte Damen, die ein Mittagsschläfchen hielten und von ihrem ehrbaren Leben träumten. In einem der Bäume hielten die Stare eine ihrer geheimnisvollen Konferenzen ab. Ihr Kreischen klang wie eine Versammlung der Vereinten Nationen in der Chruschtschow-Ära. Es war zwar unmusikalisch, aber außerordentlich lebendig. Der Gehweg unter dem Baum war schon weiß von den Hinterlassenschaften der vielen Vögel. Die Washingtoner verfluchten die Stare, aber Ruth hatte eine heimliche Sympathie für ihr ordinäres, lärmendes Treiben. Eigentlich waren es häßliche und unscheinbare Vögel, wenn jedoch das Sonnenlicht auf ihre Federn schien, glänzten sie in allen Regenbogenfarben. Mit einem tiefen Seufzer wandte sich Ruth widerstrebend von dem Leben in der Straße ab, um das stille Haus zu betreten.

Im Wohnzimmer war es ruhig und dunkel, alle Vorhänge waren geschlossen. Als Ruth sie aufgezogen hatte, sah man in den einfallenden Sonnenstrahlen die Staubkörner tanzen.

»Meine Güte, ist das schmutzig hier«, murmelte sie.

»Ruth...«

»Was ist los? Fühlst du dich...«

»Nein, nein, es ist nichts. Aber gerade das finde ich merkwürdig. Wie kann das Zimmer so völlig normal aussehen, als sei nichts passiert?«

»Du hast recht. Es ist komisch.« Ruths Augen wanderten von den Vorhängen, deren azurblauer Faltenwurf geradezu friedlich wirkte, über das Muster des Teppichs. Man sollte meinen, daß dort ein großer Brandfleck wäre, die Spur eines Feuers...

»Nun ja.« Sie gab sich einen Ruck, um die Dämonen der letzten Nacht zu vertreiben. »Vielleicht sollten wir trotzdem nicht hier bleiben, und wenn alles noch so harmlos aussieht. Ich erinnere mich, daß ich im Flurschrank eine Schachtel mit Papieren gesehen habe; ich glaube, es waren Briefe. Wir gehen damit in die Küche und sehen sie bei einer Tasse Kaffee durch. Danach können wir dann den Dachboden in Angriff nehmen.«

Es stellte sich heraus, daß die alten Briefe überaus faszinierend waren. Als es einige Stunden später laut an der Haustür klopfte, lasen sie noch immer darin. Ruth öffnete. Pat hatte mit seinem Fuß gegen die Tür getreten, denn beide Arme waren mit Päckchen beladen. Während er sie in der Küche ausbreitete, fragte er: »Wo ist Bruce?«

»Noch nicht zurück.«

»Laßt uns essen, solange das hier heiß ist. Wir können ihm seine Sachen später aufwärmen.«

Bruce tauchte auf, als Pat noch dabei war, kleine Pappschälchen mit Soyasoße, Senf und Exotischerem auf dem Tisch zu arrangieren, und sie setzten sich alle zusammen zum Essen.

»Du siehst so zufrieden aus«, sagte Ruth. »Ist dein Vormittag erfolgreich gewesen?«

Bruce, der sich gerade über eine besonders schöne Kreation mit einem unaussprechlichen Namen hermachte, die unter anderen Köstlichkeiten Garnelen und Zuckerschoten enthielt, reagierte mit ein paar völlig unverständlichen Worten. Dann schluckte er und sagte: »Entschuldigung. Ja, es gibt etwas Neues. Aber ich möchte es euch lieber erst nach dem Essen erzählen.«

»Wir beide haben den ganzen Vormittag in diesen Briefen gestöbert«, sagte Sara. »Sie sind so interessant. Ich habe die Liebesbriefe einer Dame gelesen, die ihren Ehemann noch immer ›Mr. Campbell‹ nannte, obwohl sie bereits dreißig Jahre verheiratet waren. Stellt euch das mal vor!«

»Das ist es, was in unserer modernen Gesellschaft nicht in Ordnung ist.« Pat schüttelte den Kopf, während er großzügig Senf auf seinem Teller verteilte. »Kein Respekt mehr. Alle alten Werte brechen zusammen.«

Ruth lachte.

»Himmel, ist das ein schöner Tag heute«, rief sie in einem plötzlichen Anfall von Wohlbefinden. »Laßt uns über nichts Wichtiges sprechen, bis wir mit dem Essen fertig sind. Mir geht es viel zu gut, um mir die Stimmung mit Sorgen zu verderben.«

»Ich glaube, es liegt zum Teil an dem Wetter, aber zum Teil auch an dieser verdammten Picknick-Atmosphäre«, mutmaßte Bruce. Er spießte eine Garnele auf und sah sie wohlgefällig an. »Wir verbringen die Hälfte unserer Zeit mit Essen und Trinken, und das unter den merkwürdigsten Umständen.«

»Und, mein lieber Ehemann, vergessen Sie nicht, regelmäßig zu essen, und nehmen Sie nicht zu wenig zu sich«, zitierte Sara. »Das hat sie ihm geschrieben, als er auf einer Geschäftsreise war. Ich finde, es ist ein wirklich sehr guter Rat.«

Ruths Blick wanderte zu Bruce, und sie war geneigt, Sara zuzustimmen. Mittlerweile hatte er Schatten unter den Augen, und oft sah er Sara mit einem Ausdruck an, der Ruth beunruhigte.

Als sie das Essen beendet hatten, räumte Pat auf, indem er den gesamten Abfall in eine große Papiertüte und diese im Mülleimer versenkte. Dann fragte er: »Trinken wir Kaffee oder Tee? Was auch immer, laßt uns in den Garten gehen.«

Die Sonne war verführerisch warm. Ruth brachte eine Decke für Sara mit, die sich am liebsten so tief wie möglich niederließ. Bruce setzte sich neben sie auf einen Haufen Blätter.

»Ich fühle mich wie Luther«, verkündete Pat und freute sich, als alle ihn verständnislos ansahen. »Ich glaube an nichts«, fügte er erklärend hinzu.

»Keine Geister«, sagte Bruce mit leichtem Lächeln.

»Keine Geister.«

»Ich wünschte, du hättest recht.« Bruce lehnte sich auf die Ellbogen zurück und schaute träumerisch in den Himmel.

»Was hast du heute herausgefunden?« fragte Sara ihn schließlich und beendete mit dieser Frage die entspannte, sorglose Atmosphäre. Bruce setzte sich auf.

»Es gab hier bereits 1780 ein Haus«, antwortete er. »Das Haus von Douglass Campbell. Zufällig stieß ich auf eine Sammlung von Familienbriefen, die Page-Briefe werden sie genannt. Die Pages wohnten ein Stück weiter die Straße hoch; im späten neunzehnten Jahrhundert hatte der letzte Page keine Nachkommen mehr und hinterließ die Briefe der Gesellschaft zur Bewahrung der Geschichte Columbias. Dort war ich den ganzen Vormittag.«

»Okay, okay«, unterbrach in Pat ungeduldig. »Du mußt uns nicht erst stundenlang etwas über jede Quelle erzählen. Was stand in den Briefen über die Campbells?«

»Nicht viel, in den meisten Briefen ging es um Land- und Tabakgeschäfte. Aber 1805 heiratete die älteste Tochter von Alexander Page und zog nach Annapolis. Mrs. Page schrieb dem Mädchen viele Briefe, mit denen sie sie über den Heimatklatsch auf dem laufenden hielt. Das Feuer in dem Campbell-Haus war natürlich ein besonderes Ereignis.«

»Feuer?« wiederholte Sara.

»Das Haus ist abgebrannt... und Douglass Campbell verbrannte mit ihm.«

In dem folgenden Schweigen hörte sich das Kreischen eines Eichelhähers wie ein menschlicher Schrei an. Ruth mußte daran denken, wie sie morgens mit Sara im Wohnzimmer gestanden und die unbestimmte Empfindung gehabt hatte, daß eigentlich Brandflecken auf dem Teppich zurückgeblieben sein müßten. Als sie Sara ansah, wußte sie, daß die Gedanken ihrer Nichte in dieselbe Richtung gingen. Ihr Gesicht war blaß vor Schrecken.

»Dieser schwarze, sich kräuselnde Rauch«, flüsterte sie, »Bruce, könnte das... könnte das er sein?«

»Sara, hör auf damit!« rief Bruce.

Und Pat sagte im selben Moment scharf: »Werd nicht makaber, Sara. Der Eindruck von Rauch ist rein subjektiv. Bruce, wie kommt es, daß der alte Junge in seinem Haus verbrannt ist? Er muß sehr alt gewesen sein, wenn er das Haus schon 1780 gebaut hatte.«

»Das Feuer war dreißig Jahre später«, antwortete Bruce. »Er kann fünfundfünfzig Jahre jung oder achtzig Jahre alt gewesen sein. Vielleicht ist er durch den Rauch bewußtlos geworden, bevor irgend jemand merkte, daß das Haus brannte. Es war aus Stein, das wird in dem Brief erwähnt. Die Wände verbrannten natürlich nicht, aber das ganze Innere, und das Dach brach in sich zusammen. Als der Erbe, der Sohn von Campbells Schwester, von Frederick nach Georgetown zog, ließ er die Wände niederreißen und baute ein neues Haus.«

Ruth schwieg. Der Sonnenschein und das Singen der Vögel schienen ihr weit entfernt, und die orangefarbenen Beeren des Nachtschattens vor dem Zaun waren blasser geworden. Unerklärlicherweise war sie von der Tragödie, die sich vor so langer Zeit ereignet hatte, tief betroffen.

»Ich sehe keine Verbindung zwischen dieser Geschichte und unseren Erscheinungen«, sagte Pat. »Der rauchartige Eindruck bedeutet gar nichts. Wenn der Name des alten Mannes Samuel gewesen wäre, dann...«

»Das war er nicht. Aber es gab noch etwas Seltsames...«

»In dem Brief?«

»Ja. Das Problem mit Briefen ist, daß Absender und Empfänger ein gemeinsames Hintergrundwissen haben. Für einen Leser von heute bleiben da manche Fragen offen, denn der Schreiber erklärt natürlich nichts, was sein Adressat schon weiß. Die alte Lady Page beschrieb also das Feuer und die ganzen traurigen Begleitumstände. Dann schrieb sie... einen Moment, ich habe es notiert.« Bruce zog einen Schreibblock aus der Tasche. »Hier. ›Einige sollen gesagt haben, daß es eine Strafe dafür war, daß er sich so völlig zurückgezogen hat, nicht nur aus den Häusern und Geschäften seiner Nachbarn, sondern auch von der liebenden Güte Gottes. Seit ihm sein Unglück zugestoßen ist, und das ist nun schon ganze dreißig Jahre her, ist er nicht mehr in der Kirche gesehen worden. Aber ich erinnere mich noch gut an seinen früheren Eifer als ein treuer Samson unter den Philistern, als er nicht nur die Durchführung der Sonntagsgesetze unterstützte, sondern auch die Ketzer verachtete, die jetzt von den Dunkelmännern auf der anderen Seite von Rock Creek so bevorzugt werden.‹«

Bruce legte den Notizblock beiseite.

»Dann fängt sie an herumzujammern, wie teuer Musselin geworden ist. Sie war schrecklich konservativ und sympathisierte eindeutig mit den Unabhängigkeitsgegnern. Außerdem hatte sie eine häßliche Handschrift.«

»Wer waren die Dunkelmänner auf der anderen Seite von Rock Creek?«

»Die ehrwürdigen Beamten der Regierung der Vereinigten Staaten«, antwortete Bruce mit einem Grinsen. »Viele Bürger Georgetowns hatten etwas dagegen, daß der Sitz der Regierung so nah lag, weil sie der Idee der Unabhängigkeit ablehnend gegenüberstanden.«

»Was ist mit den Ketzern?« fragte Ruth. »Die alte Dame hatte ein feines Vokabular, nicht wahr?«

»Sie war eine gehässige alte Ziege«, antwortete Bruce bestimmt. »Ich bin ziemlich sicher, daß sie damit die Katholiken meinte. Bis zur Revolution durften sie hier in der Gegend keine Kirchen bauen.«

»Und was kommt dir an dem Brief merkwürdig vor?« fragte Pat.

Eine Amsel schwang sich aus einem Ast des Nachtschattens nahm hoch oben in der Tanne Platz und ließ eine wohltönende Melodie erklingen. Bruce sah den Vogel eine Weile versunken an, bevor er antwortete.

»Laßt mich noch einmal in meinen Worten wiederholen, was sie sagte. Douglass Campbell war irgendwann 1770 und kurz danach ein guter demütiger Protestant und einigermaßen wohlhabend – habt ihr den Hinweis mitbekommen, daß er die Durchführung der Sonntagsgesetze unterstützte? Dann passierte etwas – ein Unglück – und er schloß sich in sein Haus ein. Er ging nicht mal mehr in die Kirche. Es wird nicht erwähnt, daß irgend jemand anders in dem Feuer starb, also kann man annehmen, daß er Witwer oder Junggeselle war.«

»Wenn der Erbe sein Neffe war, war er wahrscheinlich Junggeselle«, meinte Sara.

»Damals waren Junggesellen seltener als heute«, gab Pat zu bedenken. »Er kann genausogut Witwer gewesen sein, dessen Kinder jung gestorben waren. Die Kindersterblichkeit war hoch zu dieser Zeit.«

»Vielleicht war das das Unglück, das ihm zugestoßen ist«, überlegte Sara. »Der Tod eines Kindes, womöglich seines einzigen Kindes.«

»Hmm.« Pat lehnte sich gegen den Baumstamm und sah durch die kahlen Zweige hindurch auf den wolkenlosen blauen Himmel. »Könnte sein. Weißt du, Bruce, vielleicht interpretieren wir ja den Hinweis mit dem Buch zu eng. Unser unsichtbarer Informant hat vielleicht nur auf ein Datum hinweisen wollen, nicht auf den Zusammenhang mit einem bestimmten Ereignis.«

»Daran habe ich auch schon gedacht. Aber merkt ihr, daß die Page-Briefe uns die Bestätigung geben, nach der wir gesucht haben? Das Unglück geschah dreißig Jahre vor dem Feuer, und das war 1810. Damit sind wir wieder in dem Jahr, das in dem Buch auftaucht, 1780. Und im selben Jahr war auch die Verschwörung der Loyalisten, in die Georgetown verwickelt war. Sollte das nur ein Zufall sein?«

»War Campbell auf seiten der Engländer?« fragte Ruth.

»Er gehörte nicht zu denjenigen, die die Verschwörung organisiert hatten, das ist sicher. In dem Buch stehen außer den Gehängten auch die Namen der Männer, die angeklagt und freigesprochen wurden.«

»Vielleicht«, schlug Pat vor, »war er einer der Patrioten für die Unabhängigkeit, die geholfen haben, die Verschwörung zu vereiteln. Und dann, dreißig Jahre später...«

»Das ist eine verdammt lange Wartezeit für einen Racheakt«, entgegnete Bruce.

»Stimmt. Aber es könnte sein, daß das, was ihm zugestoßen ist, im Zusammenhang mit der Verschwörung stand. Irgendeine persönliche Tragödie. Vielleicht wurde er schwer verwundet oder erblindete.«

»Oder er kann sein Kind oder seine Frau oder sein Geld dabei verloren haben.« Bruce schlug sich mit der Faust aufs Knie. »Verdammt, wie können nur Vermutungen anstellen! Es ist alles so vage.«

»Und wenn wir herausfinden könnten, ob er verheiratet war und Kinder hatte, würde uns das weiterhelfen?« Sara sah aus wie eine Mutter, die sich um das Wohl ihrer Kinder sorgt und in ihrer Tasche nach einem Lutscher für sie sucht. »Ruth, was ist mit dem Stammbaum?«

»Oh, natürlich, warum habe ich daran nicht gleich gedacht!« rief Ruth. »Die Bibel.«

»Was für eine Bibel?«

»Nun, sie ist uralt. Ihre Seiten sind so dünn, daß sie zerfallen, wenn man sie nur berührt. Kusine Hattie hatte das gute Stück in ein Dutzend Plastiktüten eingewickelt. Es ist eine dieser riesigen Familienbibeln, die einen Stammbaum enthalten, und er ist seit Generationen fortgeführt worden. Sara, irgendwo gibt es noch einen zweiten Stammbaum. Ich glaube, im Schreibtisch, es ist eine kleine Papierrolle. Ich möchte das Buch selbst lieber nicht anrühren, ich wollte es schon seit langem in ein Museum bringen, um zu sehen, ob man es irgendwie konservieren kann.«

Sara war bereits unterwegs. Sie kam mit einer Papierrolle in der Hand zurück, die Ruth ungeöffnet an Bruce weiterreichte.

»Hier, sieh du nach. Kusine Hattie war so stolz auf ihre Abstammung.«

Bruce entrollte das Papier auf dem Gras, und er und Sara beugten sich darüber.

»Hier ist Douglass«, sagte Bruce, während er mit dem Finger den Stammbaum entlangfuhr. »Etwa auf der Hälfte. Wow, Kusine Hattie war nicht gerade bescheiden! Hier gibt es unter ihren Vorfahren den Schottenkönig Robert Bruce, und hier haben wir Alfred, König von England. Der jüngere Teil sieht etwas authentischer aus. Wahrscheinlich hat sie diesen Teil von Familiendokumenten abgeschrieben und dann die königlichen Vorfahren angehängt, um dem Ganzen mehr Glanz zu verleihen.«

»Mit ihrer Schrift konnte sie aber auch nicht gerade angeben«, bemerkte Sara, die über die Rolle gebeugt saß.

»Nimm deine Haare aus dem Blickfeld.« Bruce faßte nach Saras Haarmähne und legte sie ihr über den Nacken; nur für einen kurzen Moment blieb seine Hand auf Saras Schulter liegen. »Douglass Campbell, 1720–1810. Heiratete Elizabeth Sanger, 1740–1756.«

Sara stieß die Luft aus. »Puh! Sechzehn Jahre alt. Das kann nicht stimmen.«

»Warum nicht?« erwiderte Ruth. »Damals haben die Mädchen sehr jung geheiratet. Wenn er sie geheiratet hat, als sie fünfzehn war, und sie zum Beispiel im Kindbett gestorben ist...«

»Ja, hier ist es. Es gab ein Kind, das 1756 geboren wurde... Das ist komisch«, sagte Bruce. »Es hat keinen Namen. An seiner Stelle steht nur ein Fragezeichen.«

Sara setzte sich auf und warf ihr Haar zurück.

»Wie schrecklich. Mit sechzehn Jahren zu sterben, als sie gerade ihr Kind bekam... Vier Jahre jünger, als ich jetzt bin.«

»Wenn ich Mutter wäre«, bemerkte Ruth, »würde ich so etwas nicht zulassen.«

»Und damit hättest du auch völlig recht, so ungern ich das zugebe.« Sara lächelte Ruth an. »Also haben wir's heutzutage gar nicht so schlecht. Und er war... mal seh'n...« Sie beugte sich wieder über das Papier. »Er war fünfunddreißig, als er sie geheiratet hat, zwanzig Jahre älter...«

»Uralt!« kommentierte Pat ironisch. »Fünfunddreißig, Gott!«

»Pat!« entgegnete Sara entrüstet. »Aber mit einem fünfzehnjährigen Mädchen!«

»Vielleicht war er ungeheuer romantisch.«

»Vielleicht aber auch nicht.«

»Bruce, was überlegst du?« unterbrach Ruth das Geplänkel der beiden.

»Ich suche nach einem Grund, warum das einzige Kind von Douglass keinen Namen hat.«

»Vielleicht starb es, bevor es getauft war«, schlug Sara vor.

»Ich glaube nicht, daß sie ein totgeborenes Kind erwähnen würden, und jedes andere wäre getauft. Es gibt auch kein Datum, das das Ende seines Lebens anzeigt. Ruth, meinst du, Kusine Hattie hat das aus der Familienbibel übernommen?«

»Ich glaube kaum, daß die Bibel so alt ist«, erwiderte Ruth.

»Hast du etwas dagegen, wenn ich mal nachsehe?«

»Nun, eigentlich schon, sie ist wirklich schon dabei, auseinanderzufallen.«

»Ich bin vorsichtig.«

Ruth schaute auf Bruces vorgeschobene Unterlippe und seufzte. Langsam kannte sie diesen Ausdruck.

»Okay«, gab sie widerstrebend ihr Einverständnis. »Sara, sie ist im untersten Fach des Bücherregals.« Sie schauderte. Die Sonne war hinter einer Wolke verschwunden, und plötzlich sah der Garten düster und deprimierend aus. »Gehen wir rein«, sagte sie. »Es wird kalt.«

Die Bibel erwies sich als groß und schwer; sie war in zwei Plastiktüten und ein ausgeblichenes Seidentuch eingehüllt. Vorsichtig wickelte Ruth sie auf dem Beistelltisch im Wohnzimmer aus.

»O nein!« rief Pat entrüstet aus. »Was für eine sträfliche Vernachlässigung! Dieses Buch hätte seit Jahren unter Glas aufbewahrt werden müssen. Dieses Plastikzeug nützt überhaupt nichts.«

»Ich wollte mich ja auch darum kümmern, aber du weißt ja, wie das ist...«

»Such du nach der Stelle, Ruth«, bat Bruce. »Ich habe Angst, das Buch anzufassen. Tut mir leid, ich hatte keine Ahnung, was für ein empfindliches Stück das ist.«

Ruth fand die Stelle, wobei sie einigen Schaden anrichtete. Es war fast unmöglich, die vergilbten Seiten zu berühren, ohne daß die Ränder zerfielen.

»Seht nur!« rief sie und vergaß vor Begeisterung ganz, daß sie sich über Bruce geärgert hatte. »Hier ist Douglass. Mit seinem Namen beginnt der Stammbaum.«

»Wahrscheinlich ist er der erste gewesen, der emigriert ist«, vermutete Bruce. »Um in einem neuen Land eine neue Familie zu gründen, sozusagen.«

»Ich habe euch ja schon öfter gesagt, ich weiß überhaupt nichts über die Familiengeschichte. Jedenfalls war er Schotte.«

»Dann ist dies also seine Bibel gewesen!« rief Sara. »Das ist ja toll! Zweihundert Jahre alt!«

»Und noch ein bißchen mehr«, fügte Pat hinzu. »Douglass hatte eine wunderschöne Handschrift, findet ihr nicht?«

In ehrfürchtigem Schweigen bestaunten alle vier die Seite. Die schwarze Tinte war trotz ihres Alters nicht verblaßt.

»Campbell und Ehefrau«, murmelte Pat. »Hier ist sie – Elizabeth... Ja, Hattie muß diesen Teil des Stammbaums aus der Bibel abgeschrieben haben. Die Namen und Daten stimmen genau überein.«

»Und hier«, sagte Bruce aufgeregt, »haben wir den Grund, warum bei ihr ein Fragezeichen für den Namen von Douglass' Kind steht.«

Eines der vielen Kästchen, die für potentiellen Nachwuchs vorgesehen waren, war völlig überdeckt von einem großen dunklen Flecken.

»Ein Tintenklecks«, sagte Sara. »Ausgerechnet an dieser Stelle mußte das passieren.«

»Ich glaube nicht, daß das ein Zufall ist, dazu sieht der Fleck viel zu akkurat aus.« Bruce beugte sich über die Seite, bis seine Nase sie fast berührte. »Sieht eher aus, als hätte Douglass den Namen seines Kindes wieder löschen wollen. Merkwürdig!«

»Unter dem Fleck steht etwas«, sagte Ruth. »Ich kann es durchscheinen sehen.«

»Stimmt.« Bruce hatte schon angefangen, mit seinem Fingernagel an dem Flecken herumzukratzen, und bevor Ruth protestieren konnte, splitterte ein blauer Tintenpartikel ab.

»Bruce«, warnte sie.

»Schon in Ordnung. Ich mache überhaupt nichts«, log Bruce völlig durchschaubar und hemmungslos, während er weiter an dem Flecken herumkratzte. »Das ist billige Tinte, nicht die gleiche wie für die Schrift. Man sieht schon etwas... Da ist ein, A, A-M...«

»Amaryllis«, schlug Sara vor.

»Nun, jedenfalls ganz offenbar nicht Samuel«, seufzte Pat. »Schade, wieder eine schöne Theorie den Bach runter...«

»...A-N...«

»Amanias.« Sara kicherte.

»Sei still. ... D ... A.«

»Amanda.«

»Eine Tochter«, sagte Ruth.

»Eine unerwünschte Tochter«, ergänzte Pat.

Einen Moment lang verharrte Bruce regungslos über den Tisch gebeugt. Als er sich aufrichtete, funkelten seine Augen.

»Versteht ihr nicht? O nein, natürlich nicht. Ich habe ja noch eine zusätzliche Information, ich bin nämlich zufällig in diesem Buch über Gespenster in Georgetown auf einen Kosenamen gestoßen, aber ich bin nicht darauf gekommen, daß ...«

»Wovon redest du eigentlich?«

»Es ist nicht Sammie. Damit hatte Pat recht. Aber es ist ein Name. Die Stimme ruft nicht Sammie, sie ruft nach Amanda. Ammie.«

Über dem Gemurmel des Erstaunens und der Freude erhob sich Pats ziemlich unmusikalischer Bariton, der zu der bekannten Melodie aus *My Fair Lady* »Ich glaub', jetzt hat er's« sang.

»Du bist schrecklich frivol für einen Anthropologen«, tadelte Ruth scherzhaft.

»Anthropologen sind dafür bekannt, daß sie frivol sind. Das liegt an dem wilden Leben, das sie führen. ›Exotische Sexbräuche bei den Andaman-Inselbewohnern ...‹ Entschuldige, ich rede dummes Zeug. Aber bei Gott, jetzt bin ich überzeugt. Es paßt einfach zu gut, um nicht zu stimmen.«

»Fast zu gut.« Bruce versuchte gelassen zu klingen, grinste jedoch von einem Ohr zum anderen. »Aber du hast recht, es muß einfach so sein. Puh, es kam so unerwartet! Mir ging es genauso wie dir, Pat. Ich war sicher, daß der Name Samuel sein würde, und als etwas anderes zum Vorschein kam, war ich ziemlich enttäuscht.«

»Dann ... dann ist es also Douglass Campbell, der ruft«, sagte Ruth langsam. »Er ruft seine Tochter. Ammie. Die gestorben ist. Aber sie sagt, sie ist gar nicht tot ...«

Pat, der auf dem Teppich zu seinem eigenen Gesang einen Tanz à la Henry Higgins aufgeführt hatte, blieb stehen und sah Ruth verdutzt an. In dem späten Nachmittagslicht, das durch die Fenster fiel, leuchtete sein kupferfarbenes Haar wie Feuer, und die Falten um seinen Mund waren deutlich zu erkennen.

»Moment, Moment, immer langsam. Laßt uns jetzt keine übereilten Schlüsse ziehen. Es war nicht unbedingt ihr Tod, der dazu führte, daß die geliebte einzige Tochter aus der Familienbibel getilgt wurde.«

»Geliebt?« wiederholte Bruce skeptisch.

»Du hast recht, streich das Adjektiv. Ich meinte nur...«

»Hmm, es bleibt die Frage, warum...« Bruce runzelte die Stirn und zupfte an seinem Bart. »Wenn sie gestorben wäre, hätte er das Jahr in der üblichen Art niedergeschrieben. Und sonst? Es gibt auch keinen Eintrag über eine Heirat Amandas. 1780 war sie vierundzwanzig – zu dieser Zeit also eine hoffnungslose alte Jungfer. Sie muß wohl die pflichtbewußte Tochter gewesen sein, die ihrem Vater den Haushalt führte. Was kann sie angestellt haben, das ihn veranlaßte, ihren Namen auszulöschen?«

Sara zog ihre Schuhe aus, rollte sich auf der Couch zusammen und zog ihre Füße unter sich.

»Jungen wurden für Ungehorsam enterbt«, schlug sie vor. »Zum Beispiel, wenn sie einen Beruf ergriffen, der dem Vater nicht gefiel.«

»Für Frauen gab es in jenen Tagen wirklich nur zwei unehrenhafte Berufe.« Pat grinste. »Der andere war Schauspielerin.«

»Aber Campbell gehörte zu den angesehenen Bürgern von Georgetown«, wandte Bruce ein. »Seine wohlerzogene Tochter hat sich bestimmt nicht in dem gesetzten Alter von vierundzwanzig aus dem Staub gemacht, um in ein Bordell zu gehen.«

»Oh, Männer sind so begriffsstutzig«, sagte Ruth ungeduldig. »Sie ist natürlich von zu Hause weggelaufen. Und zwar mit einem unwürdigen Schuft, den ihr Vater nicht billigte. Oder sie ist sogar von ihm schwanger geworden.«

»Ist das jetzt die berühmte weibliche Intuition, von der ich schon so viel gehört habe?« amüsierte sich Pat.

»Denk doch nach, was konnte das Mädchen sonst tun?« fragte Ruth. »Das war hier nicht London, dieser durchorganisierte Sündenpfuhl mit einem bunten Nachtleben; es war ein Provinznest. Und wenn sie das Alter von vierundzwanzig Jahren erreicht hatte, ohne verheiratet zu sein, war sie wahrscheinlich reif für die Verführung jedes einigermaßen attraktiven männlichen Wesens, das in der Stadt auftauchte.«

Pat schüttelte den Kopf. »Und da sagt man, daß Männer zynisch sind.«

»Ach, sei nicht albern. Laßt uns einen Sherry trinken.«

Als Ruth hinausging, um Karaffe und Gläser zu holen, schaltete sie das Licht an. Die anderen spekulierten weiter, was Amanda getan haben könnte.

»Letztlich ist es auch egal«, sagte Bruce gerade, als Ruth wieder hereinkam. »Wahrscheinlich werden wir es nie erfahren. Für uns ist wichtig, daß sie verschwunden ist, warum auch immer.«

»Okay, gehen wir davon aus«, meinte Pat, während er Ruth das Tablett abnahm. »Und was würde das für unsere vielen alphabetischen Erscheinungen bedeuten?«

»Die Stimme ist Douglass«, vermutete Ruth. »Und wenn C und D – das Wesen, das das Buch bewegt hat – eins sind, dann... dann versucht Douglass, uns zu helfen.«

»Armer Bursche«, murmelte Pat.

»Wieso arm?« Bruce trank einen Schluck Sherry, zog eine Grimasse und stellte das Glas ab. »Mir scheint er eher ein gemeiner alter Kerl gewesen zu sein. Diesen großen Tintenfleck über dem Namen seiner eigenen Tochter finde ich irgendwie bösartig.«

»O nein, Bruce«, rief Ruth. »Die Stimme klingt furchtbar klagend und leidend. Das habe ich von Anfang an so empfunden. Natürlich war er zuerst wütend und böse, vor allem wenn sie etwas getan haben sollte, was er für eine Schande hielt. Aber später... Er vermißt sie noch immer und möchte sie zurückhaben, kannst du das nicht fühlen?«

»Na gut, vielleicht.« Bruce sah mit finsterem Blick sein Glas an.

»Ist etwas mit dem Sherry nicht in Ordnung?« fragte Ruth.

»Nun ja, um ehrlich zu sein...« Er grinste sie verschämt an. »Ich kann Sherry nicht ausstehen.«

»Dann trink ihn nicht, um Himmels willen! Du armer leidender Märtyrer, wenn ich an all die Male denke... Mach dir einen Drink, die Sachen sind im Eßzimmer.«

»Nein, danke, schon gut. Hört mal, es wird spät. Vielleicht...«

»Was ist mit den anderen Erscheinungen?« unterbrach ihn Pat. »Wir haben den Fall angenommen, daß wir zwei Geister haben, einen feindlichen und einen neutralen oder sogar hilfreichen. Ich denke, was wir heute erfahren haben, bestätigt diese Theorie. Douglass könnte die Stimme sein, wofür es jedoch keine Beweise gibt. Ganz bestimmt ist er aber nicht das Wesen, das durch Sara spricht.«

»Genau«, sagte Ruth langsam. »Denn – wir haben ganz vergessen, diesen Punkt festzuhalten, weil er uns wahrscheinlich zu selbstverständlich erschien – Erscheinung B ist natürlich weiblich. Nicht nur wegen der Stimme, auch die Gesten, die Art...«

»O ja«, stimmte Bruce zu. »Kein Zweifel, würde ich sagen, Erscheinung B ist Ammie.«

»Ja«, schloß sich Sara an. »Ich möchte wissen, was sie will.«

»Uuh«, meinte Ruth und schauderte unwillkürlich. »Nichts Gutes.«

»Woher weißt du das?« fragte Bruce.

»Mein Gott, ich... sie... vielleicht hab' ich ein Vorurteil, aber ich finde es schon etwas bösartig, in den Körper von jemand anderem zu schlüpfen.«

»Nicht sehr dezent«, stimmte Bruce zu. »Vielleicht war sie völlig verzweifelt.«

»Aber weswegen?« sagte Ruth. »Und warum hat sie sich gerade Sara ausgesucht?«

»Nun, das ist doch klar.« Bruce begann, mit auf dem Rükken verschränkten Händen im Zimmer auf und ab zu laufen.

»Sara ist das perfekte Medium für Amanda – Blutsverwandtschaft, dasselbe Geschlecht, ungefähr dasselbe Alter.«

»Aber was zum Teufel will sie?« Ruth schlug mit der Faust auf den Tisch, und die anderen starrten sie erstaunt an. »Entschuldigung«, murmelte sie. »Aber das ist... Bruce, ich denke, wir haben wirklich eine erstaunliche Menge herausbekommen, und das meiste geht auf dein Konto. Aber wenn man mal an das denkt, was hier passiert, haben wir keinen Fortschritt erzielt! Ich meine, was konkret können wir denn dagegen tun?«

»Ruth, wir sind doch aber auf dem besten Weg.« Bruce unterbrach seine Wanderung und setzte sich neben Ruth. »Wenn wir herausfinden könnten, was das Mädchen will...«

»Und wenn sie nun Saras Körper für sich will?«

Endlich war es ausgesprochen, die Angst, die ihr keine Ruhe mehr ließ. Ruth sah Saras Gesicht an, daß auch sie diesen Gedanken schon gehabt hatte. Es mußte fürchterlich sein, seinen eigenen Körper außer Kontrolle geraten zu fühlen – so vernichtend wie der Tod.

»Das ist nur eine Möglichkeit«, antwortete Pat schließlich, als Bruce ratlos schwieg. »Vielleicht möchte sie nur ihren Vater erreichen, damit er ihr vergibt. Und danach kommt sie nicht mehr.«

»Mir ist es ziemlich egal, was sie will«, entgegnete Ruth mit aller Bestimmtheit. »Ich möchte sie loswerden.«

»Es gibt eine Methode«, sagte Pat. »Bruce hat sie an dem ersten Abend erwähnt.«

»Exorzismus. Ja, warum nicht?«

»Du weißt, was das bedeutet«, meinte Bruce. »Das Ritual löscht den Eindringling völlig aus.«

»Und warum nicht?« wiederholte Ruth.

»Es ist irgendwie so schrecklich endgültig«, meinte Sara mit einem schwachen Lächeln.

»Und es kann auch sein, daß es überhaupt nicht funktioniert.«

»Aber wir können es zumindest probieren«, insistierte Ruth.

Bruce warf Pat einen hilflosen Blick zu, aber Pat zuckte nur mit den Achseln.

»Ruth, wie zum Teufel soll denn das vor sich gehen? Ich sehe mich schon, wie ich irgendeinem Priester diese ganze Geschichte erzähle.«

»Was ist die Alternative?«

»Daß wir versuchen, noch mehr herauszubekommen. Es kann doch sein, daß wir...«

»Es kann auch sein, daß wir nicht. Bruce, siehst du denn nicht, wie gefährlich es ist zu warten?«

»Ich sehe etwas anderes«, sagte Bruce mit einer Stimme, daß Ruth kalt wurde. »Schaut zum Fenster.«

Das milde Wetter hatte sie durcheinandergebracht. Es war nicht Frühling, es war Spätherbst, fast Winter. Die Sonne mochte noch so sehr strahlen, sie mußte den Naturgesetzen gehorchen. Sie war längst untergegangen, und dieser Tag war vorüber.

Ruth stand auf. Bis jetzt konnte man noch nicht die geringste Spur eines Dunstes in der Luft nahe dem Fenster erkennen.

»Komm, Sara«, sagte sie.

Dann sah sie das Gesicht ihrer Nichte.

»Nein«, sagte die Stimme des fremden Mädchens. »Nein, nicht... Hilfe!«

»Lieber Gott!« flüsterte Pat. »Hat Ammie etwa gehört, was wir geredet haben?«

»Ich weiß es nicht.« Ruth ging einen Schritt auf den steifen Körper ihrer Nichte zu. »Amanda. Bist du Amanda?«

»Ammie«, bestätigte die Stimme und seufzte kläglich. »Helft... Ammie.«

Draußen war es jetzt vollkommen dunkel. Ruth hatte schreckliche Angst vor dem, was noch passieren mochte.

»Dir helfen?« fragte sie scharf, und ihr Ton klang, als würde sie im Büro mit einer Stenotypistin sprechen. »Wie solltest wir dir helfen können? Warum gehst du nicht weg und läßt Sara in Ruhe? Geh zurück, geh zu... geh zu deinem Vater!«

Bruce hatte sich aufgerichtet und hob warnend eine Hand.

Aber es war zu spät. Die steife Gestalt auf der Couch krümmte sich wie vor Schmerz, dann schnellte sie mit erhobenen Händen in die Höhe.

»Vater... nein!« schrie sie. »Nein, Haß, Haß, Haß...«

Der Klang des Wortes verdeutlichte unmißverständlich seinen Inhalt. Saras Körper stand unsicher auf seinen Füßen, die Hände fuhren durch die Luft. Kein Wunder, schoß es Ruth durch den Kopf, daß das Wesen so unbeholfen ist, kein Wunder, daß es solche Schwierigkeiten hat zu sprechen. Es muß sein, als führe man ein unbekanntes Auto, nachdem man seit zweihundert Jahren nicht mehr gefahren ist.

Als die zwar vertraute und doch ganz fremde Gestalt auf sie zugestolpert kam und dabei immer weiter das Wort Haß ausstieß, schrie Ruth auf und wich zurück. Bruce bewegte sich als erster der beiden Männer, und zwar mit offensichtlichem Widerstreben. Ruth sah, wie er kreidebleich wurde, als er den Arm des Mädchens berührte. Nur zu gut erinnerte sie sich an die Reaktion ihres eigenen Körpers auf den Kontakt mit diesem Wesen. Bruce verzog den Mund, als hätte er Schmerzen, aber er ließ nicht los. Er drehte die schwankende Gestalt zu sich herum und hob seine Faust. Wie eine Puppe klappte Sara in seinen Armen zusammen. Ohne ein Wort ging Bruce mit ihr auf dem Arm geradewegs aus dem Zimmer, durch den Flur und zur Vordertür hinaus. Ruth stand da wie gelähmt, und Pat mußte sie mit Gewalt zur Tür hinausziehen. Als sie zusammengekauert im Auto saßen, sahen sie, wie die Falten der Satinvorhänge hinter den Wohnzimmerfenstern sich bewegten.

16

Sie standen auf der Treppe des hübschen neuen Hauses, das von einem gepflegten Rasen umgeben war. Pat hatte die Hand an der Klingel, aber noch versuchte er, Ruth umzustimmen.

»Ruth, ich wünschte, du würdest nicht darauf bestehen.«

»Ich habe dir gesagt, du hättest nicht mitzukommen brauchen.« Sie faßte an ihm vorbei und drückte auf die Klingel.

»Ich möchte dir helfen«, erwiderte er. »Aber ich sage es dir noch einmal, dieser Mann ist nicht geeignet. Laß mich versuchen, in der Stadt...«

»Ich kenne diesen Mann persönlich, und er kennt mich. Das ist wichtig, wenn man bedenkt, wie verrückt...« Sie brach ab und lächelte verbindlich eine ältere Frau an, die die Tür geöffnet hatte. »Ist Pater Bishko zu Hause? Bitte sagen Sie ihm, daß Mrs. Bennett ihn gerne sehen würde.«

Pater Bishko begrüßte sie mit dem weltmännischen Charme, den Ruth schon auf mehreren Dinner-Partys kennengelernt hatte. Er war ein umwerfend gutaussehender Mann mit dunklem Haar und sanften braunen Augen. Während Ruth ihm die Geschichte erzählte, hob er ab und zu verwundert die Augenbrauen, unterbrach sie aber nicht. Als sie fertig war, sagte er: »Ich... äh... muß gestehen, Mrs. Bennett, daß Sie mich... äh... sprachlos gemacht haben. Wenn jemand anderer als Sie mir diese Geschichte erzählt hätte...«

»Ich hoffe, meine Bestätigung von dem, was Mrs. Bennett geschildert hat, ist auch von Bedeutung«, warf Pat ein.

»Natürlich. Wenn es nicht Sie beide gewesen wären...«

»Dürfen wir Sie also um Hilfe bitten, Pater?«

»Langsam, meine liebe Mrs. Bennett!« Pater Bishko wedelte mit den Händen in der Luft. »So ein Unterfangen darf man nicht leichtsinnig angehen, man muß alle nur mögliche Sorgfalt walten lassen.«

»Aber Sie können es doch tun, nicht wahr, Pater?«

»Es gibt eine solche Prozedur...« antwortete Pater Bishko zögernd.

»Dann...«

»Um sie durchzuführen, müßte ich zunächst meine Vorgesetzten und bestimmte Autoritäten konsultieren. Ohne deren Erlaubnis darf ich nichts Derartiges tun.«

»Oh, das wußte ich nicht.« Ruth war so enttäuscht, daß ihr fast Tränen in die Augen stiegen. »Wie lange würde das dauern?«

»Nun, das ist schwer zu sagen. Einige Tage, nehme ich an.

Und es ist ja auch nicht sicher, wie die Antwort ausfallen würde.«

»Aber, so lange können wir unmöglich...« Ruths Stimme brach ab.

»Ist es denn so schlimm?« fragte der Priester mitfühlend. Ihre Verzweiflung bewegte ihn offenbar mehr, als es ihre sachliche Beschreibung getan hatte.

»Ja, das ist es«, mischte sich Pat ein. »Pater, ich weiß, daß ich seit vielen Jahren nicht mehr zur Beichte war, aber...«

»Du willst doch nicht etwa versuchen, mich zu bestechen, Pat?« fragte der Priester. Er klang jetzt weniger vage, viel jünger und vollkommen menschlich; auf seinem Gesicht lag ein Grinsen.

»Mit meiner unsterblichen Seele?« Pat gab das Grinsen zurück und schüttelte den Kopf. »Du kennst mich doch viel zu gut, Dennie, um das zu glauben. Aber diese Dame ist in sehr ernsthaften Schwierigkeiten, und sie meint, du könntest ihr helfen.«

»Du meinst das nicht, stimmt's?«

»Nun ja, ich...«

»Schon gut. Nun...« Pater Bishko rieb sich mit langen, schmalen Fingern das Kinn. »Ich bin auch nicht sicher, ob ich Ihnen überhaupt helfen kann, aber natürlich wäre ich gerne bereit, es zu versuchen. Wollen wir so verbleiben, daß ich einfach erst einmal vorbeischaue, um die Situation in Augenschein zu nehmen?«

»Oh, würden Sie das tun?« Ruth war gerührt vor Dankbarkeit und Erleichterung. »Ich weiß nicht, wie ich Ihnen danken soll.«

»Machen Sie sich nicht zu große Hoffnungen«, warnte der Priester. »Ich gebe ehrlich zu, daß ich selbst einigen Teilen des Rituals ziemlich skeptisch gegenüberstehe. Und, Pat, ich glaube nicht an Geister.«

»Komm heute nachmittag vorbei«, entgegnete Pat, während er aufstand. »Wir werden sehen, was wir tun können, um dich zu überzeugen.«

Als sie wieder draußen waren, wandte sich Ruth freudestrahlend ihrem Begleiter zu.

»O Pat! Warum hast du mir nicht gesagt, daß Pater Bishko und du Freunde seid?«

»Oder daß ich, wie Bruce, ein Abtrünniger bin?« Pat lächelte sie gelassen an. »Ich hielt es für unwichtig.«

»Jedenfalls war er fürchterlich nett. Es ist komisch; er hat überhaupt nichts versprochen, aber trotzdem fühle ich mich ungeheuer erleichtert und wieder ein bißchen zuversichtlich.«

»Genau deswegen ist Dennie Bishko ja so beliebt«, entgegnete Pat. »Und aus demselben Grund bin ich der Meinung, daß er nicht der Richtige für diese Aufgabe ist. Oh, sicher, er steht hoch im Kurs bei bestimmten weltoffenen und modischen Kirchengemeinden; vielleicht hat er sogar einigen Menschen wirklich Trost gespendet. Aber hinter dieser sympathischen Fassade ist nicht genügend Glaubenskraft. Wir wären besser dran mit einem Mann aus einer Slum-Gemeinde, mit jemandem, der sich durchboxen mußte, wenn schon nicht gegen böse Geister, so doch zumindest gegen Boshaftigkeiten der Menschen.«

»Wir werden ja sehen«, war Ruths ganzer Kommentar.

Pat faßte ihren Ellenbogen, als sie die Straße überquerten und sah liebevoll auf den golden schimmernden Kopf hinab, der ihm kaum bis zur Schulter reichte.

»In deiner eigenen, damenhaften Art bist du genauso stur wie ich«, sagte er.

Es dauerte noch viele Monate, bevor Ruth in der Lage war, an den Nachmittag desselben Tages zu denken, ohne daß ihr ein kalter Schauer über den Rücken lief.

Pater Bishko sah etwas mißtrauisch aus, als Ruth die Tür öffnete; doch der Charme des Hauses und die sorgfältig vorbereitete und behagliche Teezeremonie verfehlten ihre Wirkung nicht. Schon bald entwickelte sich eine gelöste und lockere Unterhaltung.

»Ich bitte Sie, das Vergnügen ist ganz auf meiner Seite«, wehrte er ab, als Ruth sich überschwenglich für sein Kommen bedankte. »Schon seit langem hatte ich den Wunsch, dieses Haus einmal von innen zu sehen. Und da wir ja nun näher miteinander bekannt sind, wage ich es, Sie zu fragen, ob wir es vielleicht in unserer Georgetown-Haustour im nächsten Frühling mit einbeziehen können? Seien Sie versichert, daß es für einen sehr guten Zweck ist.«

»Vielleicht wohnt sie im nächsten Frühling ja schon nicht mehr hier«, antwortete Pat an Ruths Stelle, bevor ihr eine Formulierung eingefallen war, die sowohl liebenswürdig, aber trotzdem unbestimmt war. Pater Bishko, der gerade eine Tasse Tee mit Zitrone entgegennahm, sah Pat mit einem schelmischen Lächeln an.

»Tatsächlich? Nun, dann werden wir eben dafür sorgen müssen, daß Mrs. Bennetts reizendes Haus nicht mehr von unwillkommenen Gästen bewohnt wird.«

Am vorherigen Abend hatten sie wieder einmal in Pats Haus eine leidenschaftliche Diskussion geführt und schließlich beschlossen, daß der kirchliche Besucher nicht über die Vermutungen informiert werden sollte, die sie sich mühsam erarbeitet hatten.

»Für uns hört es sich überzeugend an«, hatte Bruce insistiert, »weil wir gesehen haben, wie sich alles entwickelt hat und weil wir die Erscheinung persönlich erlebt haben. Aber ein Außenseiter würde es für völligen Blödsinn halten. Wenn ihr schon darauf besteht, daß dieser Mensch hier seine Vorstellung gibt, erzählt ihm von Geistern und laßt ihn seine eigenen Erfahrungen machen.«

»Richtig, das ist alles, was er wissen muß«, stimmte Pat zu. »Außerdem verhilft er uns zu einer weiteren Kontrolle. Wenn er etwas sieht, ist es nicht von unseren Schilderungen beeinflußt.«

Später sollte sich Ruth an Bruces merkwürdigen Gesichtsausdruck erinnern, als Pat dies sagte. Bruce war unverständlicherweise völlig gegen die ganze Idee des Exorzismus gewesen. Aber vielleicht, dachte Ruth, während sie Pater Bishko einen Teller mit Keksen anbot, war es doch nicht so unverständlich. Bruce fühlte sich wahrscheinlich in Gegenwart eines Priesters genauso unwohl wie sein Nicht-Glaubensbruder.

Pat hatte inzwischen seine anfängliche Befangenheit überwunden und verhielt sich äußerst charmant. Er und Pater Bishko riefen sich ihre gemeinsamen Schultage in Erinnerung, und beide schienen sich bestens zu amüsieren.

Die Sonnenstrahlen auf dem Fußboden leuchteten nicht mehr golden, sondern bronzefarben, als Sara und Bruce nach Hause kamen. Bruce verhielt sich liebenswürdig und zuvorkommend. Er schüttelte dem Priester die Hand, verbeugte sich leicht und schloß sich in verbindlichem Ton der Diskussion über Avantgardetheater an. Nach einer weiteren halben Stunde höflicher Konversation machte Pater Bishko Anstalten aufzubrechen.

»Mrs. Bennett, ich versichere Ihnen, ich werde Ihr Problem so schnell wie möglich vor meine Oberen bringen. Ich hoffe, Sie vergeben mir, wenn ich heute morgen etwas brüsk war...«

»Oh, das könnten Sie überhaupt niemals sein.«

Er schmunzelte. »Aber nun, da wir uns besser kennen und ich auch Ihre bezaubernde Nichte getroffen habe... Es ist klar, daß diese Angelegenheit untersucht werden muß, wenn Sie Ihnen Sorgen macht. Das allein ist schon Grund genug für mich, etwas zu unternehmen.«

»Sie sind sehr freundlich«, erwiderte Ruth ernsthaft. »Vor allem, da Sie sich bei dieser zugegebenermaßen ungewöhnlichen Geschichte allein auf unser Wort verlassen müssen.«

»Nun, ich kann kaum erwarten, daß Sie eine Erscheinung für mich heraufbeschwören«, antwortete Pater Bishko mit einem Lächeln.

»Ich hatte gehofft, daß wir genau das könnten«, erwiderte Pat. »Um diese Tageszeit passiert es manchmal.«

Der Priester stellte seine Tasse auf den Tisch und sah interessiert auf.

»Soll das heißen, daß es regelmäßig zu einer bestimmten Zeit geschieht? Und worum genau handelt es sich eigentlich konkret? Sie haben keine sehr genaue Beschreibung gegeben.«

»Zu der ersten Frage – nein, es kommt nicht immer zur selben Zeit, aber normalerweise geschieht nichts vor Einbruch der Dunkelheit. Was die Beschreibung angeht...« Pat zögerte, und Pater Bishko nickte verständnisvoll.

»Ich verstehe. Du willst mir keine Beschreibung geben, damit mein Eindruck unabhängig und unbeeinflußt bleibt. Ich muß gestehen, daß meine Neugier geweckt ist.«

»Wenn Sie etwas länger bleiben könnten...« schlug Sara vor.

»Leider bin ich zum Essen verabredet. Tatsächlich komme ich sogar schon zu spät.« Dann sah er Pat mit einem verschmitzten Blick an, der zweifellos viele seiner Gemeindemitglieder bezauberte. »Wenn nur du mir diese Sache unterbreitet hättest, Pat, würde ich annehmen, daß du mich aufziehen willst. Aber so, wie es ist... nun, ich gebe zu, daß ich fasziniert bin. Zu gerne würde ich einmal etwas in dieser Art mit eigenen Augen sehen.«

Während Ruth das offene und arglose Gesicht des Priesters ansah, wurde ihr mit einem Mal klar, daß Pat recht gehabt hatte. Dieser nette und glückliche Mann sollte besser nicht mit ihrem dunklen Besucher zusammentreffen. Es könnte sein, daß seine Skepsis und sein strahlender Optimismus sogar eine Herausforderung für den bösartigen Geist darstellten.

»Es tut mir leid, daß wir Ihnen nicht dienen können«, sagte sie mit gezwungenem Lächeln und im Ton der erfahrenen Gastgeberin, die einem erfahrenen Gast signalisiert, daß die Party vorüber ist. Pater Bishko erhob sich augenblicklich.

»Ist unsere Erscheinung denn auch örtlich eingegrenzt?« fragte er und sah hoffnungsvoll um sich, als erwartete er jeden Moment eine neblige weiße Gestalt hinter der Couch auftauchen zu sehen.

»Sie kommt von dort«, antwortete Pat und zeigte in den vorderen Teil des Zimmers.

»Von wo? Von hier?«

Pater Bishko stand reglos mit schräg geneigtem Kopf und halbgeschlossenen Augen, als wenn er einer Stimme lauschte, die für die anderen nicht zu hören war. Für einen Moment meinte Ruth, sie hätte sich geirrt; vielleicht konnte er doch etwas spüren.

»Nein«, sagte Pater Bishko. »Ich fühle nichts Unnormales. Aber meine Begabung liegt auch nicht auf dieser Ebene, das sagte ich ja schon.«

»Und du spürst überhaupt nichts?« fragte Pat. Er stand neben dem schlankeren und kleineren Mann, und Ruth sah, wie er bebte, sein Zittern aber schnell unter Kontrolle brachte. Der Priester schüttelte den Kopf. Offensichtlich spürte er noch nicht einmal die Kälte, die Pat wahrnahm.

Bruce war inzwischen wie unabsichtlich zur Tür geschlendert und hatte Sara mit sich gezogen. In dem Halbdunkel des Flurs sah sein helles Gesicht mit dem schwarzen Bart wie eine Maske aus.

»Vielleicht gestatten Sie mir«, sagte der Priester, »bevor ich gehe, ein Gebet zu sprechen. Das kann nicht schaden und wer weiß, vielleicht bewirkt es ja etwas Gutes.«

Ohne auf die Antwort zu warten, beugte er seinen Kopf. Ruth wurde von einer solchen Angst ergriffen, daß sich ihr Magen zusammenzog. Sie war unfähig zu sprechen. ›Das kann nicht schaden?‹ Vielleicht aber doch? Sie fühlte etwas Schreckliches bevorstehen, so wie manche Menschen ein Erdbeben spüren, bevor die erste Erschütterung die Erdkruste aufreißt. Die Anzeichen waren dieselben – ihr Kopf war wie zusammengedrückt und schmerzte, sie bekam keine Luft. Sie war wie gelähmt, konnte nicht sprechen und sich nicht bewegen, nicht einmal eine Warnung rufen.

Pater Bishko, dessen Augen geschlossen und dessen andere Sinne offenbar dem Kommenden gegenüber unsensibel waren, spürte kein Warnzeichen. Pat war schon ein paar Schritte zurückgewichen, als Pater Bishko anfing zu beten – ein ziemlich kindischer Versuch, sich von einem kirchlichen Ritual zu distanzieren, fand Ruth. Als nun das Schwarzwerden der Luft sichtbar wurde, wich er noch weiter zurück.

Der warnende Schrei kam von Bruce. »Pater!« rief er mit einer Stimme, die einen Toten erweckt hätte, und im gleichen Moment schien der Priester auch die Wirkung der Erscheinung zu spüren. Er öffnete die Augen und sah sich einer schäumenden schwarzen Masse gegenüber. Diesmal hatte das Ding mit rasender Geschwindigkeit Form angenommen.

Ruth fragte sich, ob es mit jedem Mal schneller wurde oder sich durch die Gegenwart des Priesters zu gesteigerter Aktivität herausgefordert fühlte. Für Pater Bishko mußte es sein, als erwachte man gerade aus dem Schlaf und sah beim ersten Augenaufschlag in ein haßverzerrtes Gesicht, das sich dicht vor einem befand. Der plötzliche Schock solch abscheulicher Nähe mußte schon schlimm genug sein, aber dies hier war unendlich viel schlimmer. Denn vor Pater Bishko stand die Inkarnation des Bösen.

Kein menschliches Wesen konnte diesem Schock so ohne weiteres standhalten. Und Pater Bishko war trotz seiner Berufung auch nur ein menschliches Wesen! Er schrie laut auf und stolperte rückwärts; und das Ding folgte ihm wabernd und schäumend.

Bruces Gesicht verschwand, und in den Flur fiel graues Licht ein, als die Haustür geöffnet wurde. Ruth wußte, daß Bruce Sara in Sicherheit brachte.

Dann sah sie, wie Pater Bishko in der Tür des Wohnzimmers haltmachte und sich umdrehte, und ihr stockte der Atem. Nie zuvor hatte sie ein so todesmutiges Verhalten miterlebt. Der Pater war kalkweiß und zitterte, trotzdem blieb er stehen und hielt dem Widersacher sein Kruzifix entgegen.

Das Ding schwankte hin und her. Eine Sekunde lang schien es zusammenzuschrumpfen, und Ruth hoffte aus tiefster Seele auf die Wirkung des Kruzifixes. Doch es sammelte wohl nur Kraft für die nächste Bewegung, denn mit einem plötzlichen zuckenden Beben schüttelte es sich in eine neue Form. Die Säule wurde dicker und schwärzer, der obere Teil aber schrumpfte und formte ein Oval, in dem sich zwei Vorsprünge ausbildeten. Ruth schrie auf und schlug die Hände vor die Augen. Zwar hatte das Ding schon vorher in einigen Momenten eine menschenähnliche Form gehabt, aber noch nie das Gesicht eines menschlichen Wesens.

Das war auch für Pater Bishko zuviel. Entsetzt drehte er sich um und rannte in wilder Hast davon, wobei er das Kruzifix fallenließ und Pat fast umstieß.

Erst in den Moment bemerkte Ruth, daß die Geräusche, die sie gehört hatte, von Pat kamen. Es waren keine Geräusche der Angst oder des Schreckens, aber sie fand sie auf andere Art genauso schockierend. Pat lachte.

»Das werde ich mir nie verzeihen«, sagte Ruth. »Niemals.«

Wieder einmal saßen sie in Pats Wohnzimmer versammelt und hatten für all die schwache physische Aufmunterung gesorgt, die ihnen zur Verfügung stand. Ein warmes Feuer brannte im Kamin, Cognacgläser standen auf dem Tisch, und die Vorhänge waren zugezogen. Nachtlichter, hatte Bruce gesagt, für die ängstlichen Kinder. Aber jedesmal wurde die Wirkung dieser Beruhigungsmittel geringer, jedesmal kostete es mehr Mühe, die Erinnerung an das Unfaßbare auszuschalten.

»Du hast keinen Grund, dir Vorwürfe zu machen.« Pats Gesicht hatte Sorgenfalten. »Aber ich sollte mich schämen. In einem solchen Moment über einen Mann zu lachen... Aber wenn ihr sein Gesicht gesehen hättet...«

»Ich habe es gesehen«, erwiderte Ruth trocken. »Bitte, Pat, ruf ihn noch einmal an.«

»Liebling, er ist längst zu Hause oder irgendwo, wo er Hilfe finden kann. Bruce hat gesehen, wie er ein Taxi genommen hat. Du brauchst dir keine Sorgen zu machen.«

»Ich hatte solche Angst um dich, Ruth«, sagte Sara. »Ich wußte nicht, wie du hinauskommen würdest. Aber es... es ging einfach wieder weg?«

»Ja, genauso schnell, wie es gekommen war. Diesmal kam es seinetwegen, wegen Pater Bishko, nicht wahr?«

»Ich befürchte es«, sagte Bruce. Die Belastung und Anspannung der letzten Tage war ihm stärker anzusehen als den anderen. Seine schmalen Wangen waren eingefallen, und der Glanz in seinen Augen sah fast fiebrig aus. Merkwürdigerweise ließ ihn das jünger erscheinen anstatt älter.

»Was meinst du damit?« fragte Sara.

»Nun, diesmal war es so besonders stark und schien wütender und haßerfüllter als sonst. Ich hatte den Eindruck, daß es ein regelrechter Angriff auf den Priester war. Dabei hat sich etwas herausgestellt, was für uns sehr wichtig ist. Ich habe nicht wirklich daran geglaubt, daß irgendein konventionelles Symbol dieses Ding beeinflussen würde, aber wahrscheinlich hatte ich es doch noch gehofft.«

»Was heute passiert ist, bedeutet, daß eine der möglichen Waffen nicht funktioniert«, erläuterte Pat.

»Eine? Welche möglichen Waffen gibt es denn?« fragte Ruth.

»Oh, Dutzende, das ist das Problem. Die religiösen Symbole sind die bekanntesten – Kruzifix, Weihwasser, Gebete –, aber es gibt auch noch Knoblauch, Eisen, verschiedene Kräuter, Bienenwachs, Feuer und viele andere. Man kann einen bösen Geist loswerden, indem man ihn in einen Stein oder ein Tier verwandelt...«

»Wie denn?«

Pat sah sie an, lachte und schüttelte den Kopf.

»Ich hätte nie gedacht, daß ich dieses Buch mal für solche Zwecke benutzen würde.« Er ging zum Bücherregal am Kamin und zog einen dicken grünen Band heraus, der zu einer zusammengehörigen Reihe gehörte, die das halbe Regal füllte. »Dies ist die Enzyklopädie der Zauberkunde, das Rezeptbuch für Hexen, Frazers *Der goldene Ast*. Ich habe ein paar neuere Bücher ähnlichen Inhalts, aber in diesem sind fast alle Tricks aufgeführt.«

»Schließt du sie jetzt alle aus, weil das Kruzifix keine Wirkung hatte?« fragte Bruce. Er trat zu Pat an das Bücherregal und nahm einen weiteren Band heraus.

»Ich schließe überhaupt nichts aus. Ich weiß einfach nicht, wo man anfangen soll. Aber ehrlich, Bruce, kannst du dir vorstellen, daß wir ein Huhn um Saras Hals hängen und darauf warten, daß Ammie dann in dieses Huhn anstatt in Sara schlüpft?«

»Feuer«, murmelte Bruce, der in dem Buch blätterte, das er in der Hand hielt. »Das dürfte im vorliegenden Fall nicht gerade hilfreich sein.«

»Ich erinnere mich an eine Geschichte, in der es um Eisen geht«, sagte Sara. »In diesem wundervollen Buch von Kipling, *Puck*, oder war es die Fortsetzung? ›Eisen, kaltes Eisen, ist ihrer aller Meister...‹«

»Oh, dieses Buch habe ich auch geliebt«, fiel Ruth begeistert ein, für einen Moment abgelenkt. »Die Feenwesen können Eisen nicht ausstehen, und zwar weil sie nicht solche niedlichen kleinen Geister in Nylonpetticoats sind, sondern die Menschen der Altzeit, kleine dunkle Menschen, die Bronze benutzten und von den Eisenwaffen der neuen Invasoren in den Untergrund getrieben wurden.«

»Wie süß«, sagte Bruce bissig, ohne auch nur von seinem Buch aufzuschauen.

»Fließendes Wasser spielt auch eine Rolle«, murmelte Sara.

»Oder wir könnten vielleicht ein paar Masken kaufen und im Kreis um Sara herumtanzen, während wir auf Töpfen trommeln«, sagte Pat plötzlich heftig. »Wie soll man entscheiden, welches von zwei unmöglichen Dingen eher möglich ist?«

Jetzt sah Bruce hoch.

»Ich dachte, wir wären uns einig, daß das, was wir hier erleben, möglich ist. Ich kann verdammt noch mal nicht verstehen, warum du dich über eine Lappalie wie Teufelstänze aufregst, wenn du zugibst, daß es den Teufel gibt. Oder«, setzte er mit ironischem Lächeln hinzu, »stellst du das schon wieder in Frage?«

»Natürlich kämpfe ich immer noch dagegen an!« Pat schrie fast. »Alles, was ich seit fünfzig Jahren gelernt habe, kämpft dagegen an. Verdammt noch mal, Bruce, laß mir meine Momente der Ungläubigkeit, okay?«

»Ich bin mir nicht sicher, ob ich das so ohne weiteres kann.« Bruce schloß das Buch, ließ aber einen Finger in den Seiten, was Ruth an das andere Buch und die Umstände seiner Entdeckung erinnerte. »Pat, wenn du schwach wirst... Wir müssen daran glauben, ohne Überzeugung werden wir auch nichts erreichen.«

»Ich versuche es ja.«

»Tust du das? Oder glaubst du schon wieder an Halluzinationen? Du kannst jetzt nicht mehr im Ernst behaupten, daß es sich um Schizophrenie handelt. Nicht mit diesem schrecklichen Ding, das jeden Abend im Wohnzimmer auftaucht.«

»Natürlich, das behaupte ich ja auch gar nicht.«

»Es gibt noch eine andere Möglichkeit«, fuhr Bruce fort und sah Pat prüfend an. »Eine, die wir noch nicht erwähnt haben, von der ich aber sicher bin, daß sie dich schon beschäftigt hat.«

»Ein natürliches Phänomen? Gas oder unterirdische Erschütterungen oder etwas Ähnliches?«

»Nein. Ich meine Betrug. Absichtliche, bewußte Täuschung.«

»Nun, ich wäre ein Trottel, wenn ich nicht daran gedacht hätte«, antwortete Pat.

Bruce legte eine Hand auf die Rückenlehne eines Stuhls. Ruth war die einzige, die nahe genug saß, um zu sehen, daß er unauffällig einen Teil seines Gewichts auf diese Hand stützte.

»Wir wissen, daß du kein Trottel bist. Okay, dann laß uns offen darüber sprechen. Ich hasse es, solche Dinge schmoren zu lassen. Wenn es also Betrug wäre, wer sollte ihn inszenieren, außer Sara?«

Sara lächelte leicht verwundert. Ruth schnaubte empört.

»Natürlich müßte Sara mitmachen«, entgegnete Pat ruhig. »Sie ist Ammie. Das Medium wäre auch beteiligt, denn die Séance brachte das Ganze erst ins Rollen.«

»Ich hatte den Traum«, wandte Ruth ein.

»Der kann von außen herbeigeführt worden sein, mit demselben Tonbandgerät, das die ›Ammie, komm nach Hause‹-Stimme produziert.«

»Du bist ja verrückt«, sagte Ruth entrüstet. »Und der... der Widersacher? Kann der auch von einem Tonband produziert sein, ja?«

»Er könnte jedenfalls produziert sein«, entgegnete Bruce kühl. »Ich weiß nicht, wie, aber ich wette, daß jeder gute Bühnenzauberer jeden der Effekte, die wir gesehen haben, herbeiführen könnte. Einschließlich der Kälte.«

»Und was ist mit der Geschichte von Douglass Campbell und seiner Tochter, die wir so mühselig herausgefunden haben?«

»Wenn wir sie herausgefunden haben, konnte jemand anders das natürlich genausogut. Jemand, der sie dann als Grundlage für das Ganze benutzt hat.«

»Du bist ein guter Advokat des Teufels«, erkannte Pat an und lächelte widerstrebend. »Jetzt hast du mir die Rolle zugeschoben, in der ich die Geistertheorie verteidigen muß. Welche Motive könnte es für einen Betrug geben?«

»Mir fallen auf Anhieb drei ein.«

»Eins«, zählte Sara.

»Jemand möchte Ruths Haus billig kaufen«, reagierte Bruce prompt. »Ein vergrabener Schatz im Keller könnte der Grund sein oder einfach nur eine Leidenschaft für alte Häuser.«

»Zwei?«

»Haß. Auf Ruth oder dich oder sogar Pat. Wenn er in eine solche Geschichte verwickelt ist und das Ganze dann öffentlich gemacht würde, das wäre weiß Gott nicht gut für seinen akademischen Ruf. Drei: Irgendein Verrückter, der beweisen will, daß Spiritualismus auf Tatsachen beruht. Und verlangt von mir nicht, daß ich euch die Art von Mentalität erkläre, die etwas vortäuscht, um damit einen Glauben zu beweisen; das kann ich nicht. Aber ich weiß, daß sie existiert.«

»Ich sehe, du hast dir schon einige Gedanken gemacht«, sagte Pat.

»Ich bin auch kein Trottel. Allerdings weiß ich genau, daß Sara so etwas Verrücktes nicht machen würde. Trotzdem gäbe es noch eine andere Möglichkeit – Hypnose. Sara könnte unwissentlich ihren Teil zum Übernatürlichen beitragen – durch posthypnotische Suggestion.«

»Ein Außenseiter?« vermutete Pat.

»Nicht unbedingt.« Bruce räusperte sich. »Ich dachte dabei natürlich an dich. In einem Kriminalroman würde der Verdacht als erstes auf dich fallen. Du protestierst zuviel.«

Pat schluckte. Dann kam ihm sein Sinn für Humor zu Hilfe, und er lachte herzlich.

»Okay, Bruce, wieder einmal gewonnen. Also laßt uns an unsere verrückten Hypothesen glauben und keine Zeit verlieren.«

Bruce atmete auf. Man merkte ihm an, daß seine Nerven schon ziemlich angegriffen waren. Aber seine Stimme war kühl und nüchtern, als er sagte: »Okay, dann laß uns einen

Blick in den Frazer werfen. Es müssen ja nicht gerade Bantu-Zeremonien sein, aber wir könnten Kräuter probieren. Eisenkraut, Johanniskraut, Knoblauch...«

Sara kicherte.

»Wollt ihr etwa einen Kranz flechten und mir um den Hals hängen?«

»Es wird schwierig sein, dieses Zeug zu finden«, meinte Ruth. »Knoblauch ist ja kein Problem, aber Eisenkraut steht nicht gerade in jedem Laden herum.«

»Ihr könnte euch morgen darum kümmern«, entgegnete Bruce. »Das ist doch eine nette Aufgabe, zur Abwechslung mal an der frischen Luft. Am besten rüstet ihr euch noch mit den lateinischen Namen aus, ihr könnt alles hier drin finden.« Er blätterte schon wieder in den Seiten von Sir James Frazers klassischem Werk. »Schade«, murmelte er. »Die üblichen Mittel in der westlichen Kultur sind tatsächlich die religiösen Requisiten. Da ist uns ein großer Teil verlorengegangen.«

»Das erinnert mich an etwas, das ich mal gelesen habe«, sagte Sara.

Gleichzeitig erwiderte Pat: »Vielleicht brauchen wir noch etwas Heiligeres. Zum Beispiel einen Splitter des echten Kreuzes oder den Knochen eines Heiligen.«

Und Ruth fiel ein: »Pat, bitte ruf ihn noch mal an!«

Pat wandte sich Ruth zu. »Okay, meine Liebe. Wenn du dich dann besser fühlst.«

Das Telefon stand auf dem Couchtisch. Sie konnten alle das gedämpfte Klingeln am anderen Ende der Leitung hören. Dann nahm jemand ab.

»Dennie?« Pats Gesicht hellte sich auf. Um Ruth nicht noch mehr zu beunruhigen, hatte er seine eigene Besorgnis nicht zugegeben. »Alles in Ordnung? Wo warst du so lange?«

Die Zuhörer hörten die blecherne Stimme am anderen Ende, ohne einzelne Worte identifizieren zu können. Für sie war das Gespräch einseitig, aber trotzdem völlig verständlich.

»Ich bin ja so erleichtert... Nein, nein, Dennie, das brauchst du wirklich nicht. Ganz im Gegenteil, Mrs. Bennett war ganz außer sich vor Sorge um dich... Ja, sie ist hier. Natürlich.«

Ruth griff beklommen nach dem Telefonhörer. Der Priester wehrte ihre Entschuldigungen ab. Für ihn gab es jetzt Wichtigeres zu besprechen.

»Mrs. Bennett, ich habe ein Treffen vereinbart, der erste der notwendigen Schritte für das Ritual, über das wir gesprochen haben. Es wird einige Zeit dauern, in unserer Erzdiözese gibt es immer viel zu tun. Ich bitte Sie, mir zu versprechen, daß Sie bis dahin das Haus nicht mehr betreten und auch niemand anderem den Zutritt gestatten.«

»Aber, Pater...«

»Verstehen Sie bitte, das Erlebnis in Ihrem Haus hat mich... tief getroffen und auch beschämt. Aber ich möchte mit dieser Bitte nicht etwa mein eigenes Verhalten entschuldigen, ich habe Angst um Sie. Diese Erscheinung ist stark, stark und böse. Sie dürfen nichts riskieren.«

»Ich weiß, wie schrecklich man sich ihm gegenüber fühlt«, erwiderte Ruth. »Und Sie haben es in seinem schlimmsten Zustand erlebt und sind ihm – wenn ich das sagen darf – mit einem Mut entgegengetreten, den wohl nur einige aufgebracht hätten. Aber es ist nicht körperlich. Ich bin sicher, daß es einen nicht physisch verletzen kann.«

»Physisch? Meine liebe Mrs. Bennett, das ist nicht die größte Gefahr! Versprechen Sie mir, daß Sie das Haus nicht mehr betreten werden. Ich könnte nicht schlafen, wenn ich Ihr Versprechen nicht hätte.«

»Ich verspreche es«, antwortete sie. Dann reichte sie auf Pater Bishkos Bitte den Hörer wieder an Pat. Nachdem die beiden Männer noch ein paar Sätze gewechselt hatten, hängte Pat ein.

»Der Ärmste«, sagte er mitleidig. »Er ist sehr erschüttert.«

»Das wird ihm nichts schaden«, entgegnete Bruce scharf. »Ein Priester, der ja schließlich das ganze Leid des Universums trägt, sollte von Zeit zu Zeit ruhig etwas erschüttert werden. Alle Menschen sollten viel öfter erschüttert werden.«

»Was so ärgerlich ist an der Jugend«, bemerkte Pat beiläufig, »ist nicht, daß sie in Platitüden redet, sondern daß sie es mit solcher Überzeugung tut.«

»Pat, bitte«, sagte Ruth beschwichtigend.

»Entschuldigung, Liebes. Wir sind alle nicht gerade in bester Form im Moment.« Er fuhr sich mit den Fingern durchs Haar, und es entstand der vertraute Hahnenkamm. »Was hast du Pater Bishko versprochen?«

»Daß ich nicht mehr zurück ins Haus gehe. Das mußte ich«, fügte sie trotzig hinzu. »Er hat sich wirklich große Sorgen gemacht. Und sagt, was ihr wollt, ich fühle mich für den Vorfall verantwortlich. Wir hätten ihn warnen müssen.«

Bruce sah sie vielsagend an, und ihr war klar, daß er sich durch ihr Versprechen nicht gebunden fühlte. »Und er will den Exorzismus durchführen?« fragte er.

»Sobald er die Erlaubnis erhält.«

»Ich muß zugeben, ich bewundere seinen Mut«, gab Bruce zu. »Wenn schon so ein kleines Gebet diesen Ausbruch heute hervorrief, wer weiß, was dann ein richtiger Exorzismus erst bewirken wird. Ich wär' nicht scharf drauf, es mitzuerleben.«

»Vielleicht wirkt er ja auch. Pater Bishko glaubt eben daran.«

»Er geht von einer quantitativen Theorie aus«, erwiderte Bruce. »Wenn eine Tablette nicht hilft, vielleicht tun es dann sechs. Ich fürchte aber, daß es sich hier um einen anderen Fall handelt, die Art Tablette ist nicht das richtige Mittel. Sara, sollen wir nachschauen, was *Der goldene Ast* sonst noch anzubieten hat?«

Es war wie ein gut einstudiertes Theaterstück, dachte Ruth. Nehmt eure Plätze ein für den ersten Akt, zweite Szene. Zwar spielten sie ihre Rollen erst seit ein paar Tagen, aber sie hatten sich schon völlig daran gewöhnt. Sara kramte auf dem Schreibtisch, bis sie ein Blatt Papier und einen Stift gefunden hatte. Sie gab eine unorthodoxe Sekretärin ab, wie sie sich jetzt mit gekreuzten Beinen auf den Kaminvorleger setzte. Ihre langen Haare fielen ihr wie ein Vorhang vors Gesicht. Bruces lange, schmale Gestalt stand wieder gegen den Kaminsims gelehnt, und sein Blick ging ins Leere. Mit eleganten Gesten seiner langen Hände unterstrich er seine

Worte. Pat hatte es sich in seinem zerschlissenen Ledersessel bequem gemacht; der hochstehende Haarkamm leuchtete und warf einen Schatten auf sein Gesicht. Ruth selbst war auf dem Weg in die Küche, um den nächsten Kaffee zu machen, der das Nachdenken der großen Geister stimulieren würde. In der Tür hielt sie inne und überschaute mit einem Gemisch aus Bangen und Wohlbehagen den heimeligen Charme der Familienszene: die lebhaften Farben von Saras grünem Rock und Pullover und von Pats kupferrot leuchtendem Haar, Bruces schwarzweiße Eleganz, das Glitzern der silbernen Schüssel auf dem Tisch. Sie hätten irgendeine beliebige Familie sein können, die nach dem Essen noch eine lockere Unterhaltung pflegt.

»Verwandlung in einen Baum«, las Bruce laut. »Man bohrt ein Loch in einen Baumstamm und deponiert darin eine Haarlocke des Betroffenen. Dann verschließt man das Loch...«

Ruth wußte nicht, ob sie lachen oder weinen sollte.

17

Am nächsten Morgen schliefen sie alle lange; Ruth fühlte sich trotzdem zerschlagen und hatte keinen Appetit.

»Und es ist nicht etwa, weil ich einen Kater habe«, erklärte sie verdrießlich. »Ich hatte letzte Nacht einen schrecklichen Traum, mit Medizinmännern in Federkleidern und Masken, die Sara um ein Feuer herumjagten. Es endete damit, daß jemand gegessen wurde, ich bin nicht mehr sicher, wer. Aber wahrscheinlich war ich es selbst. Ich möchte nur Kaffee, danke.«

Sara schenkte Ruth Kaffee ein.

»Ich hatte auch einen Traum«, sagte sie. Sofort hörten die anderen mit Essen und Trinken auf und sahen sie an.

»Botschaften aus dem Jenseits?« fragte Pat. Sein Versuch zu scherzen war nicht sehr erfolgreich.

»Ich weiß nicht.«

»Und was hast du geträumt?« fragte Bruce.

Sara setzte sich und stützte die Ellbogen auf den Tisch. Ruth wollte darauf hinweisen, daß ihr Haar sich auf nicht gerade hygienische Art mit dem Rührei aus ihrem Teller vermischte, doch dann entschied sie, es nicht zu tun. Im Moment ging es wirklich um wichtigere Dinge.

»Ich hab' geträumt, daß ich in dem Haus war«, fing Sara an. »Ich ging einfach durch die Zimmer. Zuerst war ich in der Küche, und sie sah ganz komisch aus. Der Blick in den Garten war wie immer. Aber in der Küche selbst war alles ganz verschwommen. Dann ging ich durchs Eßzimmer, und die Sachen wurden etwas klarer, aber noch immer waren die Möbel undeutliche Flecken.«

Sie hielt inne und sah vor sich hin. Ihre Augen waren dunkel, als sie sich die Traumbilder in Erinnerung rief und nach Worten suchte, um sie zu beschreiben.

»Ich konnte nicht ins Wohnzimmer hineinsehen. Die Tür war offen, doch es war, als hinge ein Vorhang in der Türöffnung. Auch im Flur waren die Sachen noch verschwommen, aber eins konnte ich erkennen: Die Kellertür war offen.«

»Wieder der Keller«, murmelte Bruce. »Verdammt noch mal, ich verstehe nicht...«

Pat bedeutete ihm mit einem Wink zu schweigen.

»War das alles, was du geträumt hast?«

»Nein, es ging noch etwas weiter. Ich versuchte... ich wollte...« Wieder machte sie eine Pause. Sie war eine Spur blasser geworden. »Das war der einzig schlimme Teil«, sagte sie schließlich. »Ich habe euch gesagt, was in dem Traum passierte, aber ich habe die Atmosphäre noch nicht beschrieben, das Gefühl, das ich dabei hatte. Mir war die ganze Zeit etwas beklommen zumute, aber ich hatte keine richtige Angst. Es war eher so, als wollte ich irgend etwas heimlich aus dem Haus bringen, bevor Mutter es bemerkte. Aber dann bekam ich langsam doch Angst, und als ich im Flur war, wußte ich, daß ich dem Ort näher kam, von dem etwas Schreckliches ausging. Ich wollte ins Wohnzimmer gehen, aber ich konnte nicht. Irgend etwas hielt mich zurück, etwas, das selbst vor Entsetzen ganz verstört war. Ich kämpfte dagegen an, und dann wachte ich auf.«

Sie biß herzhaft in ihr Toastbrot, und Ruth sagte erleichtert lächelnd: »Der Traum scheint dich ja nicht allzusehr mitgenommen zu haben.«

»Nein, ich habe ja gesagt, es war nicht so schlimm.«

»Der Keller«, murmelte Bruce. »Das muß etwas bedeuten.«

»Aber was?« fragte Pat. »Wir haben doch nachgesehen. Da gab es keine einzige Spinnwebe, die dort nicht hingehört hätte.«

»Vielleicht etwas unter dem Keller«, sagte Sara. Ruth sah sie erstaunt an.

»Unter dem Keller? Etwa Douglass Campbells vergrabener Schatz?«

»O Gott, hoffentlich nicht«, meinte Bruce mürrisch. »Der Boden ist aus Beton. Wenn wir den anbohren und dann den ganzen verdammten Belag rausreißen müßten...«

»Unsere Geister müssen schon ein bißchen konkreter werden, damit wir das in Angriff nehmen«, stimmte Pat zu. »Ich glaube eher, wenn der Traum eine Bedeutung hat, liegt sie im letzten Teil. Vielleicht gibt es irgendwas im Wohnzimmer, das wir noch nicht gefunden haben.«

»Bücher?« schlug Ruth vor. »Es gibt noch mehr von Hatties Büchern in dem Bücherregal in der hinteren Ecke, in dem auch das Maryland-Geschichtenbuch stand.«

»Hört sich unwahrscheinlich an«, meinte Bruce skeptisch. »Aber wir können's ja versuchen. Kann schon sein, daß bei Kusine Hatties Interesse an Familiengeschichten noch interessante Papiere in dem Haus sind.«

»Ich habe Pater Bishko versprochen...«

»Ich aber nicht«, unterbrach sie Bruce. »Und ich würde ein solches Versprechen auch nicht als bindend ansehen, Ruth. Ich fände es gut, wenn du mitkämst, und sei es nur, um mir zu zeigen, wo es Sinn hat zu suchen. Aber wenn du absolut nicht willst, geh' ich auch allein.«

»Bruce hat recht«, sagte Pat. »Ich fühle mich durch ein derartiges Versprechen auch nicht gebunden.«

Bruce musterte Pat nachdenklich. Ruth meinte in seinen dunklen Augen zu sehen, wie er Möglichkeiten abwog.

»Es gibt etwas, das du tun könntest, und das uns viel mehr helfen würde.«

»Und das wäre?«

»Nach Annapolis fahren«, antwortete Bruce.

»Wozu das denn?«

»Wegen bestimmter Dokumente, die sich dort im Archiv befinden. Die meisten Sachen waren in der Kongreßbücherei, und ich habe sie dort durchgeschaut, aber in Annapolis gibt es noch ein paar Unterlagen über lokale Ereignisse. Zwei der Sammlungen – sie werden das Rote und das Blaue Buch genannt – enthalten Briefe, in denen etwas über Einwohner von Georgetown während der fraglichen Zeit steht. Und jemand sollte auch die Zeitungen durchgehen. Das *Maryland Journal* und der *Baltimore Advertiser* sind die, die für uns in Frage kommen, glaube ich. Und die gibt es in Annapolis auf Mikrofilm.«

Pats Gesicht nahm den sturen Ausdruck an, den Ruth mittlerweile gut kannte. Sie konnte seine Reaktion verstehen. Bruce hatte recht; aber seine selbstverständliche Art, über die anderen zu bestimmen, war äußerst ärgerlich.

»Warum fährst du nicht selbst?«

»Erstens habe ich kein Auto. Zweitens fehlt mir dein akademisches Prestige. Und drittens«, fuhr er schnell fort, als Pats Mund sich schon zu einem Protest öffnete, »habe ich Probleme mit meinen Augen. Deswegen möchte ich lieber nicht fahren.«

»Ich wußte gar nicht, daß etwas mit deinen Augen nicht in Ordnung ist«, sagte Sara überrascht und besorgt. »Was hast du denn?«

»Ist auch nicht schlimm, aber im Moment muß ich alle paar Stunden Augentropfen nehmen, und dann sehe ich für kurze Zeit etwas verschwommen«, antwortete Bruce.

»Aber warum hast du mir nie...«

Bruce verdrehte die Augen. »Was erwartest du denn, soll ich jedem Mädchen als erstes gleich eine Liste mit meinen physischen Leiden überreichen? Den Teufel werd' ich tun. Also, Pat?«

»Ich habe doch gar keine Wahl. Na gut. Dann fahr' ich aber am besten gleich. Es ist schon spät.«

»Wir treffen uns hier wieder um sechs Uhr«, sagte Bruce. »Die Bücherei in Annapolis schließt wahrscheinlich um fünf oder um vier. Um die Zeit werden wir das Haus schon wieder verlassen haben, also komm erst gar nicht dorthin. Kannst du uns einen Schlüssel geben, falls wir vor dir hier sind?«

»Okay«, sagte Pat mürrisch.

Er stand auf und fiel über Lady, die – wie vorausgesagt – flach auf dem Boden vor ihrem Freßnapf lag.

»Dummer Hund«, murmelte Pat automatisch.

Lady gab einen langen Seufzer von sich.

Bruce starrte den Hund an.

»Hey, Pat. Können wir uns Lady ausborgen?«

»Wozu um alles in der Welt?«

»Um sie als Kanarienvogel einzusetzen«, antwortete Bruce.

Sara kicherte, Ruth starrte Bruce sprachlos an, und Pat erklärte: »Noch ist er nicht völlig durchgedreht. Früher hat man Vögel in Bergwerken verwandt, um das Vorhandensein von tödlichen Gasen festzustellen. Da die Vögel so klein sind, sterben sie, lange bevor die Konzentration den Menschen etwas anhaben kann. Natürlich könnt ihr Lady haben, aber ihr müßt drei Dinge bedenken. Erstens werdet ihr sie wahrscheinlich zum Auto tragen müssen, und sie wiegt fast soviel wie Sara; zweitens gibt es keine Beweise, daß die vermutete Sensibilität von Tieren gegenüber übernatürlichen Erscheinungen mehr als ein Ammenmärchen ist; und drittens: Auch wenn die meisten Tiere in der Beziehung besonders sensibel sein sollten, Lady ist ein derart träger Brocken, daß sie sich wahrscheinlich noch nicht mal rühren würde, wenn der Teufel selbst ihr in die Augen sähe.«

»Ich würde sie trotzdem gern mitnehmen«, meinte Bruce.

Während Ruth ihre Handtasche und ihren Mantel holen ging, dachte sie an Saras Traum. Von keinem war ausgesprochen worden, was wahrscheinlich alle gedacht hatten.

Falls Saras Traum von einer übernatürlichen Kraft beeinflußt gewesen war, dann war ihre Immunität aufgehoben; dann war sie auch außerhalb des Hauses nicht mehr sicher.

Bruce lehnte Pats Angebot ab, sie zum Haus zu fahren. Ruth war fast sicher, daß er die Geschichte mit seinen Augen nur vorgetäuscht hatte. Die Schlußfolgerung war unausweichlich: Er wollte nicht, daß Pat mit ihnen kam. Aber warum nicht?

Auf dem Weg zum Haus ließ Bruce das Taxi vor einem Supermarkt halten. Als er wieder herauskam, trug er eine Einkaufstüte, ließ aber die beiden Frauen nicht sehen, was darin war. Sara nahm es scherzhaft auf, machte sich lustig über ihn und versuchte, ihm die Tüte zu entwinden. In Ruth jedoch stieg ein Verdacht auf. War sie womöglich die ganze Zeit irregeführt worden, hatte ein skrupelloser oder vielleicht nicht ganz normaler junger Mann ihre Gutgläubigkeit ausgenutzt? Es kostete sie große Überwindung, das Haus zu betreten. Mit jedem Mal erschien ihr die Atmosphäre bedrohlicher, und ihr eben aufgekommener Verdacht machte die Situation noch unangenehmer.

Als sie jedoch erst einmal im Haus waren, erschien ihr Bruce wieder ganz unverdächtig. Zumindest klärte sich sofort, warum er nicht hatte preisgeben wollen, was in der Tüte war. Er öffnete sie in der Küche, und ein Dutzend kleiner grauweißer Zwiebeln kullerte über den Tisch.

»Knoblauch!« rief Sara und fing an zu lachen. Dann wurde sie ernst. »O nein, das tust du nicht«, sagte sie und wich zurück. »O nein!«

»O doch.« Bruce betrachtete skeptisch seinen Einkauf. »Ruth, hast du vielleicht einen Bohrer? Ich weiß nicht, wie ich sonst...«

»Am besten mit einer großen Stopfnadel«, schlug Ruth lächelnd vor. »Ich nehme an, du willst den Saft freisetzen, sonst könnten wir Sara auch über und über mit den Zehen bekleben.«

Sara stieß einen Schrei der Empörung aus, und Bruce fing an zu lachen.

»Das gäbe ein Bild! Aber wir begnügen uns mit der üblichen Kette.«

Als sie fertig waren, betrachtete sich Sara prüfend im Spiegel und sagte: »Sieht gar nicht so übel aus. Ich habe schon viel schlimmere Sachen in diesen Psychedelic-Läden auf der Wisconsin Avenue gesehen.«

»Und man kann zu jedem Kranz ein Paar Nasenstöpsel gratis dazugeben«, schlug Ruth vor, die sich die Nase zuhielt.

»Ich weiß gar nicht, worüber du dich beschwerst«, entgegnete Sara. »Du bist ein ganzes Stück weiter davon entfernt als ich. Glücklicherweise mag ich den Geruch von Knoblauch.«

Sie zogen das Geplänkel und das Lachen noch ein bißchen in die Länge, denn niemand hatte Lust, die warme Behaglichkeit der Küche mit dem Wohnzimmer zu vertauschen. Als sie schließlich doch hinübergingen, lag Lady schon ausgestreckt vor dem Kamin, und sofort fühlte sich Ruth besser. Natürlich gab es keinerlei Beweise, daß Ladys Ruhe eine Bedeutung hatte, aber Ruth konnte sich einfach nicht vorstellen, daß der Hund so friedlich schlafen würde, wenn die Atmosphäre in dem Zimmer nicht völlig normal wäre. Bruce schien das gleiche zu empfinden. Als er ins Zimmer kam, machte er extra einen Bogen, um Ladys großen Kopf zu kraulen. Ihre ganze Reaktion bestand darin, mit einem Ohr zu zucken. Bruce richtete sich auf und sagte bewundernd: »Dieser Hund bringt es fertig, ständig den Eindruck zu erwecken, als hätte er einen harten Arbeitstag hinter sich. Ich wüßte zu gerne, wie er das macht.«

»Ich fühle mich gleich doppelt so gut, wenn ich sie nur ansehe«, meinte Ruth. »Gut. Wo fangen wir an?«

»Hier.« Bruce ging zum Bücherregal.

Sie fanden eine Menge erstaunlicher Dinge, zum Beispiel ein Exemplar von *Ruth Fielding in den Rockies*, auf dessen Einband eine abenteuerliche Dame mit langen Röcken und einer Pompadourfrisur abgebildet war, die gerade ein Pferd bestieg. Sara belegte das Meisterwerk mit Beschlag und blätterte eine Weile darin, wobei sie leise vor sich hin lachte. Ab und zu las sie Auszüge vor.

»Das war früher das, was heute Nancy Drew ist«, sagte sie. »Stellt euch Kusine Hattie vor, wie sie es überallhin mitnimmt.«

»Wer ist Nancy Drew?« fragte Bruce zerstreut.

»Das Äquivalent der Hardy Boys für Mädchen«, antwortete Ruth. »Bruce, hier ist eins, das sich interessant anhört, *Geschichtensammlung von Old Georgetown.*«

»Ist leider nichts. Habe ich schon in der Bücherei durchgesehen.« Bruce stand mit einer mühelosen Bewegung vom Boden auf. »Ich glaube, das wär's. Laßt uns auf den Dachboden gehen.«

Beim Anblick des Dachbodens war Ruth für einen Moment fassungslos. Sie hatte vergessen, wie viele Sachen sie hier unter dem fadenscheinigen Vorwand abgestellt hatte: »Nur so lange, bis ich die Zeit finde, in Ruhe alles durchzusehen.« Kisten, Schachteln, Truhen und alte Koffer standen wahllos im Raum verteilt, außerdem ein Kleidergestell, ein Stuhl mit einem zerbrochenen Bein und ein Sofa, aus dem die Polsterung herausquoll. In einer Ecke lag ein schmuddeliger Stapel alter Bilder.

»Ich möchte wissen«, sagte Bruce und ging darauf zu, »ob jemand dabei ist, den wir kennen?«

Zu seiner Enttäuschung war das nicht der Fall. Bei den Bildern handelte es sich um Daguerrotypien von vollbärtigen Herren und griesgrämigen Damen oder Stiche mit klassischen Themen in schwarzen Rahmen.

»So alte Bilder gibt es hier oben bestimmt nicht«, sagte Ruth, während Bruce das letzte Werk mit einer angewiderten Geste zurück auf den Haufen legte. »Porträts aus der Kolonialzeit sind Mode; sie würden unten hängen.«

»Ich wüßte zu gern, wie sie ausgesehen hat«, murmelte Bruce. Ruth nickte.

»Das verstehe ich. Ich habe mir auch schon Gedanken darüber gemacht. Aber es wäre einfach zuviel des Glücks, wenn wir ein Porträt von ihr entdecken würden.«

»Wahrscheinlich hast du recht. Also machen wir weiter. Ich übernehme die große Truhe, du die kleine, ja?«

Die nächsten drei Stunden arbeiteten sie ohne Unterbrechung und gingen dann in die Küche, um einen Imbiß einzunehmen. Lady erhob sich – höchstwahrscheinlich war das Geräusch des Büchsenöffners durch ihre Träume gedrungen – und trottete schwerfällig in die Küche, um anzuzeigen, daß sie bereit sei, mit ihnen zu essen. Bruce machte darauf aufmerksam, daß sie nur zweimal am Tag gefüttert werden sollte, aber dies Argument überzeugte weder Lady noch Sara, die ihr unter dem Tisch weiter Leckerbissen zusteckte.

Ruth hatte von den Stunden auf dem staubigen Dachboden Kopfschmerzen bekommen, also setzten sie sich nach dem Essen ins Wohnzimmer, wohin Bruce mehrere vielversprechend aussehende Kartons getragen hatte. Sie verbrachten einen ziemlich langweiligen und ergebnislosen Nachmittag damit, vergilbte Zeitungen und Ausschnitte von Rezepten, Modeseiten und Klatschspalten zu lesen. Nichts davon stammte aus der Zeit, für die sie sich interessierten. Schließlich machten Ruths Augen nicht mehr mit. Sie erhob sich, streckte ihre verspannten Muskeln und wollte die Vorhänge zuziehen. Die schräg einfallenden Sonnenstrahlen blendeten und hoben den Staub auf Tischen und Bücherregalen hervor.

»Tu das nicht«, sagte Bruce und sah von seinen Papieren auf. »Ich möchte wissen, wie spät es ungefähr ist. Du solltest dir mal eine Uhr für dieses Zimmer zulegen.«

»Vertraust du dem Knoblauch nicht?« fragte Sara scherzend.

»Nein, und ich befürchte, daß Pat auch recht hat, was Lady angeht. Sie sieht wirklich nicht sehr empfindsam aus.«

»Sie möchte gern, daß ich ein Feuer mache.«

»Woher weißt du das?«

»Sie kommuniziert. Telepathie.«

»Na, dann mach doch eins«, sagte Ruth. »Ich finde es auch kühl hier drin...«

Sie hielt abrupt inne, aber Bruce schüttelte den Kopf.

»Nein, es ist nicht diese Art von Kälte. Ich habe den Thermostat heruntergedreht, als wir heute morgen kamen.«

Sara kroch hinüber zum Kamin, und bald prasselte darin ein behagliches Feuer. Lady ächzte beifällig und rollte sich davor.

»Dummer Hund«, sagte Sara liebevoll.

»Gebt ihr auf?« fragte Bruce streng. »Es sind noch zwei Kästen oben.«

»Ich mach' uns erst mal Kaffee«, entgegnete Ruth. »Ich schlafe sonst ein über diesem Zeug.«

Als sie mit dem Tablett zurückkam, fand sie ihre beiden Assistenten schon halb schlafend vor. Sara war in ihrer Lieblingsposition auf dem Bauch vor dem Feuer ausgestreckt und Bruce auf einem der Sofas. Erst als sie das Tablett niedersetzte, rührte sich Bruce.

»Vielleicht fangen wir doch besser heute nicht mehr mit einer neuen Kiste an«, sagte er und gähnte ausgiebig. »Aber mir fällt gerade ein, daß ich mir unbedingt noch den Keller anschauen wollte.«

»Da waren wir doch schon«, erwiderte Ruth. Der Kaffee hatte zwar ihre Lebensgeister wieder geweckt, aber ihr war trotzdem nicht danach zumute, in den düsteren Keller hinabzusteigen.

»Ja, aber ich würde gern noch mal runtergehen.« Bruce schob sein Kinn vor, und Ruth gab nach.

»Sollen wir Lady mitnehmen?« fragte Sara.

»Nur, wenn du sie trägst. Ich habe keine Lust dazu.«

Ruth fand eine Taschenlampe, und als Bruce sie nach Werkzeug fragte, förderte sie aus dem Küchenvorraum einen Schraubenzieher und einen Hammer zutage. Bruce gab ihr den Schraubenzieher zurück und behielt nur den Hammer. Im Keller fing er an, die Wände abzuklopfen.

»Das ist doch nicht dein Ernst!« Ruth lachte amüsiert.

»Wir haben alles andere versucht.« Bruce verschwand hinter dem Heizungskessel. Der Strahl der Taschenlampe schwankte wie ein riesiger Leuchtkäfer und verharrte. »Du liebe Güte! Ruth, komm her!«

»Nie und nimmer!« Ruth stellte sich an die Seite der großen Anlage und sah dahinter. »Was ist denn da?«

Im selben Moment sah sie es selbst. Es war gar nicht besonders verborgen, sie hatte nur niemals ihre Nase in die dunkle Ecke voller Spinnweben gesteckt.

»Eine Tür! Das ist ja merkwürdig.«

Bruce schlug mit dem Hammer auf die dreckverkrusteten Bretter. Der Klang war nicht sehr ermutigend. Es hörte sich nicht so an, als sei dahinter ein Hohlraum.

»Die Bretter müssen ungeheuer dick sein«, sagte Bruce. »Das ist gar keine Tür, der Raum ist absichtlich verbarrikadiert worden. Und es wird eine verdammt harte Arbeit sein, das herauszureißen.«

»Warum sollten wir das tun?« fragte Ruth erstaunt. »Dieser Teil des Kellers ist schon schlimm genug.«

Bruce nieste laut und wischte sich das Gesicht mit dem Ärmel ab. Als er wieder vorkam, hingen Spinnweben in seinem Bart. Seine Augen leuchteten vor Erregung.

»Ruth, dieser Keller hier nimmt nur den Bereich unter der Küche und einem Teil des Eßzimmers ein. Der Raum hinter den Brettern muß unter dem Wohnzimmer liegen. Und irgendwann vor langer Zeit hat ihn jemand absichtlich verschlossen. Allein deswegen möchte ich schon herausfinden, was dahinter ist, ganz abgesehen von unseren anderen Gründen.«

»Ach du meine Güte«, stöhnte Ruth. »Das ist aber nicht gerade eine angenehme Aufgabe.«

»Da stimme ich dir vollkommen zu. Zumal ich derjenige sein werde, der die Axt schwingen wird. Aber es muß sein.«

»Bruce, ich besitze nicht einmal eine Axt. Irgendwo muß es ein kleines Beil geben, soll ich...«

»Nein, laß, ich besorge Werkzeug. Das wird eine harte Arbeit, und heute will ich nicht mehr anfangen, es ist schon zu spät. Laßt uns jetzt lieber...«

Er hielt inne, als von oben Geräusche ertönten. Sie hatten die Kellertür offengelassen und konnten hören, wie jemand das Haus betrat und durch die Eingangshalle ging.

Ruth war eher verdutzt als erschrocken. Diese Laute waren in ihrem Kopf nicht mit Geistererscheinungen verbunden. Bruces Reaktion alarmierte sie mehr als die Geräusche selbst. Seine Augen waren vor Schreck geweitet, und seine rechte Hand, in der er die Taschenlampe hielt, zuckte in einer krampfhaften Bewegung. Die Schritte kamen jetzt die

Treppe herunter, und gleich darauf erschien Pats vertraute Gestalt in ihrem Blickfeld.

»Ich dachte mir, daß ihr noch hier seid«, sagte er munter. »Ihr werdet Augen machen, wenn ihr hört...«

»Ich habe dir doch gesagt, daß du nicht herkommen sollst«, unterbrach ihn Bruce mit schriller Stimme.

»Ich hab' schon früher Schluß gemacht«, entgegnete Pat in aller Ruhe und ließ sich auf den Treppenstufen nieder. »Was macht ihr überhaupt hier unten?«

»Bruce hat herausgefunden, daß der Keller noch weitergeht«, antwortete Sara. »Hinter der Heizung, aber der andere Teil ist mit Brettern vernagelt.«

»Tatsächlich?« Pats Augenbrauen berührten fast seinen Haaransatz. Er stand auf, um die Entdeckung in Augenschein zu nehmen. Ruth sah mit Verwunderung, wie Bruce wieder eine unwillkürliche Bewegung machte, als der ältere Mann an ihm vorbeiging.

»Ich kann nicht viel sehen«, sagte Pat. »Aber es ist auch nicht mehr wichtig.«

»Und warum nicht?« fragte Bruce.

»Weil ich heute den fehlenden Teil unserer Geschichte herausgefunden habe«, antwortete Pat strahlend. Er ließ seine Worte einen Moment lang wirken und fuhr dann fort: »Ich weiß jetzt, was mit Amanda Campbell passiert ist.«

»Wirklich? O Pat, das ist ja wunderbar!«

»Wie hast du das herausgefunden?«

Die beiden Frauen sprachen gleichzeitig, während Bruce schwieg.

Pat lehnte sich gegen die Wand.

»Es stand in einer Zeitung«, antwortete er. »Ist das nicht toll? Ich habe es ganz schnell gefunden. Wenn ich mit übersinnlichen Fähigkeiten ausgestattet wäre, würde ich sagen, ich bin direkt hingeführt worden.«

Er holte tief Luft, und es war offensichtlich, daß er mit einer detaillierten Schilderung seiner Entdeckung beginnen wollte.

»Laß uns erst zu dir fahren, dann kannst du uns dort alles in Ruhe erzählen«, schlug Bruce vor.

Pat starrte ihn an und runzelte die Stirn.

»Was ist los, bist du sauer, weil zur Abwechslung mal ich einen Volltreffer gelandet habe?«

»Pat, natürlich sind wir alle glücklich darüber«, mischte sich Ruth ein. »Und ich will unbedingt sofort wissen, was mit Ammie passiert ist.«

Pats Gesicht glättete sich.

»Du hattest recht, Ruth, und ich werde mich nie wieder über eine Intuition lustig machen. Amanda ist wirklich von zu Hause weggelaufen. Einen Moment, ich möchte es euch vorlesen, es ist zu schön. Ich habe es kopiert.«

Er durchwühlte die Taschen seines Mantels und seines Jacketts, bevor er endlich ein zusammengefaltetes Papier herauszog. Bruce fuhr sich nervös mit der Zunge über die Lippen und trat von einem Fuß auf den anderen. Ruth sah ihn an und zuckte leicht mit den Achseln. Es war offensichtlich, daß Pat nicht ohne weiteres dazu zu bewegen gewesen wäre, die Schilderung seiner Entdeckung zu verschieben. Schon unter normalen Umständen war er nur schwer von seinen Entschlüssen abzubringen, und im Moment hätte er sich bestimmt noch sturer als sonst angestellt. Denn zweifellos hatten ihn die Erfolge des Jungen geärgert; jetzt gierte sein Selbstbewußtsein danach, seinen Triumph herauszustreichen.

»Da ist es ja«, sagte Pat, während er das Papier entfaltete. »Ich wußte gar nicht, daß es so etwas schon zu Kolonialzeiten gab. Es ist wie die modernen persönlichen Anzeigen in Zeitungen, sogar noch viel ausführlicher.« Er räusperte sich und begann zu lesen:

»Mit Bedauern und Scham sieht sich der Unterzeichnete der Notwendigkeit ausgesetzt, per Anzeige nach seiner Tochter zu suchen. So schmerzhaft es für einen stolzen Vater auch sein mag, verkündet er hiermit, daß Amanda, seine Tochter, von zu Hause weggelaufen ist mit einem gewissen Anthony Doyle, Captain der Unabhängigkeitsarmee, der schon seit langem versucht hat, sie von ihrem Glauben und ihrer liebevollen Pflichterfüllung abzubringen und der nun damit Erfolg hatte. Dafür macht ihr untröstlicher Vater nicht sie verantwortlich, und er verspricht ihr für den Fall, daß sie ihren Irrtum einsieht und ihre Sünde bereut, sie ohne Fragen wieder in seinem Haus aufzunehmen.« Pat sah triumphierend auf. »Die Unterschrift«, schloß er, »überlasse ich eurer Fantasie.«

»Douglass Campbell«, flüsterte Ruth. »O Pat, du hattest also auch recht. Der arme Mann.«

»Ihr seid beide völlig voreingenommen«, sagte Sara. »Ihr seid immer auf seiten der Eltern. Ich finde es schrecklich von ihm, öffentlich bekanntzugeben, daß sie weggelaufen ist.«

»Aber die Anzeige war doch für sie gedacht«, widersprach Pat. »Verstehst du nicht, was er ihr damit sagen wollte? Er wollte sie nicht der Schande aussetzen, sondern ihr mitteilen, daß sie jederzeit nach Hause kommen konnte.«

»Das war wirklich süß von ihm«, gab Sara giftig zurück. »Aber ich wette, daß sie nur froh war, endlich weg zu sein. Und wer würde nicht einen schmucken Iren, noch dazu einen Captain, einem langweiligen Vater vorziehen?«

»Nun ja, und vielleicht hat der junge Mann ja sogar wie es sich gehört um sie geworben«, gab Ruth in dem Versuch zu, fair zu bleiben. Saras Vorwurf der Voreingenommenheit hatte sie getroffen. »Und dann hielt Douglass ihn womöglich seiner Tochter nicht für würdig.«

»Natürlich nicht«, sagte Pat. »Er war Katholik.«

»Woher weißt du... oh, weil ihr Vater schreibt, daß er Amanda von ihrem Glauben abbringen wollte. Und außerdem ist es ein irischer Name.«

»Ein Katholik und noch dazu ein Patriot«, fuhr Pat fort. »Campbell war ein äußerst intoleranter Protestant, und er war auf seiten der Engländer. Amanda hätte sich keinen unpassenderen Freund aussuchen können.«

»Du bist sehr schnell und verdammt dogmatisch mit deinen Schlußfolgerungen«, kommentierte Bruce gehässig.

»Mir erscheinen sie sehr vernünftig«, sagte Ruth in dem Versuch, Frieden zu stiften. Pats Gesicht war rot angelaufen.

»Okay, okay«, murmelte Bruce. »Aber habt ihr etwas dagegen, wenn wir jetzt...«

»Ich möchte wissen, was Doyle in Georgetown gemacht hat«, sinnierte Sara. »Gab es hier in der Gegend Kämpfe?«

»Es muß eine Abordnung gegeben haben, die die englischen Gefangenen bewachte«, antwortete Pat. »Kann sein, daß er die befehligt hat.«

»Wir können versuchen, es herauszufinden«, schlug Ruth vor. »Gibt es nicht so etwas wie Armeearchive? Wir wissen nicht einmal, wo er her war. Vielleicht hat er Ammie mit zu sich nach Hause genommen, wo auch immer das gewesen sein mag.«

»Camden, New Jersey«, sagte Pat abwesend. Er starrte mit leicht gerunzelter Stirn auf die Heizung, als wenn ihm in dem Moment eine neue, völlig überraschende Idee gekommen wäre.

»Stand das auch in der Zeitung?« fragte Bruce. Er war ganz ruhig geworden und folgte Pats Blick mit den Augen.

Pat antwortete nicht. Vorsichtigen Schritts ging Bruce auf ihn zu.

»Pat, können wir... ich weiß nicht, wie spät es ist, aber ich denke, wir sollten jetzt zu dir fahren.«

»Ja«, antwortete Pat, »ja. Es ist sehr ungemütlich draußen. Fing an zu regnen, als ich von der Wisconsin Avenue abbog, und der Wind wird stärker.«

Die Worte beschrieben nur das Wetter. Es gab keinen Grund, warum sie in Ruth ein so unangenehmes Gefühl hervorriefen. Als sie die Kellertreppe hochkamen, konnte sie einen Aufschrei der Bestürzung nicht unterdrücken. Das Oberlicht über der Tür war von den Straßenlaternen erleuchtet. Es war noch nicht ganz dunkel, aber die Nacht war zu nah, um sich in dem Haus noch sicher zu fühlen. Mit einem Satz war Ruth bei der Garderobe und rief nach Sara.

Bruce war der dritte, der die Stufen hochkam, und er war genauso begierig darauf, das Haus zu verlassen, wie Ruth. Pat, der seinen Mantel noch anhatte, folgte ihnen gehorsam durch die Eingangshalle. Ruth fand, daß er bedrückt aussah. Wahrscheinlich lag es daran, daß sie seine Nachricht nicht gebührend aufgenommen hatten. Sie nahm sich vor, das Versäumnis wiedergutzumachen, sobald sie an einem sicheren Ort waren.

Sicher... Das Haus war es jedenfalls nicht, das spürte sie jetzt deutlich. Fast konnte sie ein Summen in der Luft hören, wie von einem elektrischen Motor, der gerade eingeschaltet worden war und eine Spannung aufbaute.

»Moment«, sagte Pat, als Bruce nach seinem Regenmantel griff. »Wo ist der dumme Hund?«

»O mein Gott, den habe ich fast vergessen.« Ruth, die schon ihren Mantel anhatte, ging zurück ins Wohnzimmer. Bis auf einen schwachen Schein der heruntergebrannten Kohlen war es dunkel, aber vor dem rötlichen Glühen konnte sie Ladys Silhouette erkennen. Ruth schaltete das Licht ein.

»Komm schon, Baby«, sagte Pat.

Bruce ließ seinen Mantel fallen.

»Ich hole sie, Pat, geh doch schon mal raus und... äh... laß den Wagen an.«

»Der Wagen wird gestartet, wenn ich es möchte«, sagte Pat und sah Bruce stirnrunzelnd an. »Steh auf, Lady, komm mit Papa.«

Ruth stand in der Tür, die Hand noch immer auf dem Lichtschalter. Der Anblick von Bruce war erschreckend. Der Junge war so offensichtlich nervös, daß sie fast erwartete, er werde jeden Moment anfangen, die Hände zu ringen. Er stand im Flur vor der Wohnzimmertür, und sein wild flakkernder Blick ging zwischen Sara, die ihn mit wachsender Verwunderung ansah, und Pat, der die ruhende Form des Hundes mit der Fußspitze anstieß, hin und her. Dabei war Unentschlossenheit nicht gerade typisch für Bruce.

»Komm schon, glaub bloß nicht, daß ich dich trage«, sagte Pat zu Lady. Sie schien von seiner Bemerkung keine Notiz zu nehmen.

Bruce zog die Schultern hoch und schauderte, dann hatte er einen Entschluß gefaßt. Er stürzte ins Wohnzimmer wie jemand, der im Dezember in einen See springt.

»Ich trage sie«, sagte er. »Pat, geh du schon mal vor und...«

»Bist du verrückt?« protestierte Pat. »Sie wird schon laufen, ich brauche nur einen Moment...«

»Auf mich wird sie hören«, mischte sich Sara ein, warf ihren Mantel auf einen Stuhl und betrat das Wohnzimmer. »Lady, Baby, komm zu Sara.«

Jetzt waren sie alle versammelt. Die Erkenntnis traf Ruth wie ein Schlag ins Gesicht. Sie standen alle im Wohnzimmer, und draußen lauerte die Nacht. Sie hörte den Wind ums Haus und durch die Bäume heulen und die Regentropfen gegen die Fenster klatschen.

»Sara«, sagte sie mit heiserer Stimme. »Sara!«

Im selben Moment beugte sich Pat über den Hund und berührte ihn.

Lady stand auf, und ihr ganzer Körper versteifte sich. Sie spürte die Gefahr, instinktiv und früher als jedes menschliche Wesen. Ihr Hinterteil hatte unter dem Kaffeetisch gelegen, der mit Kaffeekanne, Tassen und Aschenbecher umkippte. Ruth warf noch nicht einmal einen Blick auf die Verwüstung, sie hatte nur Augen für den Hund, für Lady, die ewig Müde. Ihre Nackenhaare waren gesträubt und ihre Lefzen zurückgezogen, so daß die langen gelblichen Fänge bloßlagen. Die Augen hatte sie starr auf ihren Herrn gerichtet, und einen Moment lang glaubte Ruth, der hundert Pfund schwere massige Körper würde ihn anspringen. Was passierte, war noch viel schlimmer. Das Knurren in Ladys Kehle verwandelte sich in ein klägliches Jaulen. Sie fiel wieder auf den Bauch und begann, am Boden entlangzukriechen, wobei sie jämmerlich winselte. Als sie an der Couch vorbei war, sprang sie auf und floh. Ruth hörte das Krachen ihres schweren Körpers, als sie sich gegen die Haustür warf. Ein Heulen ertönte, das fast klang wie ein menschliches Aufheulen aus Frustration und Angst, denn die Tür gab nicht nach. Noch einmal hörte man ein dumpfes Krachen, dann war es still.

Ruth war nicht einmal bewußt, daß sie sich bewegt hatte. Ihr Körper war unwillkürlich zurückgewichen, so wie eine Hand vor einer Flamme zurückzuckt. Durch die Tür konnte man nicht hinaus, sie war der Stelle zu nahe, wo sich wabernd und schäumend wieder das ekelhafte schwarze Gebilde formte. Es war dichter als je zuvor, als zöge es aus jedem Erscheinen mehr Kraft. Wieder sandte es Kältewellen aus, bedrängend und lähmend.

»Die Glastüren«, hörte Ruth jemand sagen. »Raus... raus in den Garten.«

Ruth stand in der Mitte des Zimmers gegen die Wand gepreßt. Weder konnte sie dem schaurigen schwarzen Ding ihren Rücken zuwenden, noch brachte sie es über sich, es direkt anzuschauen. Es vergiftete die Luft durch seine bloße Existenz, es war ein Angriff auf die Sinne, eine so extreme Verletzung jeglicher Normalität, daß es abstoßend und abscheulich wie Blasphemie wirkte.

Pat hielt ihm stand. Sogar in ihrem Entsetzen fühlte Ruth Stolz, als sie sah, wie er nach dem ersten unwillkürlichen Zurückweichen stehen blieb. Sein Gesicht war hart und ausdruckslos, die Füße standen weit auseinander wie die eines Mannes, der sich in hüfthohem reißenden Wasser zu halten versucht.

Im Gegensatz dazu machte Bruce einen geradezu mitleiderregenden Eindruck. Er stolperte, gab merkwürdige, unartikulierte Laute von sich, nahm Sara bei der Hand und zog sie mit sich zu den hohen französischen Türen am Ende des Zimmers. Als sie davorstanden, ließ er Saras Hand los und versuchte, den Griff zu lösen, der die Türen verschlossen hielt. Seine Angst machte ihn unbeholfen, und als der Verschluß nicht nachgab, schlug er mit der Faust darauf, um ihn zu öffnen, rutschte ab und traf eine der Glasscheiben. Das Glas zerbrach, und von draußen wehte ein Schwall kalter, mit Regen vermischter Luft herein. Als Bruce seine Hand zurückzog, blutete sie aus mehreren Schnittwunden. Benommen hielt er sie vors Gesicht und starrte darauf.

»Bruce... warte...« Ruth fand es unglaublich schwer zu sprechen. Ihre Stimmbänder schienen genauso gelähmt zu sein wie ihre Muskeln.

Bruce hörte sie. Mit noch immer merkwürdig unkoordinierten Bewegungen drehte er sich um. Dann veränderten sich seine Gesichtszüge auf so fürchterliche Art, daß Ruth ihn nicht wiedererkannt hätte, wäre sie ihm auf der Straße begegnet. Er stürzte auf Pat zu und zog ihn am Ärmel.

»Pat! Nicht! Um Himmels willen...«

»Es kann mir nichts tun«, sagte Pat dumpf, ohne Bruce anzusehen. »Laß mich. Man muß etwas tun...«

»Nein, nein, Pat! Hör mir zu, es wird...«

Pats angestrengt kontrollierter Gesichtsausdruck veränderte sich nicht. Sein Blick war weiter starr auf die Schwärze gerichtet, und mit einem kräftigen Ruck seiner massigen Schultern stieß er Bruce von sich. Der Junge taumelte rückwärts und fiel nur einen halben Meter neben dem Kamin mit solcher Wucht gegen die Wand, daß eins der Bilder mit einem Krachen zu Boden stürzte.

Sara hatte die ganze Zeit keinen Laut von sich gegeben. Ruth konnte sie am Rand ihres Gesichtsfeldes regungslos nahe den Fenstertüren stehen sehen. Verständnislos und verschreckt starrte sie von einem zum anderen. Ruths Zeitgefühl war völlig verzerrt. Es schien ihr, als sei seit Beginn der schrecklichen Szene eine Ewigkeit vergangen, und doch wußte sie, daß sich alles sehr schnell abgespielt hatte. Noch bevor Bruce gegen die Wand fiel, war Pat einige Schritte vorwärts gegangen. Die dunkle Masse bewegte sich nicht, als er auf sie zuging. Sie wartete. Sie drohte auch nicht, eher sank sie in sich zusammen wie...

Wie eine Sprungfeder. Dieser Vergleich formte sich plötzlich trotz ihrer Verwirrtheit deutlich in ihrem Kopf, als die Feder auseinanderschnellte.

Von ihrem Standpunkt aus hatte Ruth einen freien Blick auf das Geschehen. Aber im allerletzten Moment trübte ein Nebelschleier ihre Sicht – barmherzigerweise, denn so etwas sollte kein Mensch jemals sehen, konnte niemand sehen, ohne Schaden zu nehmen. Als ihre Sicht sich wieder geklärt hatte, war der sich ringelnde schwarze Rauch verschwunden. Und doch war er noch da. Er sah sie aus Pats Augen an.

Ruth hörte Sara aufstöhnen und zu Boden fallen. Sie wünschte sich, ebenfalls ohnmächtig zu werden. Pat war ein großer Mann von ausladender Statur. Jetzt sah er noch größer aus, seine Schultern erschienen massiger und geschwollen.

Die Augen – nicht seine Augen – sahen sie an, änderten ihren Ausdruck nicht und wanderten weiter. Doch dieser flüchtige Kontakt mit dem Gift des Widersachers, jetzt konzentriert und gebündelt, löschte jedes Gefühl in ihr aus bis auf feige Erleichterung; was er auch immer wollte, sein Bestreben war nicht auf sie gerichtet. Sie fiel auf die Knie nieder, zusammengekrümmt wie ein Embryo und machte sich möglichst klein. Alles würde sie tun, um niemals wieder diesem Blick ausgesetzt zu sein.

Seit der Verwandlung hatte ihr Herz wohl nicht mehr als ein Dutzend Mal geschlagen. Soviel Zeit brauchte Bruce, um wieder zu Atem zu kommen, sich von der gegenüberliegenden Wand zu lösen und sich dem Grauen in den Weg zu stellen.

Es schien sich nur schwer bewegen zu können. Seine Schritte waren schleppend. Als es Bruce vor sich sah, verharrte es. Ruth sah, wie Bruce zurückzuckte und mit einer Hand sein Gesicht bedeckte. Sie wußte um die Wirkung seines Blicks und welche Mühe es Bruce kosten mußte, stehenzubleiben und die schützende Hand wieder zu senken. Bruces Verhalten rief in Ruth eine unendliche Bewunderung hervor und stärkte ihre eigene Widerstandskraft. Jetzt, da das passiert war, was er am meisten gefürchtet hatte – und was er vorhergesehen zu haben schien –, war er bereit, der äußersten Gefahr entgegenzutreten. Unter Aufbietung all ihrer Kräfte erhob sich Ruth. Ein solcher Mut verdiente Unterstützung, die sie in der Lage war zu geben.

Gerade als sie wieder unsicher auf ihren Füßen stand, trat die letztendliche Transformation ein, die allgemeine Überlagerung der Gegenwart durch die Schatten der Vergangenheit. Die Körper der beiden Männer schienen zu flackern wie Kerzen im Wind, wurden ätherisch und wieder substantiell. Sie waren dieselben und doch nicht ganz dieselben. Ruth wußte, daß diese beiden oder zwei andere mit denselben Absichten genauso dagestanden hatten, in stummer Konfrontation, vor langer Zeit. Der ältere Mann, schwer und massig, den Kopf gesenkt wie ein Bulle, der bereit zum Angriff ist, die Arme mit geballten Fäusten an den Seiten seines Körpers herabhängend; der jüngere, schlank und edelmütig, in Kniehosen und Rüschenhemd, die lange Klinge in seiner rechten Hand bereit, aber noch nicht erhoben, sein Mantel abgeworfen in der Wärme einer Frühlingsnacht...

Ein Luftschwall wehte durch die zerbrochene Scheibe zu Ruth hinüber, und in ihrem Kopf drehte sich alles. Nicht die nasse, kalte Luft einer Winternacht in Washington spürte sie, sondern die milde, von Fliederduft erfüllte Luft einer Frühlingsnacht im April, die seit über zweihundert Jahren vergangen war.

18

»Ruf ihn, Ruth.«

Die Stimme kam von weit her. Ruth schüttelte sich. Sie fühlte die warme Frühlingsbrise über ihre geschlossenen Augenlider streichen, und der Fliedergeruch lag schwer und süß in der Luft.

»Ruf ihn. Ruf seinen Namen. Ruth, bitte. Hilf mir doch.«

Die Stimme war jetzt näher und kam ihr irgendwie bekannt vor. Es war eine Männerstimme. Der Wind berührte ihr Gesicht...

Der Wind war kalt und führte Regen mit sich. Ruth öffnete die Augen.

Sie blickte geradewegs Bruce an, der dicht vor ihr stand. Sein Gesicht war aschfahl, und seine Augen fixierten ohne zu blinzeln das andere Gesicht, als wenn sie es so zurückhalten könnten. Dann tat die hochaufragende Gestalt einen Schritt vorwärts, und Bruce hob den rechten Arm. Noch immer tropfte Blut aus den Schnittwunden seiner Hand, seine Finger schlossen sich fest um den Griff des eisernen Schürhakens.

»Ruf ihn, Ruth, versuch, ob du zu ihm durchdringen kannst. Ich will ihn nicht töten müssen.«

Als die andere Figur sich wieder bewegte, wich Bruce einen Schritt zurück und warf einen gehetzten Blick über seine Schulter. Viel weiter konnte er nicht gehen. Hinter ihm war das geschlossene Fenster, und daneben lag Sara noch immer ohnmächtig dicht an der Wand auf dem Boden.

»Pat!« rief Ruth. »Pat, ich bin's, Ruth. Kannst du mich hören?«

Einen Moment lang hoben sich die massigen Schultern, und es sah aus, als würde die Figur reagieren. Aber auch nur für einen Moment.

»Pat, Liebling. Hör mir zu. Pat...«

»Es hat keinen Sinn«, sagte Bruce. »Ruth, geh aus dem Weg. Es kennt dich nicht... Gott!«

Der schwere Körper bewegte sich auf Bruce zu. Es war ziemlich geschickt für seine Massigkeit, während für Bruce die Tatsache ein verhängnisvolles Handicap bildete, daß der Widersacher in dem ihm so wohlvertrauten Körper steckte. Für Ruth war dieses Wesen gar nicht mehr Pat; es war ihm in seinem Blick, seinem Ausdruck, seiner Gestik, seinem ganzen Verhalten viel zu unähnlich. Und doch trug der Kopf, auf den Bruce mit dem Feuerhaken zielte, Pats roten Haarschopf. Die Waffe zischte durch die Luft, aber Bruce brachte es nicht über sich zuzuschlagen. In diesem kurzen Moment des Zögerns stürzte sich das Wesen auf ihn.

Beide fielen krachend zu Boden. Bruce schlug so hart auf, daß er das Bewußtsein verlor. Er lag unter dem anderen, das Gesicht nach oben und die Augen geschlossen. Der Feuerhaken war ihm aus der Hand gefallen. Langsam schlossen sich die Finger des anderen um seine Kehle und begannen zuzudrücken.

Ruth stand so nahe, daß sie die einzelnen rötlichen Härchen auf den Handrücken erkennen konnte. Sie leuchteten golden im Licht derselben Lampe, die Bruce ins Gesicht schien. Als Ruth sah, wie Bruces Gesicht erst rote Flecken bekam und dann dunkel wurde, blickte sie auf der Suche nach einer geeigneten Waffe wild um sich.

Niemals würde sie wissen, welcher Wille ihre Hand in diesem Moment geleitet hatte, ob es blindes Glück, eine unbewußte Ahnung oder etwas anderes gewesen war. Sie griff nach dem Buch auf dem Tisch an ihrer Seite, weil es ihr schwer genug erschien, um jemanden zu betäuben. Als sie jedoch das Buch dem Wesen, das auf dem Boden hockte und noch immer Bruce würgte, an den Kopf warf, passierte etwas Merkwürdiges: Es bäumte sich auf und reckte seine Hände in die Höhe. Sein Gesicht war nach oben gewandt, sein verzerrter Mund stieß einen Schreckenslaut aus. Das schwere Buch traf es mitten ins Gesicht, bedeckte für einen Moment seine Züge und fiel dann Bruce auf die Brust. Das Wesen folgte und fiel bewußtlos auf den Körper des Jungen. Nur kurz sah Ruth sein Gesicht, doch dieser Moment reichte aus, um zu erkennen, daß es wieder das Gesicht war, das sie kannte, wenn auch bewußtlos.

Ruth lief um die beiden Männer herum zu den französischen Türen. Der Verschluß gab sofort nach, und sie schrak zurück und hob ihre Hände vors Gesicht, als der Wind hereinfegte. Die beiden großen Fensterflügel schlugen gegen die Wand, kalter Regen peitschte gegen ihre Stirn, die Vorhänge bauschten sich und flatterten wild.

Sie hörte, wie Sara stöhnte und sich bewegte, als die kalte Luft sie erreichte, aber im Moment hatte sie Wichtigeres zu tun, als sich um sie zu kümmern. Pat lag mit dem Gesicht nach unten, seine Arme über den Kopf gestreckt. Sie packte ihn an den Armen und zog. Nichts passierte, er war zu schwer. Sie verlagerte ihren Griff auf nur ein Armgelenk, streckte sich und lehnte sich zurück. Unter Aufbietung all ihrer Kräfte bekam sie den schweren Körper ein paar Zentimeter von der Stelle.

Vor Enttäuschung und panischer Angst stiegen Ruth Tränen in die Augen. Sie mußte ihn aus diesem Zimmer bringen, bevor er aufwachte, und durch ihre nicht gerade zarten Bemühungen wurde er womöglich sogar noch schneller wach.

Sie hörte Sara aufstöhnen und wimmern und sah sich um. Das Mädchen hatte sich erhoben und hielt sich mit einer Hand am Vorhang fest. Ihre schreckgeweiteten Augen waren auf Bruce gerichtet. Die dunkle Farbe war wieder aus seinem Gesicht gewichen, doch an seiner Kehle waren noch deutlich die Flecken von Pats Fingern zu erkennen. Er würde vorerst keine Hilfe sein, dachte Ruth nüchtern. Sie streckte eine Hand aus und ergriff Saras Arm, als sie an ihr vorbei auf Bruce zustolperte.

»Er kommt wieder in Ordnung, dafür haben wir jetzt keine Zeit, ich brauche deine Hilfe«, sagte sie. »Nimm den anderen Arm, aber schnell um Gottes willen, bevor er aufwacht.«

Sara warf einen gequälten Blick auf Bruce und gehorchte.

Zusammen zogen sie Pat bis zu den offenen Fenstertüren. Inzwischen war wieder etwas Leben in Sara gekommen.

»Er wird eine Lungenentzündung bekommen«, sagte sie mit klappernden Zähnen. »Und er fällt direkt in die Rosenbüsche. Ruth, das kannst du nicht...«

»O doch, das kann ich.« Pat fing an, vor sich hin zu murmeln und sich zu bewegen.

Die Angst verlieh Ruth die Kraft, die sie brauchte, um es zu Ende zu bringen. Sie nahm Pats Beine und zog seinen Körper herum, bis sie hinaushingen. Dann versetzte sie ihm einen kräftigen Stoß.

Als nächstes faßte sie Sara bei den Schultern.

»Du gehst raus«, befahl sie und schob sie zur Tür.

Ohne sich weiter um das Mädchen zu kümmern, lief sie schon wieder zurück zu der Stelle, an der Bruce lag, und ließ sich neben ihm auf die Knie nieder. Aber es ging ihr nicht um den bewußtlosen Jungen, sie wollte den Schürhaken, der neben seiner Hand lag. Falls Pat versuchen sollte, durchs Fenster wieder ins Zimmer zu klettern, würde sie ihn brauchen.

Die Geräusche, die er draußen von sich gab, waren sogar trotz des laut heulenden Windes zu hören, und sie waren sehr beruhigend. Pat schimpfte und fluchte vor sich hin; und diese Töne kamen ganz ohne Zweifel und zu Ruths großer Erleichterung von Pat und niemand anderem.

Noch immer auf den Knien neben Bruce, ließ sie den klebrigen Griff des Feuerhakens wieder los. Ihre Finger waren blutverschmiert. Bruces Hand blutete nicht mehr, sah jedoch fürchterlich aus. Ruth hatte es noch nicht über sich gebracht, Bruce ins Gesicht zu sehen, denn trotz ihrer beruhigenden Worte für Sara fürchtete sie, daß er tot sein könnte. Erst jetzt brachen sich Mitleid, Dankbarkeit und eine tiefe Sympathie ihren Weg durch den Eispanzer, der ihre Gefühle eingefroren und sie befähigt hatte zu handeln. Tränen liefen ihre Wangen herab, und auf den Knien rutschte sie näher an Bruces Gesicht, um es zu berühren.

Der Wagen überfuhr eine rote Ampel.

»Haben wir ein Glück, daß nicht so viel Verkehr ist«, sagte Ruth mit gezwungenem Lachen. »Ich bin heute abend nicht gerade in Bestform.«

Niemand reagierte. Sara hatte auf dem Rücksitz nur Augen und Ohren für Bruce. Er war wach, aber seine einzige Bemerkung war bisher gewesen, daß sich sein Kopf anfühlte, als würde er jeden Moment abfallen und über den Boden rollen. Ruth war seinetwegen nicht allzu beunruhigt. Als sie auf dem Boden des Wohnzimmers neben ihm niedergekniet war, hatte er die Augen geöffnet und sie erst völlig verständnislos und dann fragend angesehen. Während ihr die Tränen die Wangen herunterliefen, hatte sie dem Himmel für seine Robustheit der Jugend gedankt.

Es war Pat, um den sie sich Sorgen machte. Er saß vornübergebeugt und schweigend neben ihr und starrte auf seine Hände, die schlaff zwischen seinen Knien hingen. Einer der Gründe, warum sie die rote Ampel überfahren hatte, war ihre Befürchtung, daß Pat bei einem plötzlichen Halt in die Windschutzscheibe fallen würde.

Als sie endlich in Pats Haus waren, brauchten sie einige Zeit, um zur Ruhe zu kommen. Das Wichtigste waren Desinfektionsmittel, Pflaster und Verbandszeug sowie trockene Kleidung. Dann kümmerte sich Ruth um den Hund, der zitternd und völlig verschreckt vor ihrer Haustür gesessen hatte. Lady schien zu meinen, daß eine kräftige Mahlzeit ihr guttun würde, also kam Ruth ihrem Wunsch nach und machte auch gleich für die anderen Rühreier und Kaffee. Schließlich waren alle vor dem wärmenden und beruhigenden Feuer versammelt. Sara, die ihren grünen Morgenmantel anhatte, sah erstaunlich normal aus. In Ruth breitete sich eine Woge der Dankbarkeit aus, und ihr Blick wanderte zu Bruce.

Sie hatten ihn auf die Couch gebettet, obwohl Bruce vermutete, daß er nicht lange liegen bleiben würde. Er hatte von allen am meisten abbekommen, auf seinem Hinterkopf war eine Beule von der Größe eines Hühnereis, und die Flecken an seinem Hals hatten sich dunkel gefärbt. Seine Augen funkelten jedoch schon wieder.

Pat hatte nur oberflächliche Verletzungen. Sein Gesicht und seine Arme waren mit Kratzern übersät, und auf Nasenrücken und Stirn war die Haut rot und wund. Ruth vermutete, daß dies von der rauhen Teppichstruktur verursacht worden war, als sie Pats Körper durch das Zimmer schleifte. Merkwürdig war nur, daß sich kein entsprechender Fleck auf dem Kinn befand, obwohl es Ruths Meinung nach am stärksten hätte betroffen sein müssen.

Woher die Abschürfungen aber auch stammten, sie waren nur leichte äußere Verletzungen. Was Ruth viel größere Sorgen machte, war der Ausdruck in Pats Augen und die erschreckende Förmlichkeit seines Verhaltens. Er bewegte sich so mechanisch, als sei er aufgezogen und kurz vorm Stillstand. Ruth wußte, was Pat quälte, und sah Bruce mit einem wütenden Vorwurf im Blick an, als er mit krächzender Stimme sagte: »Du hast einen Griff wie ein Ringkämpfer, Pat. Da werde ich wohl ein paar Tage lang keine Volksreden mehr halten können. ›Nenn mir ein Schicksal, schlimmer als der Tod!‹ «

»Bruce...«, begann Ruth.

»Ist schon gut«, sagte Pat. »Wir müssen über das reden, was vorgefallen ist, nämlich die Tatsache, daß ich heute abend versucht habe, Bruce zu töten und es auch fast geschafft hätte.«

»Das warst nicht du«, wandte Sara bestimmt ein.

Pat hob die Hände vors Gesicht und betrachtete sie.

»Es waren deine Hände, aber nicht dein Wille«, sagte Ruth eindringlich. »Du bist genausowenig verantwortlich wie jemand unter Hypnose.«

»Ein Hypnotisierter«, zitierte Pat, »kann nicht dazu gebracht werden, irgend etwas gegen seinen Willen zu tun.«

Es war, als hätte er die Wörter aus einem Scrabblespiel zusammengesetzt und vor ihnen auf dem Tisch zur Begutachtung ausgelegt.

Nach einem Moment des Schweigens entgegnete Bruce: »Nun, ich habe auch schon gehört, daß diese Theorie in Zweifel gezogen wird. Aber das ist gleichgültig, du warst nicht hypnotisiert. Du bist benutzt worden, gerade so, wie eine Pistole von dem Mann benutzt wird, der den Abzug betätigt.« Der Vortrag endete in einem Krächzen, und mit weniger förmlicher, aber dafür um so überzeugenderer Stimme fügte Bruce hinzu: »Zum Teufel, Pat, sei nicht makaber. Ich weiß, daß du mich für eine Nervensäge hältst, aber du würdest nicht versuchen, mich umzubringen, unter keinen Umständen, ob du nun gerade ganz bei Sinnen bist oder nicht.«

Aus dem Flur war ein klickendes Geräusch zu vernehmen, und gleich darauf trottete der Hund ins Zimmer. Er blieb neben dem Kamin stehen und sah sie der Reihe nach an. Dann ging er zu Pat, ließ sich mit einem müden Seufzer zu seinen Füßen nieder und legte die Schnauze auf seinen Schuh.

Pat beugte sich hinunter und streichelte den großen Kopf des Hundes. Als er sich aufrichtete, war sein Gesichtsausdruck fast schon wieder normal.

»Ich möchte wissen, was sie von all dem denkt«, sinnierte er. »Hat sie es schon vergessen, oder schreibt sie es als eine Verrücktheit der Menschen ab, die kein vernünftiger Hund verstehen kann?«

»Nein«, erwiderte Ruth mit Überzeugung. »Sie heißt dich willkommen, weil du wieder da bist. Sie weiß genau, daß du das nicht warst, Pat. Du kannst dir gar nicht vorstellen, wie erschreckend fremdartig dieses Wesen war, es hatte aber auch gar nichts mit dir gemein.«

»Das Dumme war nur«, krächzte Bruce, »dein Körper war um dieses verdammte Ding herum. Ich konnte es einfach nicht über mich bringen, deinen Schädel einzuschlagen.«

»Ich bin dir sehr dankbar für deine Rücksichtnahme, das kannst du mir glauben. Aber wenn du mich nicht gestoppt hast, wer war es dann? Ich komme mir vor wie Snoopy, ich weiß noch nicht einmal, was passiert ist. Ich konnte merken, wie dieses Ding in mich hereingekommen ist, und es war genauso, wie Sara es beschrieben hat. Etwas strömte in mich herein und füllte mich ganz aus, aber es paßte nicht richtig. Das war ein schlimmer Moment, und ich habe den ungeheuren Triumph dieses anderen gespürt. Aber danach erinnere ich mich an nichts mehr.«

»Ich habe dich gestoppt«, sagte Ruth und streckte ihre Hände aus. »Also hör auf, uns weiter diesen melodramatischen Kram zu erzählen. Was glaubst du, wie ich mich mit diesen Händen fühle?«

»Worte, nichts als Worte.« Pat grinste sie an und nahm ihre leicht zitternden Hände in seine großen zerkratzten Handflächen. »Als ich in diesem verdammten Rosenstrauch saß, hingst du aus dem Fenster und hattest den Schürhaken in der Hand. Hättest du ihn wirklich benutzt?«

»Das hätte ich.«

»Danke.« Er führte ihre Hände zum Gesicht, küßte sie und legte sie auf seine Knie. Ruth rückte näher an ihn heran, und der dösende Hund gab ein Brummen von sich.

»Ich habe den aufregenden Teil leider auch verpaßt«, sagte Bruce. »Was hast du getan, Ruth? Nicht, daß es mir etwas ausmacht, von einer Frau übertrumpft worden zu sein, aber trotzdem...«

»Ich habe das Buch nach ihm geworfen. Die große Familienbibel.«

»Das muß ein verdammt glücklicher Wurf gewesen sein. Gut, sie ist groß und schwer, aber ich hätte nicht gedacht, daß das reicht, um mich bewußtlos zu schlagen.«

»Ich weiß nicht«, meinte Ruth gedankenvoll. »Ich habe auch schon daran gedacht... Aber das andere kann es ja nicht gewesen sein. Das Kruzifix hatte doch keine Wirkung.«

»Das ist tatsächlich merkwürdig«, sagte Bruce, der sich trotz Saras Protest aufgesetzt hatte. Er trug einen Hausmantel von Pat, ein ziemlich extravagantes Modell mit leuchtend farbigem Paisleymuster. Ganz sicher handelte es sich um ein Weihnachtsgeschenk, denn offensichtlich war es noch nie getragen worden. Bruce sah darin einmal nicht wie ein spanischer Grande, sondern eher wie ein Prinz aus dem Orient aus.

»Wißt ihr, was mich fast noch mehr ärgert als mein Mordversuch?« fragte Pat. »Meine unglaubliche Dummheit. Bruce, du hast gewußt, was passieren würde. Du hast die ganze Zeit versucht, mich aus dem Haus zu lotsen. Daran kann ich mich erinnern. Also hast du es erwartet.«

»Erwartet ist nicht das richtige Wort, ich habe es befürchtet. Ich bin tausend Tode gestorben, um dich aus dem Zimmer zu bekommen, bevor es passiert ist. Ich habe Blut und Wasser geschwitzt.«

»Warum zum Teufel hast du's mir nicht gesagt?«

Bruces Hände flogen durch die Luft. Seine Augen waren groß und dunkel in der Erinnerung an die Qual, als all seine Bemühungen vergeblich blieben.

»Das konnte ich doch nicht. Du hättest mir niemals geglaubt, keiner von euch. Ich hatte ja auch keinen Beweis, es war nur eine verrückte Ahnung. Und du bist so verdammt dickköpfig, Pat, du wärst doch im Zimmer geblieben, nur um mich eines Besseren zu belehren.«

»Hmmm«, murmelte Pat. Mit schräggelegtem Kopf und hochgezogenen Augenbrauen sah er den jüngeren Mann mit unwillkürlichem Respekt an. »Und wie bist du auf deine Vermutung gekommen?«

»Ach, tu nicht so verdammt bescheiden! Du konntest es nicht kommen sehen. Verstehst du denn nicht? Du standest schon unter seinem Einfluß.«

Ruth beugte sich vor und sah Bruce mit großen Augen an. Er nickte ihr bedeutungsvoll zu.

»Du ahnst es auch, nicht wahr? Dieser Abend, als er mit dir auf der Couch lag, das war das erste Mal. Ich nehme an, ihr wart in dem Moment so in Anspruch genommen von euren ganz persönlichen Gefühlen, daß ihr euch gar nicht richtig klargemacht habt, was für eine abstoßende Situation das war. Es war ein so untypisches Verhalten für Pat, es paßte überhaupt nicht zu ihm. Vor allem bei dir, Ruth, denn man merkte ja deutlich, daß er... nun, daß er etwas für dich empfand. Ich meine, es gibt Frauen, die man verführt, und Frauen, die man versucht, mit Gewalt zu nehmen, und die Frauen, die...«

»Schon gut, Bruce, komm zur Sache«, sagte Pat, dessen Gesicht fast so rot wie sein Haar war.

»O ja, natürlich. Also, das zweite Mal habe ich es empfunden, als Pater Bishko die Flucht ergriff. Du magst nicht fromm sein, aber du bist doch höflich. Auch in dem Moment war dein Verhalten erschreckend untypisch. Aber dann, heute nachmittag im Keller, hast du mir wirklich eine Höllenangst eingejagt. Immer wieder im Laufe deiner Erzählung stelltest du mit großer Sicherheit Schlußfolgerungen, die als Vermutungen zwar stimmig waren, aber für die Informationen fehlten. Und du wußtest Kleinigkeiten, die du gar nicht wissen konntest, es sei denn, daß du auf irgendeine unerklärliche Weise mit ihm in Kontakt warst.«

»Hm, ich verstehe«, erwiderte Pat nachdenklich. »Amanda hatte mit Sara keinen Erfolg, also mußte sie es bei jemand anderem versuchen.«

»Nein! Nein, Pat, das ist es nicht. Du bist auf der falschen Fährte, wir alle waren auf der falschen Fährte, von Anfang an.«

In dem folgenden Schweigen hörte man das behagliche Knistern des Feuers und Ladys schniefenden Atem. Für alle Zeiten würde Ruth dieses Bild von ihren Freunden und Verbündeten im Gedächtnis behalten, wie sie erschöpft und müde, gezeichnet von den Spuren des Kampfes, in Pats Wohnzimmer saßen. Das Kaminfeuer ließ Saras Haar rötlich schimmern und warf bewegte Schatten auf ihr schönes Gesicht. Bruce lehnte sich in leidenschaftlichem Engagement nach vorn, beschwörend seine bandagierte Hand erhoben. Pat war in einen schrecklichen alten Bademantel gehüllt, an dem Hundehaare klebten, sein Haar stand in der üblichen Art à la Hahnenkamm in die Höhe, sein Gesicht war mit Kratzern übersät. Und ihre eigenen Hände, die in den seinen ruhten...

Als Bruce jetzt sprach, hatte er so konzentriert lauschende Zuhörer, wie sie sich jeder Redner nur wünschen kann.

»Ziemlich zu Anfang haben wir uns auf die Annahme geeinigt, daß wir es wahrscheinlich mit zwei Geistern zu tun haben. Und sobald wir von Ammies Existenz erfuhren, war klar, daß sie diejenige war, die aus Sara sprach. Unser großer Fehler war, daß wir sie mit Erscheinung A gleichsetzten, diesem schwarzen Etwas, das im Wohnzimmer auftauchte. Ich hatte schon vor dem heutigen Abend meine Zweifel daran; denn in einem stimmten wir überein: Dieser Rauch oder Nebel oder wie man das Ding auch bezeichnet, war böse. Es rief Widerwillen, Angst und Schrecken hervor. Ammie dagegen haben wir nie als abstoßend empfunden.«

»Aber Bruce«, protestierte Ruth. »Sie war auch nicht gerade sehr... nun, nicht sehr nett.«

»Sie war verängstigt und durcheinander«, entgegnete Bruce fast schon mitfühlend. »Der Geist von Amanda Campbell, der sich in dem Haus aufhält, ist kein vollständiges, handelndes Wesen, sondern eher so etwas wie eine Schallplatte, die an einer bestimmten Stelle hängengeblieben ist. Deswegen war sie auch so wenig hilfreich, als wir mit ihr in Kontakt getreten sind.«

Er machte eine Pause, um einen Kommentar abzuwarten. Als niemand etwas sagte, fuhr er fort: »Aber Ammie, so entscheidend sie auch bei der ganzen Geschichte beteiligt war, ist nicht gefährlich. Dagegen ist dieses Wesen, das einen an die bedrohliche Schwärze und das Gewalttätige von Rauch und Feuer erinnert, noch immer aktiv.«

»Rauch und Feuer«, murmelte Ruth nachdenklich.

»Nein.« Bruce antwortete eher auf ihre Gedanken als auf ihre Worte. »Ich glaube nicht, daß die Form der Erscheinung notwendigerweise von einem Feuer herstammt, das tatsächlich stattgefunden hat. Sie drückt nur aus, was dieses Ding verbreitet: dunklen Schrecken, Bedrohung, Gewalttätigkeit. Denn es ist böse und voller Haß. Das ist die Erscheinung, die heute abend in dir steckte, Pat. Ich hatte schon vorher den Eindruck, daß diese Schwärze ein männliches Wesen ist, ein Mann, der dir in manchen Eigenschaften ähnelt, Pat – leicht aufbrausend, leidenschaftlich, unter Umständen auch gewalttätig. Deswegen konnte er in dich eindringen, und deswegen hast du selbst die Veränderung nicht bemerkt. Ruth ist es nicht aufgefallen, weil sie... nun...«

»Ist schon in Ordnung«, sagte Ruth trocken. »Wir brauchen im Moment keine Rücksicht auf meine Gefühle zu nehmen. Mir ist es nicht aufgefallen, weil ich sowieso von der Annahme ausging, daß alle Männer Tiere sind.«

Bruce überging ihren Einwurf. »Ihr habt heute abend die Besessenheit von Pat miterlebt. Hattet ihr den Eindruck, daß der Eindringling männlich oder weiblich war?«

»Auf jeden Fall war er männlich«, antwortete Ruth ohne Zögern. »Natürlich, Bruce, es löst sich alles wie in diesen Syllogismen von Lewis Carroll. Das Wesen, das Pat besetzt hielt, war ein Mann. Daher ist dieses schwarze Etwas ein Mann. Ammie ist weiblich...«

»Also ist Ammie nicht das schwarze Wesen«, beendete Bruce. »Wer ist es also? Meiner Meinung nach kommt nur eine Person in Frage.«

»Samson unter den Philistern«, sagte Ruth. »Samson war ein sehr kräftiger Mann, nicht wahr? Der Mann, der durch ein Feuer umkam... ich weiß, daß du daran nicht glaubst, Bruce, aber ich habe das deutliche Gefühl, daß es seine Form irgendwie mitbestimmt hat. Doch das ist egal, auf jeden Fall ist es Douglass Campbell.«

Bruce nickte.

»Das erklärt, warum die Bibel es gestoppt hat, obwohl das Kruzifix wirkungslos war.«

»Du bist so verdammt klug, daß es schon wieder unsympathisch ist«, warf Pat düster ein.

»Douglass war ein fanatischer Protestant«, fuhr Bruce grinsend fort. »Er hatte keinen Respekt vor dem Mummenschanz der katholischen Kirche, während er lebte. Warum also sollte er sich davon als Toter beeindrucken lassen?«

»Während die Bibel für ihn...« begann Ruth. »Lieber Himmel, wahrscheinlich war es sogar seine eigene Bibel! Das ist ja schon fast zynisch!«

»Aber das habe ich doch schon versucht zu sagen«, erklang Saras Stimme, und alle starrten sie verwundert an.

»Was hast du versucht zu sagen?« fragte Bruce.

»Oh, ich habe selbst nicht so viel von der Idee gehalten«, antwortete Sara leichthin. »Und dann habt ihr mich in eurer üblichen Art übertönt. Ich habe es in einem Buch mit Gespenstergeschichten gelesen. Der Autor war ein Parapsychologe, und er schrieb im Vorwort, daß er überzeugt war, daß Geister nicht durch Rituale ausgetrieben werden könnten, die sie in ihrem Leben nicht akzeptiert haben.«

Bruce sank zurück auf die Couch. Pat bedeckte sein Gesicht mit den Händen.

»Sara...« begann Ruth.

»Na ja, tut mir leid«, sagte Sara trotzig.

»Was tut dir leid?« Pat nahm seine Hände vom Gesicht, in dem sich eine Mischung aus Betroffenheit und Belustigung abzeichnete. Er schüttelte ungläubig den Kopf. »Es ist so verdammt typisch für uns, unsere Theorien herauszublöken und die leise Stimme zu überhören, die vielleicht den entscheidenden Hinweis aussprechen will.«

»Ich glaube nicht, daß wir darauf geachtet hätten, auch wenn sie es ausgesprochen hätte«, meinte Bruce niedergeschlagen. »Sara, mich haben schon viele auf meine Fehler aufmerksam gemacht, aber noch nie habe ich mich so klein und mies dabei gefühlt.«

»Wenn das stimmt«, murmelte Ruth, »wenn das stimmen sollte, dann eröffnet es eine Menge unglaublicher Möglichkeiten...«

»Alle Arten von Möglichkeiten«, stimmte Pat zu. »Viele verschiedene Nachwelten, die unterschiedlichsten Himmel, die vom Glauben ihrer Anhänger geschaffen sind...«

»Und es erklärt, warum die Methoden, um die bösen Geister auszutreiben, von Kultur zu Kultur so verschieden sind«, sagte Bruce. »Teufelsmasken und lautes Getöse in Afrika, Kreuze und Weihwasser in Europa. Und«, er war Pat grinsend einen vielsagenden Blick zu, »die Analytikercouch und Hypnose, Geisterbeschwörungen der modernen Welt.«

»Was für ein Himmel das wäre«, fantasierte Pat, noch immer begeistert von der Idee. »Der große Freud und seine Schüler. Eine Art schöne neue Welt, ohne Sextabus und Frustrationen...«

Bruce setzte sich auf, wobei er vor Schmerz das Gesicht verzog.

»Für uns gibt es näherliegende Schlußfolgerungen.« Er

lehnte sich vor, und das Licht des Feuers spielte auf seinen Gesichtszügen. Die Schatten unter seinen Augen wirkten noch tiefer, und Stirn und Wangenflächen schimmerten rötlich. »Im Moment sind wir alle vor Erleichterung ganz euphorisch, aber wir müssen den Tatsachen ins Auge sehen. Tatsächlich verschlechtert sich unsere Situation ständig. Dieses schwarze Wesen nimmt an Stärke zu.« Er sah Ruth an. »Du hast einmal gesagt, es ist nicht körperlich und daher nicht in der Lage, physischen Schaden anzurichten. Vielleicht stimmte das bisher, aber jetzt hat Douglass für sich einen Körper gefunden.«

Pat richtete sich auf und hob den Kopf.

»Nein, das hat er nicht«, sagte er energisch. »Das eine Mal hat es funktioniert, weil es so unerwartet kam...«

»Wir können uns nicht auf deine Widerstandskraft verlassen«, entgegnete Bruce schonungslos. »Douglass brauchte länger als Ammie, um einen passenden Körper zu finden. Vielleicht hängt das mit der Blutsverwandtschaft zusammen, ich weiß es nicht. Aber nun, da er einmal Erfolg hatte, könnte es für ihn beim zweiten Mal leichter sein. Dein Freund Bishko hatte unrecht, als er sagte, Ruth sei in diesem Haus in Gefahr. Du bist in Gefahr.«

»Und Sara«, ergänzte Ruth. »Du glaubst zwar, daß Ammie harmlos ist, aber ich bin davon ganz und gar nicht überzeugt.«

Sara warf den Kopf zurück, so daß ihre Haare das Gesicht freigaben, und lächelte ihre Tante an.

»Ammie wird mir nichts tun, Ruth. Ich glaube, das habe ich schon immer gewußt.«

»Nein, Ammie nicht«, sagte Bruce. »Ruth, erinnerst du dich an den Traum, den du ganz zu Anfang gehabt hast? Darin wurde Sara bedroht, und zwar von einem formlosen schwarzen rauchähnlichen Ding. Warum, glaubst du wohl, habe ich mich heute abend diesem schrecklichen Unwesen in den Weg gestellt? Weil ich sehen konnte, auf wen sein Blick gerichtet war und wohin es seine Schritte lenkte. Es wollte Sara.«

»Das wußte ich auch«, sagte Ruth dumpf. »Und trotzdem

konnte ich nicht… nicht das tun, was du getan hast. Wenn du nicht… Ich kann es nicht aussprechen, Bruce, ich habe mich entschieden, ich werde das Haus verkaufen.«

Einen Moment lang sagte niemand etwas. Bruce lehnte sich zurück und sah interessiert auf seinen Verband. Pat war scheinbar völlig mit dem Anzünden einer Zigarette beschäftigt.

»Das könntest du«, entgegnete Bruce schließlich.

Pat hob den Blick von seinem Streichholz. Als er Ruth ansah, die auf seine Reaktion wartete, verzog sich sein Mund zu einer Grimasse, die eigentlich ein Lächeln hatte werden sollen.

»Wenn du aufgeben willst, dann mußt du mich meiden, Ruth, nicht das Haus.«

Es war in diesem unpassenden Moment, daß Ruth sich mit einemmal eindeutig und endgültig über das Gefühl klar wurde, das sie so lange nicht hatte wahrhaben wollen.

»Wir werden hier wohnen«, sagte sie leise. »Ich brauche das Haus sowieso nicht.«

Pat blieb sein Protest im Hals stecken, und er hustete heftig.

»Ihr seid beide viel zu voreilig«, mischte sich Bruce ein. Sein Gesichtsausdruck war eine merkwürdige Mischung aus Belustigung, Verlegenheit und Sympathie. »Ruth, du kannst das Haus nicht verkaufen. Wenn jemand anderem darin etwas Ähnliches wie uns zustieße, würde dein Gewissen dich den Rest deines Lebens quälen. Außerdem glaube ich zwar, daß Douglass an das Haus gebunden ist, aber eine Sicherheit gibt es dafür nicht. Und willst du etwa den Rest deiner Tage eine zwanzig Pfund schwere Bibel mit dir herumschleppen?«

Pat, dessen Gesicht nicht nur vom Husten dunkelrot war, versuchte zu sprechen, aber Bruce schnitt ihm mit einer autoritären Handbewegung das Wort ab. Ruth brütete über dem Ausdruck ›den Rest deiner Tage‹ und unterbrach Bruce nicht.

»Wir müssen Campbell für immer loswerden«, fuhr Bruce fort. »Das ist der einzige Ausweg. Die Situation ist nicht so aussichtslos, wir wissen schon eine ganze Menge. Bis jetzt hat nur die Bibel eine Wirkung auf unseren unangenehmen Besucher gehabt. Die logische Folgerung wäre, daß wir uns an einen protestantischen Pfarrer wenden. Ich glaube aber, bei den Protestanten gibt es überhaupt kein dem Exorzismus vergleichbares Ritual. Und auch wenn es das gäbe, würden wir ein Risiko eingehen, unserem schwarzen Scheusal noch mal einen Fremden gegenüberzustellen. Wahrscheinlich könnte es bestimmte Menschen in den Wahnsinn treiben.«

»Was für eine nette Art von Optimist du bist«, warf Pat bitter ein. »Erst machst du uns neue Hoffnung, und dann zerstörst du sie sofort wieder.«

»Meine Güte, Pat, denk mal nach. Wir haben in den letzten Tagen ungeheuer viel herausgefunden, aber uns fehlt noch immer ein ganz wichtiger Teil, nämlich das Motiv. Was will Douglass eigentlich? Was hält ihn davon ab, in Frieden in seinem Grab zu ruhen?«

»Er will sie – Ammie«, antwortete Ruth. »Aber wie sollen wir ihm diesen Wunsch erfüllen?«

»Woher weißt du, daß er Ammie will?« konterte Bruce. »Das hieße, er findet keine Ruhe, weil er nicht weiß, was aus ihr geworden ist. Dann könnten wir es vielleicht herausfinden, und vielleicht würde ihn das zufriedenstellen. Aber ich glaube nicht, daß sein Wunsch so unschuldig ist. Er kocht vor Wut und Bösartigkeit. Das ganze Haus ist mit seinem Haß infiziert. Und warum? Ich sage euch, das ist der Teil des Rätsels, der alles lösen würde.«

»Damit kannst du recht haben.« Pat sah etwas fröhlicher aus. »Weißt du, Bruce, es gibt einige Punkte, die nicht in deine Gesamtinterpretation passen. Zum Beispiel die Stimme. Sie ist nicht böse, sie ist eher anklagend, erbärmlich. Wie erklärst du das?«

»Ich kann es nicht, und ich weiß auch nicht, ob es nötig ist. Vielleicht ist es Douglass zu einer anderen Zeit, und die schwarze Erscheinung ist der verbitterte alte Mann kurz vor seinem Tod. Vielleicht ist die Stimme auch Ammie, die nur die Worte wiederholt, die sie zurückrufen. Was mich mehr interessiert, ist die Erscheinung, die wir D genannt haben. Die das Buch bewegt hat.«

»Das war nicht Douglass«, sagte Ruth. »Das war derjenige, der uns daran hindern wollte, die Bibel zu finden. Also muß es...«

»Ammie gewesen sein«, beendete Pat ihren Satz. »Aber sie ist keine so große Hilfe gewesen. Sollte das Buch uns nur das Jahr anzeigen, damit wir den richtigen Campbell identifizieren konnten? Oder hat die Verschwörung der Loyalisten doch eine Bedeutung, die wir nur noch nicht entdeckt haben?«

Sara, die die ganze Zeit nachdenklich mit gekreuzten Beinen auf dem Teppich gesessen hatte, hob den Kopf, strich ihr Haar zurück und brach ihr Schweigen.

»Warum«, sagte sie, »fragt ihr nicht Ammie?«

19

Die Uhr schlug zwölf, und sie diskutierten noch immer. Bruce hatte sich bis zur Erschöpfung bemüht, Sara zu überzeugen. Jetzt lehnte er sich enttäuscht zurück.

»Ich werde es nicht tun«, sagte Pat. Er verschränkte die Arme. »Das ist mein letztes Wort.«

»Wir werden es sonst nie herausfinden«, entgegnete Sara zum fünften oder sechsten Mal. »Es ist die einzige Möglichkeit.«

»Aber das Risiko, Sara«, sagte Ruth beschwörend. »Wir haben schon einmal die Tür für Ammie geöffnet, und was hat es gebracht? Bis jetzt ist dieses Haus hier noch sicher, nicht durchdrungen von Geistern. Wir können doch nicht...«

»Das hast du schon gesagt«, unterbrach sie Sara. »Und ich habe gesagt, man muß Risiken auf sich nehmen, um etwas zu erreichen. Auch für seine Sicherheit.«

»Dich interessiert doch noch etwas anderes als Sicherheit«, sagte Bruce, während er böse an die Decke starrte.

»Sie tut mir so leid!« brach es aus Sara hervor. »Ich habe sie gefühlt, ihr nicht. Bruce hat recht, sie ist verwirrt und einsam...«

»O nein, Mitleid mit einem Geist«, stöhnte Pat. »Sara, ich werde dich nicht hypnotisieren, das ist endgültig.«

»Sie würde heute nacht kommen«, sagte Sara mit bittender Stimme.

»Nun, sie wird es nicht können.« Bruce betrachtete weiter die Decke. »Morgen werden Ruth und ich unsere Suche auf dem Dachboden beenden. Wir haben noch nicht alle Möglichkeiten ausgeschöpft.«

»Bruce«, sagte Ruth zögernd. »Ich sage es nicht gerne, aber... ich glaube, es ist besser, wenn ich morgen alleine in das Haus gehe.«

Bruce setzte sich auf.

»Warum?«

»Nun, der Verdacht kam mir heute abend, als ich sah, wie du und Pat euch gegenüberstandet. In die Geschichte war doch noch eine dritte Person verwickelt. Und wenn Captain Doyle ein junger Mann war, der Sara... ich meine Amanda über alles liebte...«

»Eine dritte Besessenheit?« Bruce runzelte nachdenklich die Stirn. »Daran habe ich noch nie gedacht...«

»Es gefällt mir überhaupt nicht, wie sich die Dinge entwikkeln«, sagte Pat langsam. »Sind wir noch immer auf der falschen Spur? Und wenn drei von uns ein Muster aus einer vergangenen Zeit wiederholen, was ist mit dir, Ruth? Douglass Campbell war verheiratet. Sind wir alle in einer schrecklichen Wiederholung der Vergangenheit gefangen?«

»Campbells Frau ist im Kindbett gestorben«, erinnerte ihn Ruth, »und es gibt keinen Hinweis auf eine andere Frau. Nein, Pat, ich habe mich auch nie so gefühlt, als sei ich gefährdet. Aber heute abend war ich sicher, daß eure Konfrontation vorher schon einmal stattgefunden hat. Wenn Campbell für sich eine passende Person gefunden hat, was ist dann mit Anthony Doyle und Bruce?«

»Nein«, sagte Bruce mit absoluter Sicherheit. »Das hätte ich gemerkt, Ruth. Wenn ich mir einer Sache sicher bin, dann ist es, daß Doyle seinen Frieden hat.«

»Du hast dich heute abend nicht gesehen«, beharrte Ruth. »Du hast nicht gemerkt...«

Sie wußte, daß sie niemals irgend jemand sagen würde, wie plötzlich die Zeit eine andere war, wie sie den Fliederduft aus einer Nacht vor zweihundert Jahren gerochen hatte. »Es ist schon einmal passiert, in einer anderen Zeit«, sagte sie nur störrisch. »Du und Pat, Campbell und der junge Anthony. Dieselbe Konstellation, dieselben Gefühle...«

Sie konnte nicht gut ausdrücken, was sie gefühlt hatte, weil sie nicht alles sagen wollte. Bruce schien jedoch zu verstehen, denn sein Mund öffnete sich wie vor Verwunderung, und seine Augen wurden groß. Aber es war nicht Ruth, die er ansah, sondern Sara, die mit gekreuzten Beinen vor dem Feuer saß und jetzt den Kopf hob.

Sie hatten alle nicht daran gedacht, daß Sara ihre Zustimmung nicht brauchte, um das zu tun, was sie wollte. Die Beziehung war hergestellt. Während die anderen diskutierten und nicht auf sie achteten, hatte sie es in aller Stille und ohne Kampf getan.

»Sara...« stieß Bruce hervor.

»Nicht Sara. Nicht da.« Der dunkle Kopf bewegte sich verneinend, und Ruths Magen krampfte sich zusammen, so fremd war die Art der Bewegung.

»Ammie«, sagte sie.

»Ammie...« bestätigte die leise, undeutliche Stimme sanft.

»Wo ist sie?« fragte Bruce. Er war so weiß, daß Ruth befürchtete, er würde bewußtlos werden. Sie konnte sich jedoch nicht bewegen, noch nicht einmal, um zu verhindern, daß er vornüberfiel. Aber Pat war zur Stelle. Er legte eine Hand auf Bruces Schulter und drückte ihn sanft auf die Couch. Dann übernahm er mit professioneller Stimme die Befragung.

»Amanda, du kommst zu Sara. Warum kommst du?«

»Hilfe«, flehte die Stimme, und Saras Körper bebte von den Schultern bis zu den Füßen. »Helft... Ammie...«

»Wir werden dir helfen«, antwortete Pat rasch. »Hab keine Angst. Du bist hier ganz sicher. Niemand kann dir etwas tun. Vor wem hast du Angst? Ist es Douglass Campbell? Ist er es, der in der Dunkelheit kommt?«

»Vater.«

»Dein Vater. Douglass Campbell. Ist er noch da, in dem Haus?«

»Noch da«, flüsterte die Stimme. »Noch da. Helft... Ammie...«

»Was will er?«

»Weh tun... oh...«

Die Stimme war mitleiderregend. Pats Gesicht war jetzt genauso weiß wie das von Bruce, aber seine Stimme behielt die professionelle Ruhe des gelernten Hypnotiseurs bei.

»Er kann dir nicht weh tun, Ammie. Du bist sicher. Sicher. Ich sage dir das, und du weißt, daß es stimmt. Aber du mußt uns helfen, damit wir dir helfen können. Hatte dein Vater mit der Verschwörung zu tun, als sie versuchten, die englischen Soldaten in Georgetown zu befreien?«

»George Town«, sagte Ammies Stimme, und Ruth hörte mit Betroffenheit, daß sie das Wort in zwei Teilen aussprach. »Vater half... Anthony wußte...«

»Anthony Doyle?«

»Anthony... wußte... Vater...«

»Ich verstehe«, sagte Pat beruhigend, als die Stimme lauter wurde. »Anthony wußte, daß dein Vater ein Verräter war. Anthony war ein Soldat, nicht wahr? In der Unabhängigkeitsarmee?«

»Adjutant... General...« In der Stimme schwang Stolz.

»Warum hat er es nicht dem General gesagt?« fragte Pat. »Was er über deinen Vater wußte?«

»Sagte... Vater...«

Ruth konnte die Undeutlichkeit von Ammies Aussage kaum noch ertragen. Am liebsten hätte sie sie an den Schultern gefaßt und geschüttelt. Aber sie wußte, daß das gefährlich wäre, für Sara und auch für den Geist des verstörten Mädchens. Pat schien die unzusammenhängenden Worte intuitiv zu verstehen.

»Er sagte deinem Vater, daß er davon wußte? Ist das richtig? Wollte er ihn warnen?«

»Sagte Vater... Nett...« Saras Lippen verzogen sich in einem stummen Lachkrampf, und Ruth drückte sich gegen die Rückenlehne der Couch.

»Natürlich, das war sehr nett von ihm«, stimmte Pat ihr beruhigend zu. Auf seiner Stirn standen Schweißperlen. »Er war dein Vater, und Doyle liebte dich. Er kam deinetwegen ins Haus, nicht wahr? Amanda, hör mir jetzt genau zu. Du bist ganz sicher, niemand kann dir hier etwas tun. Erzähl mir, was an dem Tag passiert ist, als Captain Doyle kam, um dich mitzunehmen.«

»Nacht«, sagte Amanda bestimmt. Saras Augen und das, was dahinter lag, wurden glasig und starr. »Kam... Nacht...«

»Er kam nachts«, bestätigte Pat. »Was ist passiert, Amanda?«

»Nacht... Kam... Vater sah... Vater...«

Die glasigen Augen sahen nach oben, und zum ersten und einzigen Mal sah Ruth das lebende Gesicht von Amanda Campbell, wie es in dieser Nacht im April des Jahres 1780 ausgesehen hatte. Es war das gleiche Gesicht, das ihr im Traum erschienen war.

»Vater«, begann die Stimme wieder, offenbar mit großer Mühe. Dann ging die letzte Silbe in einen Schrei über, der Ruths Herz stocken ließ. »Nicht tot! Nicht tot!« schrie die Stimme des toten Mädchens, und der Körper der lebenden wand sich und rang die Hände wie unter starken Schmerzen.

Pats Arm konnte Bruce gerade noch stoppen und zurück auf die Couch drücken. Dann ließ er sich vor Sara auf die Knie nieder und nahm sanft ihre Schultern.

»Ammie, sei still, psst, sei ruhig, alles ist gut, psst...«

Es war wohl eher der Ton als die Worte, die bewirkten, daß das Schreien nachließ und in ein wildes Schluchzen überging. Schließlich hatte sich Ammie so weit beruhigt, daß Pat seine letzten Anweisungen geben konnte.

»Gut, Amanda, du bist ein gutes Mädchen... Du hast uns geholfen, sehr geholfen. Jetzt ist alles vorbei... Vergiß... Sicher... Du bist sicher. Es ist jetzt Zeit für dich zu gehen, und Zeit für Sara zurückzukommen. Zeit für Amanda, nach Hause zu gehen.«

Die Schluchzen war leiser geworden, aber nicht weniger mitleiderregend. Es drückte solch tiefen Schmerz aus, daß es einem fast das Herz brach. Dann sagte die verlöschende Stimme unendlich verzweifelt und trostlos: »Kann nicht. Ammie kann nicht... nach Hause gehen.«

Ein einziger glockenheller Schlag ertönte. Ruth blickte erstaunt zur Uhr. Nur eine Stunde war seitdem vergangen... Sie wandte sich wieder Pat zu und drückte ihm das dickbäuchige Glas in die Hand.

»Trink das, alles. Du brauchst es.«

»Schläft sie?«

»Ja, endlich. Die Schlaftablette hat geholfen.«

»Gott, ich wollte ihr keine geben! Ich habe Angst vor jeder Art von Drogen in diesem unnormalen Zustand. Aber was konnte ich tun?«

»Nichts. Es war richtig so.« Ruth setzte sich neben ihn auf die Couch. Sie fühlte sich unnatürlich ruhig. Die Tatsache, daß alle anderen am Ende ihrer Kraft waren, hatte ihren Willen gestärkt. Entschlossen schob sie die Erinnerung an den Moment weg, als Ammie schließlich gegangen war. Denn sie hatte geglaubt, in Sara noch Reste von Amanda Campbell zu erkennen, die nun womöglich fest in den Hirnwindungen ihrer Nichte verankert waren.

»Ich habe sie weggeschickt«, beharrte Pat, als wollte er sich selbst überzeugen. »Ich habe es versucht, Ruth.«

»Du warst wundervoll. Ich hätte nicht mal sprechen können, geschweige denn so handeln wie du. Pat, alles ist in Ordnung! Morgen früh wird es ihr wieder gutgehen.«

»Ist Bruce noch bei ihr?« Pat nahm einen großen Schluck Cognac und setzte sich gerade.

»Ja, jetzt ist nicht der Moment, um auf Konventionen zu achten.«

»Konventionen sind mir völlig egal. Aber der Junge braucht selbst seinen Schlaf. Du wirst bei ihr bleiben müssen, Ruth. Wir können nichts riskieren. Ich würde es selbst tun, aber...«

Mit einem schmerzlichen Aufseufzen verbarg er das Gesicht in den Händen.

»Es war verrückt und rührend von ihr, das zu tun«, sagte er durch seine Finger hindurch.

»Ich kann mir vorstellen, wie sie sich gefühlt hat, und ich habe noch nicht einmal dieses Mitgefühl für Ammie. Aber sie möchte unbedingt, daß es zu Ende ist, Pat. Wir werden alle langsam verrückt.«

»Bruce hat eine Idee.« Pat trank den Rest Cognac und lachte bitter auf. »Ich hätte nie gedacht, daß ich eines Tages erwartungsvoll an den Lippen eines jugendlichen Hohlkopfs hängen würde.«

»Er ist besser in der Lage als wir, damit umzugehen. Er ist stärker involviert als du, und er ist viel klüger als ich. Und er ist weniger verbohrt als wir beide. Damit hatte er recht, Pat. Man wird starrsinnig, wenn man älter wird.«

»Nicht in jeder Beziehung.« Er faßte nach ihrem Arm und lächelte verschmitzt. Dann zog er die Hand wieder weg. »Ruth, ich habe Angst, dich zu berühren, das ist die Wahrheit. Aber du weißt...«

»Ja, ich weiß. So kann es nicht ewig weitergehen, Pat.«

»Also sind die anderen Geister verschwunden?«

»Ich denke schon. Ja.«

»Vielleicht ist dann bei dieser schrecklichen Geschichte wenigstens etwas Gutes herausgekommen.«

Das Feuer am Kamin war heruntergebrannt; die Stille der Nacht hüllte sie ein.

»Alles, was ich gedacht habe, ist durcheinandergeraten«, sagte Ruth leise. »Aber, Pat, ich kann mir jetzt Dinge vorstellen, an die ich nie zu glauben gewagt habe... Ist das nicht eine der größten Fragen? Was nach dem Tod ist?«

»Schon, nur – was ist nach dem Tod? Wir haben keinen Beweis für den Himmel erhalten, Ruth. Nur einen für die Hölle.«

20

Sara nahm eine Gabel in die Hand und starrte sie ausdruckslos an. Ruths Herzschlag stockte. Ihre Besorgnis verringerte sich kaum, als Sara achselzuckend mit der Gabel eine Scheibe Schinken auf ihren Teller beförderte. An diesem Morgen hatte es schon zu viele ähnliche Vorkommnisse gegeben, und es war erst elf Uhr.

Ruth hatte eigentlich gar nicht schlafen wollen, aber die Bedürfnisse ihres Körpers waren stärker als ihr Wille gewesen. Bei Morgengrauen fiel sie in einen tiefen traumlosen Schlaf. Bruce hatte das Haus schon verlassen, als die anderen am Morgen verschlafen in der Küche auftauchten, und offensichtlich hatte er nicht mehr als eine Tasse Kaffee zu sich genommen.

Als sie mit dem Frühstück fertig waren, klingelte es. Pat schlenderte etwas weniger graziös als sonst in die Küche. Er sah aus wie der Tod – wie eine dekadente Renaissanceversion mit Bart und langen Haaren.

»Ich habe mir dein Auto geliehen«, sagte er zu Pat und hielt ihm den Schlüsselbund hin. »Ich hoffe, du hast nichts dagegen.«

Pat nahm die Schlüssel und sah sie mit einem dümmlichen Ausdruck an, bevor er mit den Achseln zuckte und sie einsteckte. Sie waren heute morgen alle etwas benommen vor Müdigkeit und Überanstrengung, dachte Ruth und hatte die Hoffnung, daß vielleicht auch Saras merkwürdiges Verhalten dadurch verursacht war.

»Wo warst du?« fragte Pat, während er Kaffee nachschenkte.

»Hm? Oh, im Eisenwarenladen.«

»Hast du überhaupt gefrühstückt?« Sara schien durch Bruces Gegenwart munterer zu werden. »Ich mach' dir Rührei.«

»Nein, danke«, entgegnete Bruce. Sein Mund kräuselte sich in tiefstem Widerwillen. »Ich habe keinen Hunger.«

»Nun dann«, sagte Ruth in einem gezwungen fröhlichen Ton, den sie gleich darauf selbst als äußerst unpassend empfand, »laßt uns an die Arbeit gehen. Bruce und ich nehmen den Dachboden in Angriff...«

»Nicht den Dachboden«, unterbrach sie Bruce. »Hast du ein Paar lange Hosen dabei? Na, du kannst dich ja im Haus umziehen.«

»Was hast du vor? Bruce, was hast du in dem Laden gekauft?«

»Werkzeuge. Eine Axt, ein Brecheisen und noch einige Sachen.«

»Die Kellertür«, entfuhr es Pat. Die beiden Männer sahen sich verständnisvoll an.

»Dann haben wir ein taktisches Problem«, fuhr Pat fort. »Ruth strotzt nicht gerade vor Muskeln, und deine rechte Hand ist ziemlich hinüber. Für die Tür brauchst du aber einen Bulldozer oder zumindest zwei kräftige rechte Arme.«

»Pat, von allen Menschen auf der Welt solltest du am allerwenigsten dieses Haus...«

»Ich weiß, und ich stimme dir völlig zu. Nur weiß ich nicht, was es sonst für eine Möglichkeit gibt.«

Bruce schwieg; seine Hände hielten den Kaffeebecher umfaßt. Der Verband war amateurhaft und riesig, er würde Bruce allein durch seine Unförmigkeit behindern.

»Du solltest die Hand einem Arzt zeigen«, bemerkte Ruth. »Ich habe zwar eine halbe Flasche Jod verbraucht, aber...«

»Dafür ist später noch Zeit«, unterbrach sie Bruce ungeduldig. »Verdammt, mir fällt einfach keine Lösung ein.«

»Du kannst niemand anderen bitten, dir zu helfen«, sagte Pat mit Bestimmtheit. »Es ist zu riskant. Aber Bruce, bis jetzt ist Douglass noch nie während des Tages aufgetaucht.«

»Bis jetzt«, erwiderte Bruce düster.

»Wenn Ruth und Sara nicht dabei sind...«

»Sara auf keinen Fall, aber ich komme mit«, fiel Ruth ein.

Am Ende wurde beschlossen, daß sie alle vier in das Haus gingen. Sara hatte darauf bestanden, dabeizusein, und Ruth wußte, daß Bruce nur nachgegeben hatte, weil er das Mädchen auch nicht allein lassen wollte. Als sie sich zum Aufbruch fertigmachten, nahm Bruce Ruth in der Eingangshalle zur Seite.

»Ich möchte, daß du dies hier nimmst«, sagte er und gab ihr eine große Spraydose.

»Was um Himmels willen...«

»Psst!« Bruce warf einen Blick über die Schulter. Im oberen Flur hörte man Pats Schritte, und Sara räumte in der Küche auf. »Es ist Tränengas, wie es auch bei Demonstrationen verwandt wird. Du weißt, wie man damit umgeht, nicht? Nicht anders als mit Haarspray oder Möbelpolitur, so was hast du bestimmt schon benutzt.«

»Aber wozu...«

Wieder schnitt ihr Bruce das Wort ab. »Du suchst dir einen schönen sicheren Platz im Keller aus, irgendwo in der Nähe des Ausgangs, und hältst die Dose bereit. Aber die anderen dürfen sie nicht sehen. Am besten läßt du deinen Finger auf dem Sprühknopf. Wenn dir bei Pat oder Sara – oder natürlich auch bei mir – auch nur irgend etwas verdächtig vorkommt, zielst du auf sie und drückst zu. Denk dran, deinen Atem anzuhalten. Aber da du ja dahinter stehst...«

»Ich kann es nicht glauben...« murmelte Ruth. Widerwillig und ungläubig starrte sie auf die Dose.

»Ruth, ich verlaß mich auf dich! Ich glaube zwar nicht, daß wir dieses Mal in Gefahr sind, sonst würde ich es gar nicht erst riskieren. Aber trotzdem... Wenn nur Pat und ich ins Haus gegangen wären, hätte ich das Spray auch mitgenommen. Mir ist der Gedanke nicht gerade angenehm, Douglass Campbell zu begegnen, wenn er mit einer Axt bewaffnet ist... Psst, sie kommen. Es ist wichtig, daß er nichts davon weiß, behalt es in deiner Tasche, bis wir...«

Er wandte sich zu Sara und lächelte ihr aufmunternd zu. Ruth schob die Spraydose in ihre Handtasche.

Als sie diesmal das stille, zur Zeit unbewohnte Haus betraten, fand Ruth, daß etwas Unheimliches in der Luft lag. Der düstere, muffig riechende Keller erschien ihr unerträglicher als je zuvor.

Bruce warf Ruth einen bedeutungsvollen Blick zu, entzündete die elektrische Laterne, die er mitgebracht hatte, und verschwand hinter der Heizung. Pat folgte ihm wortlos, das schwerere der zwei Brecheisen auf der Schulter. Er hatte Mantel und Jackett abgelegt, und die Muskeln an Rücken und Schultern zeichneten sich eindrucksvoll durch sein dünnes Hemd ab. Ruth bewunderte rückhaltlos Bruces Mut.

»Setz dich hierher«, sagte sie zu Sara und zeigte auf die Treppe. Sie selbst stellte sich so an die Wand, daß sie die beiden Männer sehen konnte. Sie hatten ihren Mantel unter dem glaubhaften Vorwand anbehalten, daß es hier unten kühl war, und ihre Hand steckte in der großen aufgesetzten Manteltasche.

Als Bruce sie über die Schulter ansah, lächelte sie ihm aufmunternd zu. Er versuchte ihr Lächeln zurückzugeben, aber es blieb eine angespannte Grimasse. Ich habe ihm Unrecht getan, dachte Ruth. Sara kann sich glücklich schätzen. Es ist längst kein intellektuelles Spiel mehr, und er riskiert sein Leben für sie.

Pats Axt sauste mit einem Krachen nieder.

Es dauerte etwa eine Stunde, die schweren Bretter zu entfernen, die so fest saßen, daß die beiden Männer das Holz Stück für Stück klein hacken und herausreißen mußten. Schließlich lag nur noch eine vernagelte Tür aus dünnen Brettern zwischen ihnen und dem Versteck. Ein Hauch modriger Luft drang durch die Ritzen und ließ die Männer zurückweichen.

»Wollt ihr nicht einen Moment Pause machen?« schlug Ruth vor.

Die Spannung und die Angst waren fast unerträglich geworden. Sie konnte nicht glauben, daß alles so glatt gehen sollte. Vielleicht war ihre Mühe ja umsonst gewesen, und der geheimnisvolle, verschlossene Ort war nichts weiter als ein leerer Kellerraum.

Aber tief in ihrem Innern war Ruth fest davon überzeugt, daß es nicht so war. All die Spannung, die in der Luft lag, konnte keine Einbildung sein, sie mußte einen äußeren Grund haben. In einem Moment hatte sie gemeint, die bekannte, fürchterliche Kälte zu spüren, und sie war das Risiko eingegangen, ihren Posten zu verlassen, war die Treppe hinaufgestürmt und hatte die Tür geschlossen. Absurderweise fühlte sie sich mit dieser dünnen Barriere zwischen sich und dem unheimlichen Wohnzimmer sicherer. Als sie die Treppe wieder hinunterlief, wäre sie beinahe über etwas gestolpert, das neben Sara lag. Es war die große Bibel, die das Mädchen offenbar aus dem Wohnzimmer mit heruntergebracht hatte. Ruth bewunderte Saras Idee, ihr Anblick gefiel ihr jedoch gar nicht. Bewegungslos und in sich gekehrt saß sie auf den Stufen und starrte ins Leere.

»Wollt ihr nicht eine Pause machen?« wiederholte Ruth, denn keiner der beiden Männer hatte ihr geantwortet.

Pat schüttelte nur den Kopf, bevor er das Brecheisen in die dünnen Bretter schlug, die sofort splitternd und ächzend nachgaben. Er wich zurück und hob die Hand vors Gesicht, als ihm ein Schwall ungesunder Luft entgegenwehte.

»Puh«, sagte er, »was für ein Gestank! Warte einen Moment, Bruce, bis die Luft sich ein bißchen geklärt hat.«

Bruce nickte. Er lehnte gegen eine Wand, sein Brustkasten hob und senkte sich, sein Hemd war klitschnaß und klebte an seinem Körper. Ruth wußte, daß seine Erschöpfung nicht nur auf die physische Anstrengung zurückzuführen war.

Nachdem sie eine Weile schweigend gewartet hatten, griff Pat zur Axt und schlug die verbleibenden Holzstücke aus der Türöffnung. Danach verschwand er mit der Laterne in dem Raum dahinter.

Bruce warf Ruth einen verzweifelten, wortlosen Blick zu, dann folgte er Pat.

Ruth sah von der reglosen Gestalt ihrer Nichte zu dem schwach erleuchteten Loch in der Wand. Saras Haltung und Blick gefielen ihr gar nicht, und nur ungern ließ sie sie so dicht an der Tür allein. Dennoch entschied sie, daß ihre Gegenwart anderswo noch wichtiger war.

Unter normalen Umständen hätte es sie große Überwindung gekostet, sich der stickigen Luft in dem Kellerloch auszusetzen. Aber im Moment überwog die Sorge um Bruce ihren Widerwillen. Sie hatte Angst, Pat auch nur einen Moment aus den Augen zu lassen. Über diese starken Antriebskräfte hinaus fühlte sie sogar ein schwaches Aufblitzen einer ganz gewöhnlichen Neugier.

Auf den ersten Blick war der Keller eine Enttäuschung. Er war fensterlos und aus Steinen gemauert. Grünlichgelbe Flechten bedeckten die Wände und glänzten feucht im Licht der Laterne. Die gestampfte Erde, die den Boden bildete, war so hart, daß die Feuchtigkeit in ölig aussehenden Tropfen auf ihrer Oberfläche liegenblieb. In einer Ecke, die von dem Licht der Laterne nicht erreicht wurde, sah man in dem Dunkel helle Flecken leuchten. Der Keller war eine ideale Brutstätte für Pilze, große, weiße, geschwollen aussehende Pilze.

Obwohl der Raum ganz normal wirkte, merkte man Bruce sein Unbehagen an. Er stand mit dem Rücken so nah an der Wand wie es ging, ohne daß er die schleimige Oberfläche berührte, und in einer Hand hielt er noch immer ein Brecheisen. Pat schien dagegen ziemlich ungerührt. Er sah Ruth an, die zögernd in der Türöffnung stand.

»Gib mir bitte den Spaten, Ruth, ja?«

Ruth gehorchte und ließ sich ihren Widerwillen nicht anmerken, als sie den eklig aussehenden Boden betrat. Der Raum war größer als sie gedacht hatte. Er mußte unter dem größten Teil des Wohnzimmers liegen. Es durchfuhr sie wie ein Blitz, als ihr schlagartig klar wurde, daß dies das ursprüngliche Fundament des ersten Hauses war, des Hauses, das Douglass Campbell gebaut hatte.

Nachdem er fragend Bruce angesehen hatte, der nur mit den Achseln zuckte, ging Pat in die am entferntesten liegende Ecke des Raumes und stach den Spaten in die Erde. Der Boden war nicht so hart, wie er aussah, und der Spaten drang schon mit Pats ersten festen Tritt fast gänzlich in die Erde ein.

Es war, als berührte er dort eine Quelle und setzte damit die Reaktion in Gang. Ruth hielt ihren Blick auf Pat gerichtet, und Bruce sah es als erster kommen. Als er ein Geräusch des Entsetzens ausstieß, sah Ruth ihn an. Ihre Augen folgten der Richtung, in die seine Hand zeigte.

Sie hatte eigentlich erwartet, daß sie Sara sehen würde, wieder besessen von der anderen. Aber die Schwärze – nein, sie war immer an einem bestimmten Ort entstanden, daher hatte sie nicht geglaubt, daß sie hier auftauchen würde. Noch war sie nur ein schwacher Dunst, aber sie zitterte und bebte wie in einem Kampf um mehr Gestalt. Douglas Campbell haßte das Tageslicht; im Moment sprengte die Kraft seines Verlangens die Grenzen des Üblichen.

»Nicht hier«, sagte Ruth unwillkürlich. »Nein... nicht hier...«

»Hier kommt es her, hier ist sein Zentrum«, stieß Bruce hervor. »Ruth, das Spray, los. Pat...«

Ruth umfaßte mit ihren eiskalten, tauben Fingern die Spraydose. Mit dem Brecheisen in der Hand drehte Bruce sich zu Pat um. Ruth zögerte, denn in dem Moment hätte das Gas auch Bruce getroffen.

Und als sie Pat ansah, merkte sie, daß Douglass Campbell diesmal nicht ohne weiteres seinen Willen durchsetzen konnte. Vielleicht war er tagsüber schwächer, vielleicht war Pat stärker, weil er gewarnt war. Er gab keinen Ton von sich und bewegte sich nicht. Auf seinem Gesicht erschienen Schweißperlen und sein ganzer Körper spannte sich. In äußerster Anstrengung zogen sich seine Lippen zurück und gaben seine Zähne frei. Ruth beobachtete ihn, den Finger auf dem Sprühknopf der merkwürdig unpassend erscheinenden Waffe. Der wabernde dunkle Fleck schien zu schrumpfen.

Plötzlich wurde in der Türöffnung hinter dem schwarzen Etwas Sara sichtbar, und Ruth schrie laut auf. Es war Sara, nicht das andere Mädchen, aber eine Sara, die sich wie schlafwandelnd bewegte. In ihren Armen hielt sie das große schwere Buch.

Bruce machte einen Satz vorwärts und hob die schwere Eisenstange. Ruth erfuhr niemals, was er damit vorhatte, denn er rutschte aus und fiel hin. Bevor er aufstehen konnte, hatte Sara zu sprechen begonnen.

»Es hat keinen Sinn.« Sie redete mit normaler Stimme, und Ruth wurde eiskalt, als sie erkannte, daß Sara keines der drei menschlichen Wesen in dem Raum meinte. »Es ist vorbei, siehst du das nicht? Du kannst nicht uns alle zum Schweigen bringen.«

Sie machte eine Pause, neigte den Kopf zur Seite und blickte einen Moment ins Leere.

»Es hatte nie einen Sinn«, fuhr sie dann mit derselben vernünftigen Stimme fort und richtete ihren Blick wieder auf das schwarze Etwas. »Wen wolltest du eigentlich hintergehen? Er sieht alle Söhne des Menschen.«

Ruth fragte sich, wen Sara mit ›er‹ meinte, aber im nächsten Moment wußte sie es, und ihr stockte der Atem.

»Siehe! Das Auge des Herrn wacht über die, die ihn fürchten«, sagte Sara. »Er wußte alles, und das Ende war vorherbestimmt, von Anfang an. Nun geh und suche Hoffnung, die sogar solchen wie dir versprochen worden ist. Geh... in Frieden.«

Die Rauchsäule schwankte und schrumpfte, fiel in sich zusammen und war verschwunden. Ruth lief auf Sara zu und fing sie gerade noch in ihren Armen auf, als sie bewußtlos niedersank.

Genau an der Stelle, an der Pat zu graben begonnen hatte, fanden sie, wonach sie suchten. Sara war schnell wieder aus ihrer Ohnmacht erwacht und hatte nur eine vage Erinnerung an das, was passiert war. Einen Arm um das Mädchen gelegt, blickte Ruth auf die sterblichen Überreste.

»Also hier war er«, sagte sie. »Douglass Campbell.«

»Nein.« Bruce schüttelte den Kopf. »Diese Knochen sind nie dem Feuer ausgesetzt gewesen. Douglass' Leiche hat man bestimmt oben im Haus gefunden, sonst hätte das in dem Brief gestanden.« Er bückte sich und hob ein verrostetes Stück Metall auf. »Die Gürtelschnalle einer Militäruniform«, sagte er, während er es hochhielt. »Dies war nicht Douglass, Ruth. Es war Anthony Doyle.«

Das Licht der Laterne beschien die vier weißen Gesichter, aus denen Angst und Schrecken gewichen war. In der modrigen Luft befand sich nichts mehr als die ihr eigenen natürlichen Gase.

»Er ist in dieser Nacht Ammies wegen gekommen«, fuhr Bruce fort, »aber er ging nie wieder fort. Seitdem ist er hier, seit Douglass Campbell ihn ermordet und im Keller begraben hat.«

»Und das war das Geheimnis, das Douglass Campbell

zweihundert Jahre lang zu verheimlichen suchte«, sagte Ruth. Aber sie wußte die Wahrheit, bevor Bruce wiederum seinen Kopf schüttelte.

»Nein. Douglass Campbell wurde in dieser Nacht wahnsinnig, aber nicht, weil er Doyle ermordet hatte. Ich kann den Platz vorhersagen, an dem wir sie finden werden – genau unter dieser gewissen Stelle des Wohnzimmers, so weit entfernt von ihrem Liebsten, wie es nur ging. Noch nicht einmal im Tod konnte er sie beieinander sein lassen.«

Ruth hatte das Gefühl, zum zweiten Mal geboren zu werden, als sie die Treppen hinaufkamen und das helle Sonnenlicht eines Wintertages sie empfing. Sie ging sich umziehen und wollte gar nicht mehr aufhören, ihre Hände zu waschen, als könnte sie auf diese Art die giftige Atmosphäre des Kellers zum Verschwinden bringen. Als die vier sich in der Küche versammelt hatten, schlug Ruth als gute Gastgeberin vor, Essen zu machen, aber ihr Angebot wurde sofort und einstimmig abgelehnt. Sherry schien der Situation eher angemessen, und während sie einschenkte, bemerkte sie: »Wenn das noch lange gedauert hätte, wären wir alle Alkoholiker geworden. Ich habe noch nie so viel getrunken wie in letzter Zeit, und schon gar nicht zu so merkwürdigen Tageszeiten.«

»Wenn es noch lange gedauert hätte...«, wiederholte Sara und sah mit leicht verwirrtem Blick in die Runde der bleichen Gesichter. »Ich kann das Ganze noch immer nicht so ganz glauben. Dies hier«, sie deutete mit der Hand auf die schmucke, moderne Küche, »ist ein absoluter Gegensatz.«

»Aber es ist passiert, und jetzt ist es vorbei«, sagte Ruth. »Er wird nicht wiederkommen. Ich weiß nicht, warum ich so sicher bin, aber ich bin es.«

»Ja, er ist für immer verschwunden. Und verdammt noch mal, Sara, wie...« Ruth sah Pat warnend an und schüttelte leicht den Kopf, aber er hatte schon aufgehört zu sprechen. Sie hatten alle ein Gefühl, als wenn dieser letzte Vorfall mit Sara besser nicht besprochen werden sollte, zumindest nicht im Moment. Pat wandte sich statt dessen Bruce zu.

»Er war nicht normal, stimmt's? Deswegen verbreitete er

eine so erschreckende und beängstigende Atmosphäre, es war sein Wahnsinn.«

»Die letzten dreißig Jahre seines Lebens war er wahnsinnig, und er ist auch wahnsinnig gestorben«, antwortete Bruce. »Und in diesem Zustand war auch sein Geist. Stellt euch das nur vor, all die Jahre in diesem Haus eingesperrt, mit dem, was unten im Keller lag und vor sich hin moderte...«

»Bruce, nicht...« sagte Ruth leise.

»Aber das Schlimmste war sicher noch nicht einmal, was im Keller war, sondern was in seinem kranken Kopf saß und ihn auf Schritt und Tritt verfolgte. Er muß sie in jedem Zimmer gesehen, in jedem Moment seines Lebens gehört haben, auch in seinen Träumen.«

»Er mußte sie töten, nachdem er Doyle getötet hatte«, überlegte Pat nüchtern. »Sie hätte ihn vernichtet, wenn er es nicht verhindert hätte. Sie muß es gewußt haben; vielleicht sah sie, wie er es tat...«

»Oh, ganz bestimmt.« Ruth fröstelte. »Natürlich, erinnert ihr euch? Wir haben sie schreien gehört, genau so muß sie in dieser Nacht geschrien haben...«

»Nicht tot«, zitierte Sara. »Sie hat nicht sich selbst damit gemeint. Wie eine Schallplatte mit einem Sprung wiederholte sie andauernd die Worte, die sie gesagt hatte, als sie Anthony Doyle fallen sah, getötet durch ihren eigenen Vater. ›Er kann nicht tot sein – er ist nicht tot...‹«

»Wenigstens mußte sie nicht lange leiden«, meinte Ruth.

»Oh, nur eine Ewigkeit«, erwiderte Bruce ironisch. »Oder wie auch immer die Toten die Zeit einteilen... Sie hat nie aufgehört zu leiden, sie war in diesem unerträglichen Moment gefangen wie eine Fliege im Spinnennetz. Sie beiden, sie und ihr Vater, der Mörder und das Opfer...«

»Vielleicht war der Mord an Doyle ein Unfall«, gab Ruth zu bedenken. »Sicher hätte er den Jungen nicht gleich töten müssen, um zu verhindern, daß Ammie mit ihm weglief.«

Bruce schüttelte den Kopf.

»Ein Teil wird immer nur Vermutung bleiben. Aber denk an Ammies eigene Worte. Doyle war der Adjutant des Generals. Dreimal dürft ihr raten, von welchem General«, fügte er grinsend hinzu.

»Es gab viele«, sagte Pat sachlich. »Gates, Greene, von Steuben...«

»Ich weiß, welcher General es war«, fiel Ruth ein. »Sei du nur logisch, ich weiß es trotzdem.«

»Ich auch.« Bruce lächelte Ruth an. »Zwei hoffnungslose Romantiker, wir beide. Egal, der General, wer auch immer es war, sandte Doyle in diese Gegend. Doyle verliebte sich in Ammie und sie sich in ihn. Aber bei dem alten Mann hatte er keine Chance. Während er hier seine Pflichten versah, kam er hinter die Verschwörung. Stellt euch seine Gefühle vor, als er entdeckte, daß der alte Hund Campbell, der ihn aus dem Haus geworfen hatte, in den Verrat verwickelt war! Er hatte ein ideales Instrument, um sich zu rächen, aber er konnte es nicht benutzen, ohne seine größten Hoffnungen zu zerstören. Die anderen Verschwörer wurden gehängt, wenn ihr euch erinnert. Niemals hätte sie ihn geheiratet, wenn er verantwortlich für den Tod ihres Vaters gewesen wäre. Also kam er in dieser Nacht, um den alten Widerling zu warnen, damit er sich aus der Verschwörung zurückziehen konnte. Erinnert euch an Ammies eigene Worte: er wollte nett sein. Ich vermute, daß er die Namen der anderen Verräter schon angegeben, aber Douglass Campbell weggelassen hatte. Er kam in freundlichen Absichten und gutem Glauben, aber er unterschätzte Campbells Haß. Wahrscheinlich hatte er noch nicht einmal eine Chance, sich zu wehren.«

»Und trotzdem glaubst du, daß er seinen Frieden hat«, sagte Ruth verwundert.

»Ruth, ich behaupte nicht, diese Welt erklären zu können, geschweige denn die nächste. Aber vielleicht liege ich trotzdem richtig mit meinem Gefühl. Doyle starb im Zustand der Gnade, wie die Kirche das nennt. Seine Absicht war ehrenhaft, seine Handlungen waren harmlos; womöglich war er noch nicht einmal böse mit irgend jemandem. Auf seiner Seele lastete keine Schuld, um den Frieden zu stören, den er gemäß seiner Religion erwarten konnte. Aber Campbell – er war aufgrund seines eigenen Glaubens verdammt! Er mußte damit rechnen, direkt in die Hölle zu fahren, was er ja auch tat. Ich kann mir keine schlimmere Hölle vorstellen, als in alle Ewigkeit das Ereignis wiederzuerleben, das einen vernichtet hat.«

»Und Ammie?«

Auf Bruces Gesicht erschien der merkwürdig sanfte Ausdruck, den es immer annahm, wenn Ammies Name erwähnt wurde.

»Ammie... Er hätte sie nicht gehen lassen, niemals. Und sie – sie hatte Zeit, bevor sie starb, nicht nur, um Schrecken und panische Angst zu empfinden, sondern auch Haß auf ihren Vater. Und hassen mußte sie ihn, nachdem sie mitangesehen hatte, wie er ihren Liebsten tötete.«

»Aber woher wußtet ihr das?« fragte Ruth. »Ihr wußtet es doch, beide. Pat hat sogar genau an der richtigen Stelle gegraben.«

»Dabei hättest eigentlich gerade du die Wahrheit als erste sehen müssen«, antwortete Bruce. »Du hast uns erzählt, was du gefühlt hast, als du mich und Pat an dem Abend in Kampfstellung sahst. Du hast vermutet, daß genau das schon einmal passiert sei, mit Douglass und Doyle als den ursprünglichen Gegnern. Wenn sie sich aber wirklich einst in einer so gewalttätig aufgeladenen Auseinandersetzung gegenüberstanden, daß davon bis heute eine Spur in der Atmosphäre des Hauses blieb, dann muß es dabei auch zu einer Handlung gekommen sein. Und Doyle war hilflos, er konnte ihren Vater nicht töten, genausowenig wie ich Pat.«

»Ich wußte es nach diesem letzten Gespräch mit Ammie«, sagte Pat. »Mit einemmal erschien mir alles völlig klar, vielleicht geisterte auch immer noch etwas von Douglass' Erinnerung in mir herum. Sie hat sich solche Mühe gegeben, uns mitzuteilen, was damals passiert ist.«

»Wir hätten viel eher darauf kommen müssen«, meinte Bruce. »Alle Hinweise waren vorhanden. Ammies panische Angst und ihr offensichtlicher Schock ließen darauf schließen, daß sie in dem Haus, an das sie gebunden war, ein gewaltsames Ende gefunden hatte, und nicht in Camden, New Jersey, friedlich gestorben war. Und dann Douglass' Verhalten, das in dem Brief beschrieben wurde. Daß er sich einschloß und nicht mal mehr zur Kirche ging. Dahinter mußte mehr stecken als ein großer Kummer. Er hatte Angst, seinem Gott gegenüberzutreten mit dieser Todsünde, die ihm auf der Seele lag.«

»Seine eigene Tochter«, murmelte Ruth. »Kindesmord. Die schlimmste aller möglichen Sünden...«

»Nein.« Bruce schüttelte den Kopf. »Es war schlimm genug, aber es war noch nicht das Schlimmste. Was Douglass Campbell in den Wahnsinn trieb, war nicht so sehr sein Verbrechen, sondern der Grund dafür. Er tötete Ammie nicht, damit sie seinen anderen Mord nicht verriet. Das hätte kein normaler Vater getan. Er tötete sie, weil...«

Er sah Pat an, der zustimmend nickte.

»Du hast es gefühlt«, sagte Bruce.

»Das habe ich«, bestätigte Pat. »Aber ich wußte nicht genau, was es bedeutete, bis wir die ganze Geschichte zusammen hatten. Dieses gierige Verlangen, und den krankhaften Haß, der von demselben Verlangen verursacht war... Es steht hier irgendwo drin...« Er griff nach der Bibel, die Ruth aus dem Keller mit nach oben gebracht hatte, und blätterte darin.

»Er hat nie wieder geheiratet«, sagte Bruce. »In all den Jahren, das war sehr ungewöhnlich. Sie war alles, was er brauchte. Und dann wollte sie ihn verlassen...«

Er unterbrach sich, als Pat erstaunt die Luft ausstieß. Er hatte den Text gefunden, den er meinte. Stumm starrte er auf die Seite, auf der ein Absatz dick mit blauer Tinte unterstrichen war, mit derselben Tinte, die Ammies Namen ausgelöscht hatte.

»Ich aber sage euch, jeder, der eine Frau ansieht, um sie zu begehren, hat in seinem Herzen schon mit ihr gesündigt.«

Alle Worte waren gesagt; aber die abschließende Szene fand erst einige Wochen später statt. Die berühmten Eichen von St. Stephens reckten ihre kahlen Äste in einen mit blaugrauen Wolken verhangenen Himmel, das Grün der Kiefern bildete einen dunklen Hintergrund für die weißen Marmorkreuze und Grabsteine. Als die ersten Schneeflocken herabschwebten, entschuldigte sich Pater Bishko und entfernte sich. Die anderen blieben stehen, ihre Blicke verharrten auf dem einfachen Stein mit den zwei eingravierten Namen und den dazugehörigen Daten.

»Wie hast du nur Anthonys Geburtsdatum herausbekommen?« fragte Ruth. »Oh, natürlich, aus den Armeedokumenten. Ich staune nur, daß sie so weit zurückreichen.«

»Nicht nur das, sie können sogar noch revidiert werden«, entgegnete Pat mit einem kleinen Triumph in der Stimme. »Ich habe euch erzählt, daß Doyle als Deserteur vermerkt war.«

»Ja. Eine endgültige Bestätigung für seinen Tod, wenn wir noch eine gebraucht hätten...«

»Nun, die Knochen waren wohl ausreichend«, sagte Bruce. »Ich hätte nie gedacht, daß man anhand von ein paar uralten Knochen so viel feststellen kann.«

»Alter, Geschlecht, Todesursache«, zählte Pat auf. »Ich habe vor etwa zwanzig Jahren einen entsprechenden Kurs im Rahmen meines Anthropologiestudiums gemacht, aber ein zertrümmerter Schädel und ein gebrochenes Genick sind nicht schwer festzustellen. Campbell muß ein Riese von einem Mann gewesen sein...« Ruth fröstelte. Er legte seinen Arm um sie und fuhr in fröhlicherem Ton fort: »Wie auch immer, Doyles Ehre ist jedenfalls wiederhergestellt. Ich weiß nicht, ob er Wert darauf legt, aber ich fühle mich irgendwie besser.«

»Wie um alles in der Welt hast du das geschafft?« fragte Ruth.

»Ich habe einen General mit Fantasie gefunden.« Pat lachte und gab Bruce einen freundschaftlichen Klaps auf den Rükken, der den Jungen fast umwarf. »Bruce schmollt noch immer. Er haßt es, eingestehen zu müssen, daß ein Armeeangehöriger ein Herz haben kann.«

»Er ist Ire«, sagte Bruce schulterzuckend, »wie man sich denken konnte.«

»Und einer von Pats Freunden?« vermutete Sara.

»Wie Pater Bishko«, meinte Ruth. »Nur dank Pats ausgedehntem Freundeskreis haben wir die beiden ohne Aufsehen zu ihrer letzten Ruhe betten können. Ich hätte nie geglaubt, daß das möglich ist. Pater Bishko war großartig.«

»Er ist ein Meister des Takts und der guten Organisation«, erklärte Pat. »Und stellt euch vor, wie erleichtert er gewesen sein muß, als er erfuhr, daß er nur für eine Messe und eine Grabstelle sorgen soll. Das ist nicht viel, verglichen mit einem Exorzismus mit allem Drum und Dran – und der vermutlichen nochmaligen Begegnung mit der Inkarnation des Bösen.«

»Wie kannst du dich nur darüber lustig machen, sogar jetzt denke ich manchmal noch...« Ruth schüttelte sich.

»Es ist schon einen Monat her«, antwortete Pat. »Und es gab kein einziges Anzeichen.«

»Das stimmt. Ich kann das Haus mit gutem Gewissen zum Kauf anbieten.«

Bruce sah Ruth an. Er hatte die Hände in den Taschen vergraben, seine dunklen Haare waren mit Schnee gepudert.

»Hast du wirklich vor, das Haus zu verkaufen? Nachdem es so lange in Familienbesitz war?«

»Ich habe es dir und Sara angeboten«, entgegnete Ruth und lächelte, als Bruce unwillkürlich eine abweisende Geste machte. »Nun, dann weißt du ja, wie ich mich fühle. Der Ort ist gereinigt, dessen bin ich sicher. Aber trotzdem...«

»Ach, Familienstolz ist sowieso nur eine dumme Eitelkeit«, sagte Sara mit Bestimmtheit. Sie beugte sich hinunter, um die Blumen zurechtzurücken, die vor dem Stein lagen.

»Wo hast du nur um diese Jahreszeit Flieder herbekommen?« fragte Ruth.

»Man kann alles jederzeit bekommen, wenn man nur genug dafür bezahlt«, dozierte Bruce. »Und wir haben genug bezahlt.«

»Du hörst dich schon jetzt wie ein Ehemann an«, warnte Ruth. Bruce errötete und lächelte verlegen.

»Sollte ein Scherz sein. Sara wollte unbedingt Flieder. Sie meinte, das seien die Blumen, die Ammie sich gewünscht hätte.«

»O ja«, sagte Ruth und sah Sara an. Also war sie nicht die

einzige gewesen, die an jenem Novemberabend den Duft von Flieder gerochen hatte. »Ja, Flieder war genau richtig.«

»Ich erfriere«, beschwerte sich Bruce mürrisch. »Und ich habe heute schon ein Seminar verpaßt. Da ich aber diese verdammte Prüfung haben muß, bevor Saras Mutter uns heiraten läßt...«

»Immer noch einfacher, als einen Drachen zu töten«, bemerkte Ruth.

»Es gibt noch eine Sache, die mir keine Ruhe läßt«, sagte Pat, als sie sich von der frisch aufgeworfenen Erde abwandten, die jetzt nach und nach mit weißem Schnee zugedeckt wurde. »Die Stimme. Es muß Douglass gewesen sein. Aber sie klang so leidend...«

»Hmm«, erwiderte Ruth. »Bruce, was meinst du? Du hast nie gedacht, daß es die Stimme von Douglass war, stimmt's?«

»Nein.« Bruce zeichnete mit seiner Schuhspitze Striche in den Schnee und studierte sie aufmerksam.

»Nun?«

»Es klingt so... so verdammt gefühlvoll«, beklagte sich Bruce.

»Was ist daran nicht in Ordnung?« fragte Pat.

»Nun...« Bruce fügte noch zwei Striche hinzu, so daß ein Rechteck entstand. »Er war sicher«, sagte er, während er weiter zu Boden sah. »Aber wie konnte er in Frieden ruhen, wenn er wußte, daß sie noch immer verloren umherirrte?«

»Oh«, sagte Ruth, »ich verstehe.«

»Er braucht sie nicht mehr zu rufen.« Bruces Augen wanderten zu dem Flieder, der in der Schneeluft betörend duftete. »Denn nun ist Ammie endlich zu Hause.«